CB021072

ÚLTIMAS
PALAVRAS

Livros de Taylor Adams

Sem Saída
Ponte do Medo

TAYLOR ADAMS

ÚLTIMAS PALAVRAS

Tradução: Carolina Itimura Camargo

FARO EDITORIAL

Todos os direitos reservados.
Nenhuma parte deste livro pode ser reproduzida sob quaisquer
meios existentes sem autorização por escrito do editor.

Diretor editorial **PEDRO ALMEIDA**

Coordenação editorial **CARLA SACRATO**

Assistente editorial **LETÍCIA CANEVER**

Preparação **RENATA ALVES**

Revisão **BARBARA PARENTE E RAYSSA TREVISAN**

Capa e diagramação **OSMANE GARCIA FILHO**

Imagens de capa **TIMMARY, TOMERTU | SHUTTERSTOCK**

Dados Internacionais de Catalogação na Publicação (CIP)
Jéssica de Oliveira Molinari CRB-8/9852

Adams, Taylor
 Últimas palavras / Taylor Adams ; tradução de Carolina
Itimura Camargo. — São Paulo : Faro Editorial, 2023.
 228 p. : il.

  ISBN 978-65-5957-432-2
  Título original: The last word

  1. Ficção norte-americana 2. Ficção policial 3. Terror
I. Título II. Camargo, Carolina Itimura

23-4627   CDD-813

Índice para catálogo sistemático:
1. Ficção norte-americana

1ª edição brasileira: 2023
Direitos de edição em língua portuguesa, para o Brasil,
adquiridos por FARO EDITORIAL

Avenida Andrômeda, 885 — Sala 310
Alphaville — Barueri — SP — Brasil
CEP: 06473-000
www.faroeditorial.com.br

Para Nolan

PRÓLOGO 11

PARTE UM 17
PARTE DOIS 81
PARTE TRÊS 167
PARTE QUATRO 223

AGRADECIMENTOS 273

— — — — — — —

EPÍLOGO 279

AGRADECIMENTOS 285

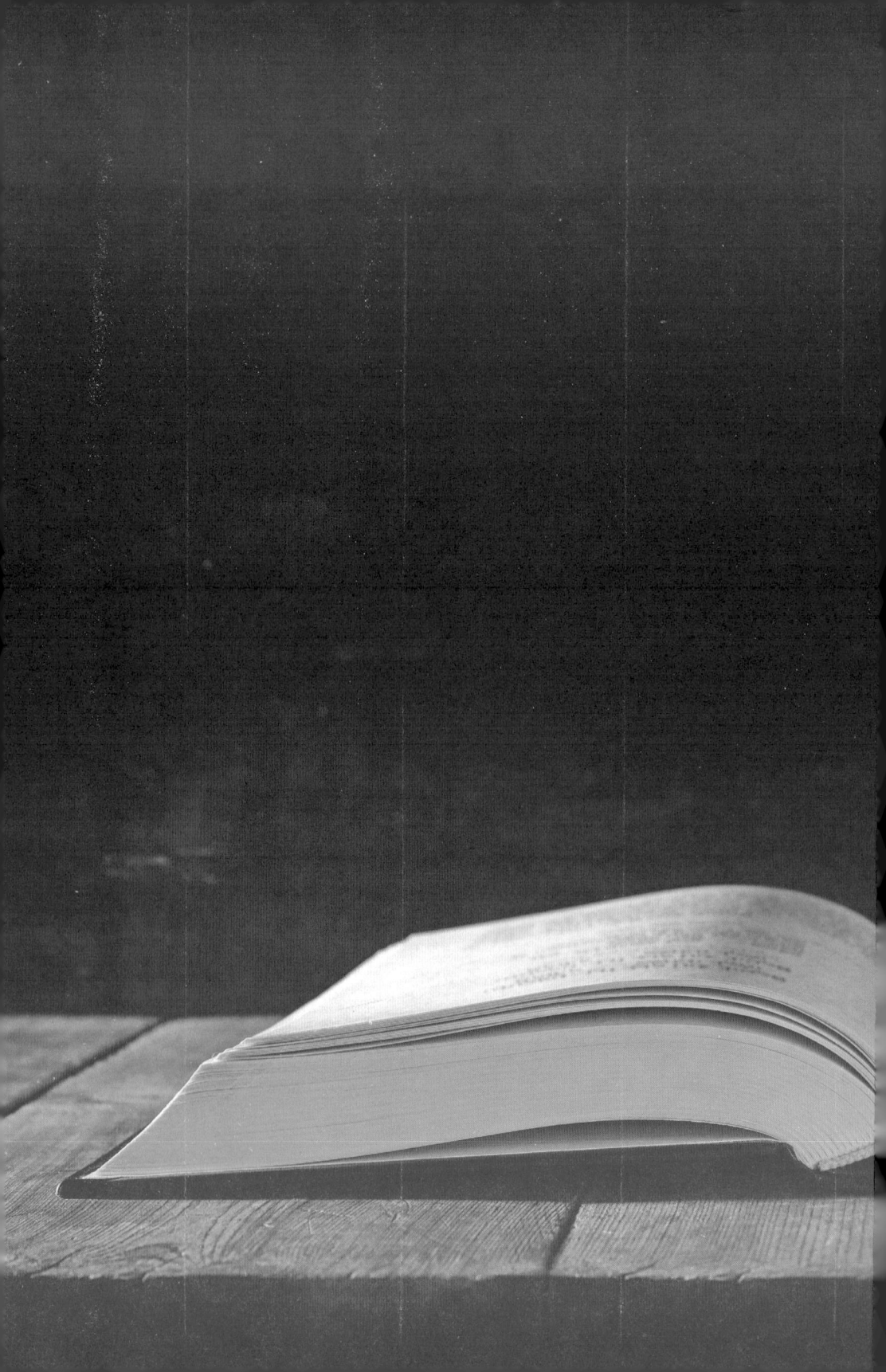

ÚLTIMAS PALAVRAS

Prólogo

FIM.

Emma Carpenter larga seu livro digital. Como quem emerge de um mergulho profundo com os pulmões ardendo, nunca havia se sentido tão grata em ler aquela palavra em sua tela branca.

— Graças a Deus. — Esfrega os olhos.

Havia baixado este *e-book* bizarro por noventa e nove centavos, por recomendação do vizinho. O design da capa era preto e simples, com um título branco em fonte *Comic Sans*: **Montanha da Morte.** Sinistro, mas de um jeito tosco. Custando menos que uma barra de chocolate, o que poderia dar errado?

Após a compra, notou o subtítulo: *O livro mais assustador que você vai ler.*
Oh-oh.

A frase aclamatória estava entre aspas, para parecer uma citação de uma crítica ou de alguém notável, mas não havia uma fonte atribuída. Era um enaltecimento pessoal do autor.

Oh-oh.

Emma persistiu e continuou a ler mesmo assim, o livro narrava duas estudantes universitárias fazendo mochilão sozinhas nos montes Apalaches. Uma é estudante de Psicologia e a outra, de Direito, se preparando para o exame da ordem. São mais enfeites do que pessoas: vaidosas, estridentes, burras e possivelmente as lésbicas menos convincentes já escritas. Diz muito o fato de o assassino em série ser o personagem mais autêntico no livro todo.

Além das queixas habituais de Emma à fórmula presos-em-um-lugar-remoto--com-uma-pessoa-assustadora. *Por que nunca tem sinal de celular? Por que ninguém nunca tem uma arma? Pelo amor de deus, por que eles sempre se separam?* A única coisa que a fez continuar a ler essa marcha fúnebre de cem mil palavras foi uma escolha artística interessante: desde a primeira página, a história é totalmente narrada na primeira pessoa, do ponto de vista do vilão. As duas mulheres — as personagens com as quais o leitor deveria empatizar — são descritas apenas pelos olhos do assassino.

Escrito no *pretérito*.

De novo: Oh-oh.

Não é surpresa, então, que após horas de uma perseguição tediosa, o narrador/assassino pega a futura psicóloga sozinha em uma barraca e começa a estrangulá-la. A futura advogada intervém para salvá-la, mas — em vez de pegar o rifle com visão noturna do assassino, deixado de lado por negligência — escolhe lutar com ele no corpo a corpo como uma cabeça oca. Ela logo é estripada, e a futura psicóloga é promovida ao cargo de *última garota*. Esta também perde a deixa e não pega a maldita da arma, e, em vez disso, foge aos gritos pela floresta, topando com uma cabana abandonada a pouquíssima distância, mas que não havia sido mencionada até agora. É claro que a caminhonete ali estacionada não dá partida. É claro que ela se encurrala no único cômodo sem saída. É claro que ele dirige de volta para casa com a cabeça dela em uma bolsa.

Fim.

Graças a deus teve fim, pelo menos.

A Amazon tem a audácia de pedir que ela avalie o livro. De um total de cinco estrelas? Uma. Antes, confere se zero não é uma opção. Em seguida, digita uma breve avaliação — provavelmente mais bem escrita do que o próprio livro —, mas antes de clicar em "enviar", ela hesita.

Por quê?

Não tem certeza. Seu dedo permanece suspenso em uma pausa delicada. Imagina seu próprio "eu" do futuro desesperadamente alertando-a contra algo terrível no horizonte; de que está prestes a assinar sua própria sentença de morte e que esta é a sua última chance de mudar seu destino. O *e-book* ainda não possui avaliações, de forma que a sua avaliação de uma estrela será a primeira e única. Será que o autor a lerá pessoalmente?

Algo bate contra a janela atrás de si. Um som estranho e encorpado, nauseante pelo peso. Seu coração dispara no peito.

Ela se vira, mas vê apenas o céu chuvoso lá fora. Árvores umedecidas pela chuva, ondulando ao vento suave. Mais além, as cristas brancas das ondas no oceano.

Um pássaro.

Ela está sozinha.

Um pássaro bateu na janela.

Mesmo assim, ela se levanta, veste uma capa de chuva e confere o quintal. Como esperado, encontra o pássaro imóvel sobre um canteiro de flores arenoso logo abaixo das janelas de vidro do piso ao teto. Uma coisinha marrom avermelhada e frágil. De olhos fechados, como se estivesse dormindo.

Unindo as mãos em concha, Emma deixa o pássaro em uma cadeira de jardim sobre uma toalha de praia azul amarrotada. Ela sabe que, às vezes, eles revivem. Seus pequenos cérebros só precisam reiniciar.

Ela volta para dentro.

Em seu leitor digital, descobre que sua avaliação de *Montanha da Morte* já havia sido publicada. Seu indicador deve ter tremido com o susto. Aí está. Suas palavras. Uma estrela. Tarde demais agora.

Em seguida, deleta o livro e tenta esquecer as duas universitárias fictícias e seus assassinatos adoravelmente detalhados. Ela tem inúmeros outros *e-books* para ler. A internet é um vasto oceano de histórias, e, para o seu desgosto, tem notado que a qualidade do livro sequer importa. Excelente, medíocre — tanto faz. Só precisa ser um mundo diferente o bastante do de Emma, aqui nesse litoral arenoso e cinzento.

Ela analisa suas próprias palavras um pouco mais. Será que foi dura demais com esse estranho? Até onde sabe, o autor pode ter doze anos. Na verdade, isso explicaria muita coisa.

Quem se importa?

Pare de olhar isso.

Decide sair para passear na praia com sua golden retriever, Laika, antes que o vento traga a próxima tempestade. Ao sair, passa pelo pássaro na cadeira de jardim, ainda imóvel, e espera encontrar a toalha vazia quando voltar; que o animal inconsciente esteja vivo e livre.

Nunca mais pensará em *Montanha da Morte*.

ATÉ DUAS HORAS MAIS TARDE, QUANDO VOLTA PARA DENTRO COM SAL NO cabelo e areia nos tênis, e um ícone vermelho no canto de seu navegador a informa que sua avaliação de usuário havia recebido um comentário.

Sente um leve aperto no estômago. Opinião é como cu, diz o ditado, e a internet tem milhões. Mas, de alguma forma, ela já sabe exatamente quem comentou.

Ela clica.

O wi-fi via satélite se arrasta brevemente antes de mostrar:

Olá, Emma86,

Prazer em conhecê-la! Sou o autor do aclamado *thriller* MONTANHA DA MORTE. Muito obrigado por ler o meu romance. São leitores como você que tornam tudo possível! Porém, vejo que não gostou do livro. E tudo bem! Mas deixe-me perguntar: por que avaliá-lo, então? Leitores deveriam publicar apenas suas avaliações positivas. E talvez você não tenha nada a perder aqui — mas eu tenho. Outros leitores potenciais verão sua avaliação de uma estrela, e isso pode dissuadi-los de comprarem meus livros, o que me prejudica financeiramente! Eu trabalho duro para um dia poder largar meu emprego e escrever em tempo integral. Esse tem sido o sonho da minha vida desde que eu era criança. Estou certo de que você é uma pessoa maravilhosa na vida real, e que não gostaria de atacar minha segurança financeira, então, gostaria de pedir encarecidamente: pode remover sua avaliação? Atenciosamente,

H. G. Kane

Ela lê duas vezes.

Nunca havia visto um autor comentar em uma avaliação *on-line* de seu próprio livro, muito menos pedir a sua remoção. Isso quebra alguma regra tácita, não? Ela está prestes a fechar o notebook, puxando a tela para baixo até a metade, mas algo aqui precisa de uma resposta.

Não faça isso.

Talvez seja o bom-humor forçado, vindo de um autor que descreveu os tendões no pescoço de uma mulher "arrebentando como pálidos fios de espaguete". Ou talvez seja o excesso de pontos de exclamação, como se falasse com um bebê.

Não responda.

Ou talvez seja a vitimização, a vergonhosa insinuação de que este "autor" tenha o direito de ganhar a vida com um trabalho sem ser de fato competente nele.

Não-não-não.

Ela abre o notebook de novo. Digita rapidamente:

Oi. Obrigada por tomar um tempo para comentar na minha avaliação. Sinto muito que o seu livro não era para mim. Mas, com todo o respeito, vou optar por manter a minha avaliação, pois este é um fórum para leitores compartilharem suas opiniões honestas, tanto positivas quanto negativas.

Quase adiciona suas iniciais, mas não o faz. Clica em enviar, desta vez sem hesitar. Seu comentário pisca e aparece abaixo do dele.

Feito.

O nome do autor se enrosca em sua mente. *H. G. Kane.*

Soa vagamente familiar, de fato. Talvez esta pessoa tenha fabricado seu pseudônimo para soar assim, como uma transmutação sexy de H. G. Wells e Stephen King? Ele ou ela não deve ser famoso de verdade, se Emma acabou de publicar a primeira e única avaliação...

Ela recebeu outro comentário. Já.

Sério?

Um calafrio percorre sua espinha, conforme lê:

Emma86, com todo o respeito, passei seis meses escrevendo MONTANHA DA MORTE. Você levou apenas alguns segundos para digitar aquela avaliação odiosa e manchar todo o meu trabalho árduo. Pica-paus covardes como você não entendem o que está em jogo para mim.

Eu imploro, por favor, que remova a sua avaliação.

At.te.,

HGK

Esse, ela pode ler apenas uma vez.

Eu imploro. Alguém desse século ainda fala assim? E *pica-paus covardes como você* — isso é um insulto? Isso tudo é tão absurdamente estranho.

As teclas estalam sob seus dedos.

Desculpe, mas a minha resposta ainda é não. Boa sorte com suas futuras obras.

Ela considera, antes de adicionar:

Aliás, fica a dica para as suas futuras obras: mulher nenhuma JAMAIS faria uma caminhada nas montanhas de salto alto.

Isso está ficando exaustivo. Ela se pergunta se outros usuários lerão essa conversa e se envolverão na discussão. O que vão pensar? Qual lado vão escolher?

Não há lados, lembra a si mesma. Os leitores devem ter opiniões. Os autores não deveriam comentá-las. E quanto mais ela relê as palavras desse estranho, mais sua pulsação palpita em seu pescoço. Por que deveria se importar se esse autoproclamado "escritor" gastou seis meses de sua vida produzindo aquele excremento literário? Ela gastou quatro horas de sua vida lendo-o. Ambos saíram perdendo.

Precisa de ar. De novo.

Percebeu que havia se esquecido do pássaro inconsciente lá fora.

As primeiras gotas de chuva caem quando ela retorna para checar a cadeira no jardim. Para sua decepção, o corpo empenado ainda estava imóvel na toalha. Exatamente como o deixara. Pernas finas enrijecendo. Olhos fechados. E agora, sob o crepitar de um trovão que se aproxima, Emma percebe algo que não havia notado antes.

Uma gota de sangue seco entre os olhos semicerrados da ave, como uma minúscula lágrima vermelha.

Ela volta para dentro.

Em sua tela, outra mensagem do autor — agora tingida com uma ameaça.

Eu não vou pedir de novo.

Sem se sentar, ela responde.

Ótimo.

Em seguida, fecha seu notebook.

PARTE UM

EM ALGUM MOMENTO APÓS AS TRÊS DA MANHÃ, EMMA ACORDA E VÊ UM homem parado de pé no canto escuro do quarto. Ele está coberto em grande parte pela sombra preta e angular da porta.

Ela pisca, esperando que a figura desapareça como um sonho que se esvai.

Ele ainda está lá.

Ela foca o olhar e o quarto fica mais nítido. Um raio de luar bate sobre um vinco no ombro do casaco da aparição. Uma dobra da pele de um pescoço atarracado. E a aba de um chapéu. Como o que um gângster usaria em um filme antigo.

Encarando-a.

Vendo-a dormir.

Ela não ousa se mover. Um dedo sequer. Se ele vir que está acordada, o momento frágil se partirá. Ele avançará sobre ela e cortará sua garganta ou arrancará seus olhos fora, ou pior. Ela pisca de novo, tentando enxergar mais detalhes na escuridão, tentando não abrir os olhos de forma muito perceptível.

A figura também não se move.

Percebe que está prendendo a respiração. Seus pulmões ardem. Aspira um bocado de ar de forma tão silenciosa quanto possível, um leve sibilar entre os dentes. Ela se pergunta se ele consegue escutar.

Há quanto tempo ele está aí, me olhando?

O quarto se equilibra em um estado de tensão.

Emma mora sozinha. Seu quarto é no primeiro andar. Seu celular está carregando lá embaixo. Não há armas na casa e nenhum vizinho mora perto o suficiente para ouvi-la gritar. Ela cogita jogar as cobertas, saltar para fora da cama, passar pelo estranho em disparada e descer as escadas. Mas ainda está escuro demais para ser garantido. Ele ainda pode ser apenas um casaco pendurado, diz a si mesma. Uma ilusão.

À sua esquerda, há um abajur com uma corrente liga-desliga. Ela desliza a mão naquela direção, perpassando seus dedos por baixo dos lençóis como uma serpente debaixo d'água.

Silêncio.

A figura não se moveu. E ele não viu sua mão se movendo — ainda não, pelo menos. Emma fecha os olhos e se concentra nos sons ambientes. O rugido baixo das ondas. O tamborilar da chuva no telhado. Tenta localizar a respiração do estranho ou a dobra de seu casaco, mas ele está estranhamente quieto. Ela se prepara para o ranger de uma tábua do piso, anunciando o primeiro passo em direção à sua cama. Mas ele não vem.

Um, ela conta. Sua mão desliza para fora do cobertor agora, seus dedos se movendo como uma aranha pela porcelana fria. Tateando em busca da corrente.

Dois.

Ela a encontra. Um tilintar seco entre seus dedos. Teria ele escutado? Se sim, ainda assim não atacou. Nenhum movimento.

Três?

Tem medo de quebrar a quietude. Mas ela engole o medo. Está completamente acordada agora, seus músculos tensos sob os lençóis, e deve se preparar. Sem desculpas.

Três.

Ela puxa a corrente. Um clarão nuclear. Estreita os olhos em uma explosão de luz e joga as cobertas para a esquerda enquanto levanta o corpo para a direita, pousando com força sobre os pés descalços. Gira — cotovelos altos em defesa — e dispara rumo à porta do quarto. Ao correr, vislumbra o ponto onde o estranho de chapéu estava, agora uma parede vazia.

Ele desapareceu.

Ela está sozinha no quarto iluminado.

Será que ele estava mesmo ali?

EMMA TENTA DORMIR DE NOVO, MAS NÃO CONSEGUE.

Decide checar a casa, cômodo por cômodo.

Primeiro, o andar de cima: uma suíte, um banheiro com pia dupla e um armário. Confere cada canto, cada sombra, cada fresta onde um intruso possa espreitar.

Andar de cima: tudo limpo.

Em seguida, o térreo. O andar principal é desafiador: um espaço familiar cavernoso com uma cozinha e sala de jantar em conceito aberto, expostas ao lado externo por três janelas de vidro do piso ao teto. Meio casa na praia, meio aquário. E mais dois quartos, um banheiro e uma lavanderia com um duto para roupa suja que sobe até o primeiro andar. Uma ampla visibilidade, mas repleta de esconderijos perigosos. Ela abre cada porta e vasculha cada centímetro quadrado. Acende as luzes metodicamente enquanto avança, criando uma crescente zona segura e iluminada. É satisfatório, como conquistar território.

Térreo: tudo limpo.

Falta um andar.

— Maldito porão.

Uma escada desce em um buraco de escuridão. Ela para no vão da porta, inspirando o odor cavernoso. Alguns degraus abaixo, a escada faz uma curva de noventa graus sob um cano de cobre visivelmente enferrujado. Mesmo medindo um metro e sessenta e um, Emma precisa se abaixar. Desceu mais dez degraus sentindo cheiro de mofo e fezes de rato, como se entrasse no estômago da casa. No final, seus pés descalços tocaram as fundações de cimento, lisas com a umidade.

É sempre úmido lá embaixo. Porões são raros perto de praias por esse exato motivo. Mesmo com uma bomba de depósito, como há nesta casa, é impossível manter um porão seco no litoral. A única luz lá embaixo é controlada por um interruptor de plástico na parede de concreto à sua esquerda: escuro demais para ver. Tateia em busca dele, com as pontas dos dedos esticadas, quando algo se move atrás dela. Uma corrente de ar toca a sua lombar exposta. Ela reconhece de imediato o calor. É uma respiração.

Recua, surpresa, e seu cotovelo bate em uma prateleira. Um objeto pesado cai no chão de cimento, fazendo um barulho tão ensurdecedor quanto um tiro.

Ela perdeu o interruptor. Escuridão total.

A próxima respiração está poucos centímetros atrás de si. É mais profunda, quase da mucosa. Um nariz frio e molhado é pressionado contra sua pele nua.

— Laika — sussurra Emma. — Você é o pior cão de guarda do mundo.

Ela encontra o interruptor. Faça-se a luz.

Laika é uma golden retriever, mas não é muito dourada. É da variante inglesa, de cor creme, com uma pelagem quase branca, razão pela qual as pessoas a confundem com um labrador branco ou um cão de montanha dos pireneus. Emma se agacha para acariciar os pelos sedosos sob as orelhas de Laika.

— Você latiria se alguém estivesse dentro de casa. Não é?

Olhos escuros lhe respondem. Inexpressivos, estúpidos e entusiasmados.

— Não é?

Nada.

— *Não é?*

Eis o vazio.

Talvez não um latido, decide Emma, mas Laika, amigável até dizer chega, seguiria o intruso até o andar de cima, roçando sua coxa com entusiasmo em busca de atenção. Sente-se melhor agora. A figura no quarto era apenas um fragmento remanescente de um pesadelo.

Porão: tudo limpo.

Emma está perfeitamente só. Do jeito que ela gosta. Essa casa solitária — três metros acima do nível do mar, a cem metros da maré-cheia — é sua embarcação segura, um pontinho de luz, minúsculo como uma picada de agulha, em uma vasta orla. Às vezes, olha pelas janelas e imagina ser a última sobrevivente da Terra. Apenas o céu vazio, quilômetros de gramíneas nas dunas e o monótono ruído da arrebentação mais além.

No andar principal, ela verifica se a porta da frente e a dos fundos estão trancadas (estão) e se todas as janelas estão intactas (estão, impecáveis). Depois disso, o que se pode fazer? Um intruso não conseguiria escapar sem ativar a área das luzes com sensores de movimento lá fora. Ainda assim, deixa as luzes internas acesas enquanto o céu do Pacífico fica cinza com o amanhecer. Mesmo com todos os cômodos conferidos e os sentidos aguçados de sua golden retriever ao seu lado, ainda precisa lembrar a si mesma de que seria impossível que o estranho estivesse trancado *dentro* de casa com ela.

De volta ao andar de cima, esperava que o abajur do quarto revelasse suas próprias roupas penduradas de forma desleixada sobre uma cadeira onde a figura estava antes, ou uma capa de chuva pendurada feito um espantalho. Mas há apenas uma parede vazia. E ela tem *certeza* de que viu a aba de um chapéu.

Certo?

Ela faz um chá de gengibre e examina as janelas, tentando focar o olhar tanto na costa enevoada quanto no reflexo do interior do quarto, em parte esperando notar a figura de pé atrás dela, em um movimento súbito de fazer pular do assento. Já viu esse filme antes.

Coloca comida na tigela para Laika. A golden fareja com indiferença.

— Eu sei — diz Emma. — Também não estou com fome.

À TARDE, JÁ HAVIA LIDO MAIS DOIS E-BOOKS DO COMEÇO AO FIM. UM DECENTE, o outro até que bom. São leituras rápidas, quatro horas cada, pequenos dioramas confortáveis com detetives falhos, suspeitos peculiares e assassinatos sem sangue.

Pistas falsas. Histórias de fundo trágicas. Ela já tinha outro livro baixado para ler à noite. É bom mergulhar no mundo de outra pessoa, deliciar-se com os detalhes feitos à mão e admirar os forros. Em épocas mais felizes, Emma gostava de ler Tolstói e Dostoiévski, e sabe que está se rebaixando nas promoções e ofertas gratuitas da Amazon. Não está lendo por prazer, exatamente, ou para ficar mais sábia — se bem que não há nada de errado em ler para escapar, não é mesmo?

No fim de cada livro, a Amazon pede que ela escreva uma avaliação.

Ela recusa.

Esqueceu o nome daquele autor esquisito, mas a experiência ainda a incomoda. Ela raramente conversa com estranhos, mesmo na internet. Desde que chegou nessa praia há três meses, tem se esforçado bastante para cortar todos os vínculos sociais e criar um casulo para si, longe do contato humano. Seus livros são teletransportados a partir do espaço cibernético. Suas compras são magicamente conjuradas à sua porta. Sempre que escuta uma van de entregas descendo a entrada para carros a quatrocentos metros, ela se esconde. O tempo desacelera até um estranho e maçante rastejo quando se é uma adulta feita escondendo-se embaixo de uma janela.

Emma perdeu quase seis quilos desde que chegou aqui. Não de propósito. Talvez haja algo errado com seu corpo, mas comer se tornou um processo tedioso e pouco recompensador, tão despido de alegria quanto se sentar na privada. Alguns dias, ela esquece completamente de comer. Outros, deseja apenas dormir, e precisa se arrastar pelos corredores como um zumbi. A casa parece ter quilômetros de área. Ferver um bule de chá de gengibre é um desafio insuperável. Nada vale o imenso trabalho que isso exigirá.

Não sabe ao certo quando foi a última vez que ouviu uma voz humana. Há quatro semanas?

Ou cinco?

Disseram-lhe que personalidades introvertidas recarregam suas energias com um tempo a sós, algo como administrar uma bateria social. E embora isso seja correto — pois a maioria das pessoas tende a exaurir pra caramba a amável Emma —, ela sempre se viu mais como argila, uma massa sem um formato definido que se transforma com relutância para se adequar às necessidades diárias de seu ambiente. Sorria para os filhos do vizinho. Pague o seguro do carro. Agende uma consulta no dentista. E aqui, nesta costa deserta, descobriu uma verdade muito pior: que sem emprego, afazeres, amigos ou família, Emma Carpenter se afasta com prazer. Cada molécula de seu ser toma o caminho de menor resistência. Às vezes, vislumbra sua imagem nos espelhos ou no reflexo dos vidros, um rosto que não reconhece, acinzentado e sem forma. Sem olhos, sem boca, com um nariz achatado em uma massaroca pegajosa. Seu próprio fantasma.

Tem medo de pouquíssimas coisas — o pior que pode acontecer a qualquer ser humano já aconteceu com ela há meses —, mas teme o que se torna quando está sozinha, até onde sua mente vai se a deixar correr solta.

Sua dieta contínua de *fast-food* digital — distrações de noventa e nove centavos boas, ruins e tudo o mais — é suficiente para mantê-la ocupada.

Por enquanto.

UMA TEMPESTADE SE APROXIMA.

Emma a avista pela primeira vez da lavanderia, quando sobe na secadora de roupas, abre uma janelinha, dobra as costas em um arco e fuma um cigarro. Ela liga um ventilador de plástico a cada tragada, garantindo que cada grão das cinzas voe para fora enquanto observa as nuvens escuras pairando sobre o oceano. Em seguida, amassa seu cigarro com as pontas dos dedos lambidas e o coloca dentro de um plástico, junto com os outros.

Dito e feito, gotas de chuva batem nas janelas quando ela começa a ler seu terceiro *e-book* no sofá. O vento ruge e ela se pergunta se está mesmo ouvindo a porta de um armário esquecido se abrindo na sala ao lado. Ou passos sorrateiros lá embaixo? Mãos enluvadas segurando um facão?

De tempos em tempos, ela para de ler e escuta.

Esta casa é cheia de sons. Mesmo tendo morado aqui por três meses, ainda descobre novas peculiaridades. As portas se recusam a fechar. As calhas gotejam uma pulsação constante. A privada do banheiro de hóspedes às vezes dá descarga sozinha. A primeira vez que ouviu isso acontecer, do outro lado da casa, gelou seus ossos, mas agora é uma particularidade charmosa, como um fantasma que passa para cagar de tempos em tempos. É a primeira vez que Emma cuida de uma casa, e parece muito mais invasivo do que alugar uma casa. Talvez a diferença esteja nos talheres na gaveta da cozinha, se são seus ou de outras pessoas, mas algumas noites ela se sente como uma invasora, perambulando pela sala de estar de um estranho, cheia de culpa.

O proprietário? Uma senhora gentil de Portland, chamada Jules Phelps.

Pelo menos Emma *acha* que é uma senhora.

Nunca se conheceram pessoalmente.

E parte do motivo pelo qual parece tão invasivo é o fato de que Emma não consegue deixar de tirar conclusões a respeito da vida privada de Jules. É inevitável. Não dá para *não* fazer. Há remédios para hipertensão e laxante emoliente no armário do banheiro: talvez Jules seja de meia-idade ou mais velha? Há uma câmera Polaroid antiga na estante: será que Jules brinca com fotografia? Um quarto foi limpo recentemente, mas um aroma adolescente pesado ainda está impregnado: talvez

Jules tenha criado um filho homem? Em um pôster nesse quarto, um guerreiro samurai estoico se ajoelha sob um bambuzal à luz da lua e afia sua espada. Talvez o garoto tenha ido para a universidade. Talvez tenha se mudado. Talvez Jules o tenha assassinado e seus membros esquartejados estejam apodrecendo dentro das paredes neste exato momento.

Talvez Emma estivesse apenas lendo romances policiais demais. Mas algo naquele quarto sempre a perturbou. Ela evita o quarto do adolescente e mantém a porta fechada, para que suas más energias não escapem em uma nuvem fedorenta de desodorante, refrigerante e meias. E algo mais... algo azedo. Velho. Fermentado.

Continue lendo.

Isso não lhe diz respeito. Emma está lá para ligar os aquecedores, cuidar para que não haja infiltrações no telhado e receber as correspondências de Jules. Todo o resto é como as ondas: ruído branco.

A ilha de Strand Beach, longa como uma corda de dezessete quilômetros (conhecida como *o Strand*, o cordão), une-se ao continente por uma passagem de pista simples. É uma superfície de terra plana e repleta de relva, pontilhada com casas remotas como esta, todas separadas por acres de espaços vazios e em grande parte supridas por uma única rua chamada Wave Drive. O sinal de celular é falho, a pressão da água é fraca, e quando o clima coopera, há banda de internet via satélite o suficiente para assistir à Netflix em 480p. Não é surpresa que 99% dessas casas ficam vazias de outubro a abril — retiros de verão de urbanitas abastados como Jules, fechados e cheios de naftalina durante a temporada de chuva. Em precipitação anual, Strand Beach perde apenas para uma certa cidade em Washington, a uma curta viagem de carro ao norte, famosa por seus vampiros cintilantes.

Lá fora, Emma não tem vizinhos no plural — ela tem *um* vizinho. Esse confirmado humano solitário ocupa a próxima casa na Wave Drive, cerca de meio quilômetro ao norte. De seu cantinho de leitura no sofá, a estrutura distante se parece com uma lápide contra o céu úmido. Ela consegue ver um fraco brilho interno. E na janela da sala de estar, um quadro branco.

Com uma mensagem escrita à mão.

— Finalmente.

Pousa seu leitor digital. Passa por cima de Laika, que ronca sobre o tapete de pele de urso, e se aproxima do telescópio náutico perto da janela. Ela se inclina sobre a lente ocular, ajustando o foco até que a mensagem distante de seu vizinho fique clara e nítida.

É... um homem palito. Pendurado em uma forca desenhada à mão.

— Droga.

Outra derrota. Seu palpite — *oxigênio* — não chegou nem perto.

Ela não sabe o nome completo de seu vizinho idoso, apenas como ele se apresentou espontaneamente via quadro branco certa tarde (OLÁ. SOU DEEK). Durante a última ou as duas últimas semanas, seu quadro conteve um convite amigável (QUER JOGAR FORCA?), o que soa como algo mórbido para quem nunca ouviu falar do popular jogo da forca. Era o caso de Emma.

Resumindo: um jogador tenta adivinhar as letras de uma palavra misteriosa enquanto o outro desenha um homem palito com um nó corrediço, adicionando um membro para cada palpite incorreto. Um homem palito completo significa que o pobre sujeito foi enforcado. Acontece que Deek é uma fera absoluta em forca. Seus palpites são cirúrgicos, suas palavras são impenetráveis. Emma não ganhou nenhuma vez.

É impossível conhecer alguém pelo telescópio, mas assim como cuidar da casa de um estranho, você se vê registrando observações mesmo assim. Emma sabe que o velho vive sozinho em meio a pilhas de lixo — um andar inteiro do tamanho de um galpão cheio de móveis aglomerados, vultuosos arquivos, torres de livros empilhados e uma (supõe-se) privada não instalada na varanda dos fundos. Ela sabe que ele tem um revólver antigo enquadrado sobre a lareira. Sabe que ele só bebe café antes das três da tarde e só bebe uísque depois — e que, em suas noites de maior porre, ele às vezes solta fogos de artifício diretamente de sua varanda.

Emma geralmente deixa horas se passarem entre seus palpites no jogo da forca — o ritmo agradavelmente glacial da vida no Strand —, mas vislumbra movimentos. O velho ermitão está na cozinha. Então, destampa sua caneta, desenha uma forca em seu próprio quadro branco e escolhe uma palavra.

Ele adivinha em quatro rodadas, de primeira.

ZÉFIRO?

— Cretino.

Não sabe como ele consegue.

Às vezes, ela gosta de examinar as janelas molhadas do vizinho em busca de pistas e especular a respeito da exótica carreira passada de um homem que vive sozinho com uma arma de *cowboy* e cinco toneladas de tralha acumulada. Vem tentando decifrar há semanas. Vendedor de antiguidades? Arquivista? Estrela de cinema aposentada? Bem que ele se parece um pouco com o George Clooney, se colocasse *Michael Clayton* em um desidratador de alimentos. Seja qual for seu passado, o homem autodenominado Deek é um mistério fascinante.

Agora, o vizinho se levanta de seu telescópio, como se surpreendido por um barulho repentino. Ele pega sua caneta azul e escreve em seu quadro: QUEM ESTÁ AÍ?

Emma interrompe seu gole.

Pousa sua caneca de chá sobre a mesa — uma batida seca — e levanta as mãos, encolhendo os ombros de uma forma exagerada: *O quê?*

Ele escreve mais. Mas a tempestade se intensifica, golpeando as janelas e borrando suas palavras com as gotas que escorriam. Ela estreita os olhos no telescópio.

HOMEM NA SUA SALA
ATRÁS DE VOCÊ

Ela se afasta da lente. Sente um leve frio na sala atrás de si, como uma brisa de ar em movimento. Mas o ignora e pega sua caneta.

BOA TENTATIVA, escreve.

Ela sabe que ele está brincando. E não vai cair nessa.

A meio quilômetro de distância, o velho balança a cabeça. Ele acena atrás do vidro molhado. Em seguida, volta ao seu quadro branco.

ESTOU FALANDO SÉRIO, rabisca, QUEM ESTÁ AÍ?

Ele aponta para ela.

Não. *Atrás* dela. Na sala de estar adjacente. A três metros de distância.

Ela se recusa a olhar para trás.

— Nem pensar.

ELE ESTÁ BEM AÍ

Ela finge um bocejo.

TEM UMA FACA

— Uma faca? Seja mais criativo.

Ela sustenta um contato visual sólido feito pedra com seu vizinho através de janelas embaçadas com água da chuva, sustentando-o, até passar muito do ponto em que qualquer assassino em série digno teria agarrado seu couro cabeludo, puxado sua cabeça para trás e cortado sua garganta. Finalmente, o velho desistiu e deu de ombros. Derrota relutante.

Ganhei, ela pensa.

Deek é um pregador de peças incessante, e isso só aprofunda o mistério do velho. Talvez o tédio por aqui enlouqueça as pessoas de formas um pouco diferentes, mas esse é o terceiro assassino que persegue a casa de Emma. Ele também lhe disse que o imóvel é assombrado, que Jules costumava ter um show burlesco em exibição no porão, e que a caseira anterior era uma assassina em série. Há um número limitado de peças que se pode pregar a meio quilômetro de distância, então na semana passada (supostamente após observar que ela era uma leitora), Deek recomendou o pior *e-book* que ela já leu na vida: *Montanha da Morte,* de H. G. Kane.

Por isso, ela escreve: VOCÊ ME DEVE 99 CENTAVOS

ESPERE. Deek pausa. VOCÊ COMPROU MESMO?

Ela confirma.

É SÉRIO?

Ela confirma mais uma vez.

NOSSA. DESCULPE. O velho faz uma pausa e balança a cabeça, genuinamente consternado. E VOCÊ LEU *INTEIRO*?

Ela sorri, culpada. Deek subestima imensamente o tempo que ela tem de sobra.

TUDO BEM, ele escreve. DEIXE-ME PERGUNTAR UMA COISA.

— Claro.

VOCÊ ABRE A GELADEIRA

Ela concorda.

VOCÊ TOMA UM GOLE DE LEITE

— Certo.

TEM GOSTO DE LEITE ESTRAGADO

Ela suspira.

— Sei onde isso vai dar.

VOCÊ:

A. JOGA O LEITE FORA?

B. BEBE A MALDITA CAIXA INTEIRA, PARA TER CERTEZA DE QUE ESTÁ MESMO ESTRAGADO?

Ela finge uma risada para o telescópio de Deek, mas sem som, sem ar. Aprecia o senso de humor excêntrico do velho — pelo menos acha que aprecia, da mesma forma que tem quase certeza de que aprecia ostras pequenas e caras servidas cruas — mas Deek não conseguiria entender a sua situação. Ele ainda é apenas um espectador. Desde que chegou aqui, Emma baixa seus *e-books* a rodo, acabando com as ofertas gratuitas e as promoções da Amazon toda semana. Não se trata da qualidade da história. O objetivo dela é se distrair, colocar sua mente para correr na esteira.

Qualquer coisa é melhor do que ficar sozinha com seus pensamentos.

Até *Montanha da morte*.

Ainda sorrindo, Deek escreve: JÁ OUVIU FALAR DO CLÁSSICO *PLANO 9 DO ESPAÇO SIDERAL*? ATÉ QUE É BEM-FEITO

Ela revira os olhos.

UM FILME INTELIGENTE E ASSUSTADOR

— Babaca.

O ASSASSINO AINDA ESTÁ ATRÁS DE VOCÊ, ALIÁS

— Talvez ele o mate em seguida.

CONSIGO LER SEUS LÁBIOS.

Ela tem quase certeza de que não consegue. É longe demais.

Entre as centenas de casas de veraneio vazias, é quase um milagre estatístico que as duas casas ocupadas fossem adjacentes assim. Emma imagina a si e a Deek como dois pilotos de duas espaçonaves em vetores distintos, passando brevemente pelo campo de visão um do outro. Capazes de transmitir e receber mensagens escritas enquanto a janela de contato durar.

Seu sorriso desaparece. Ele escreve: ESTÁ TUDO BEM?

Ela tenta não pensar demais na resposta. SIM

TEM CERTEZA?

Ah, pelo amor de Deus. Agora acontecem as paradas reais, as partes dos relacionamentos humanos com as quais Emma sempre teve dificuldade. De repente, até meio quilômetro de distância pareceu perto demais. Ela desenha outra forca — mas ele ainda está escrevendo, inclinando-se de forma torta sobre seu quadro antes de se afastar e revelar: EU VI VOCÊ

Ela congela: *O quê?*

NA PRAIA

Um leve calafrio sobe por sua espinha quando Deek adiciona um ponto de interrogação com uma pergunta enfática: O QUE VOCÊ ESTAVA FAZENDO?

Ele então se afasta de volta ao telescópio.

Observando-a.

Esperando.

Emma brinca com sua caneta entre os dedos. Dá um sorriso tênue, cheio de culpa, se questionando se o velho realmente sabe ler lábios. Se sua lente de aumento é poderosa o suficiente para detectar uma mentira.

Diga algo, Emma.

Ele aguarda uma resposta.

Diga qualquer coisa.

Finalmente, ela responde.

SÓ CAMINHANDO. ESTOU BEM

Em seguida, tampa sua caneta e volta ao sofá. Dessa vez, quase tropeça em Laika, que acorda com um ronco surpreso. Odeia se sentir analisada sob a lente do seu vizinho. A espaçonave de Deek se aproximou da dela de forma espantosa. Ela pega seu leitor digital e finge ler seu *e-book* atual — um drama policial sobre um assassino em série que vai ao velório de suas vítimas — sabendo que o velho ainda a observava. Finge não o ver. Espera até ter certeza de que ele perdeu o interesse e foi fazer outra coisa.

Ela evita o telescópio durante o resto do dia — aproximar-se dele pode convidar outra conversa a distância —, mas estreita os olhos e ainda consegue ler a mensagem de Deek.

EMMA — SE PRECISAR CONVERSAR, ESTOU AQUI

Lembra a si mesma que esses telescópios são uma via de mão dupla. Ela também está sendo observada. E, estranhamente, durante vários meses, mesmo entre dezenas de homens palito enforcados e incontáveis conversas via quadro branco, não se recorda de ter lhe contado seu nome.

Deek sempre teve uma habilidade sobre-humana para adivinhação, não é?

QUANDO EMMA CAMINHA NA PRAIA, GOSTA DE FECHAR OS OLHOS E DEIXAR A mente ficar em branco, da forma mais perfeita e indolor.

Se pudesse ter um superpoder, qual seria?

Em uma vida passada, tinha vinte e dois anos e compartilhava uma garrafa de vinho de sete dólares com seu namorado diante de um tabuleiro de xadrez em sua quitinete, tentando se concentrar em peças nebulosas. Laika era filhote naquela época, uma coisinha roliça e branca arranhando seus tornozelos.

Um superpoder, Em. Vai.

Ela não sabia.

Voar? Telepatia? Reflexos sobrenaturais?

Deu de ombros.

Por que falar sem parar é tão fácil para algumas pessoas? Ela se sente defeituosa às vezes. Tenta se autocorrigir em sua cabeça, e quando chega a algo que quer dizer, já é tarde demais para dizê-lo. Já frustrou primeiros encontros somente com sua incapacidade de manter uma conversa. Mas Shawn era diferente, e de alguma forma, já naquela época, ela sabia que o amava. Ele falava o suficiente pelos dois (o que aliviava um pouco a pressão sobre Emma), mas, para estimulá-la de leve, também gostava de lançar perguntas absurdamente aleatórias. Qual é o seu musical favorito? Sua viagem favorita? Aparentemente, pensava em super-heróis naquela noite, quando Shawn explicou seu próprio superpoder ideal: viver para sempre. Imortalidade.

— É um superpoder terrível pra caramba — disse Emma, bebericando direto da garrafa.

Ele riu. Uma das primeiras vezes em que ela ouviu o que chamaria de uma risada-Shawn: um abrupto e genuíno latido de surpresa.

— Está bem — disse ele. — Explique, por favor.

Ela respirou fundo. Sem autocorreção.

Um.

Dois.

Três.

— Tudo bem — disse ela. — Primeiro, se você é imortal, não vai envelhecer, certo? Mas todos ao seu redor vão. Seus amigos, sua família — bateu no próprio peito —, eu, se Deus quiser. Você verá todas as pessoas queridas envelhecerem, adoecerem e morrerem, e, no começo, você viverá seu luto e seguirá em frente e formará novas conexões com novas pessoas. Mas elas sempre se esgotarão. Você as verá murchar feito espinafre.

Ele concorda com a cabeça. Ainda escutando.

— E se for imortal, sua percepção do tempo mudará também. Já percebeu que, conforme envelhecemos, o tempo parece acelerar? Imagine isso em uma velocidade absurda. Você estará na sua octogésima-sexta esposa e filhos, com mais descendentes do que pode possivelmente amar, e todo aniversário e formatura passará em um piscar de olhos. Você começará a se perguntar: qual é o sentido, se eles continuam virando pó, de qualquer jeito? E essa não é nem a pior parte... — Mais ou menos nesse ponto, ela se lembrou de respirar.

— Eventualmente, a humanidade vai acabar. — Ergueu a garrafa e deu uma tacada ampla no ar. — Você sabe disso. Eu sei disso. Pode ser um asteroide. Guerra nuclear. Supernova. Ou, em alguns bilhões de anos, o Sol apenas inchará até se transformar em um gigante vermelho e incinerará a Terra, afinal. Certo? Vai acontecer. E onde fica o Shawn imortal? Você não pode se queimar ou morrer. Mas a Terra terá desaparecido. Sem pessoas, sem cidades, sem chão onde pisar. Você vai vagar impotente no vazio sem fricção do espaço pela eternidade. Incapaz de se mover e incapaz de morrer, não importa o quão desesperadamente deseje morrer. E você vai desejar, eu prometo.

Sua voz se rebaixou a um sussurro.

— Flutuando. Sozinho para sempre. Desejando ter escolhido outro superpoder.

Colocou a garrafa de volta entre eles como quem larga um microfone. Silêncio de novo. Shawn apenas a encarava do outro lado do tabuleiro esquecido, encarando, encarando, até ela ter certeza de que o havia perdido, ou pior, assustado, de forma que o resto da noite correria bem, mas ele terminaria com ela educadamente em algum momento da semana que vem, em busca de um modelo menos complicado.

Em vez disso, seu futuro marido sorriu.

— Você deveria falar mais — disse ele.

Algo nisso tudo fez Emma se arrepiar.

Ainda faz, seis anos depois e três estados a oeste, à beira do oceano que rugia. A água do mar fria lava seus tornozelos agora. Seus tênis estão encharcados.

Há uma certa violência nas ondas de tempestade de Strand Beach, o que fascina Emma. Não dá para conhecê-la na segurança da praia. É preciso estar lá, com a bruma salgada nos olhos ou, ainda melhor, *dentro* dela, enquanto as ondas de três metros se quebram aos seus pés, empurrando e puxando com milhões de ondulações. É como ficar na beira de um moedor de carne — alguns passos adiante e ele o sugará. Até o som é profundo o suficiente para se perder lá dentro.

— Eu sinto a sua falta, Shawn — sussurra ela.

Escuta o rugido por mais um momento.

E mais um.

E ainda outro.

Até que os cabelos de sua nuca se arrepiam e ela imagina um olho observador e coberto de veias subindo por suas costas. Todas essas semanas e isso nunca havia lhe ocorrido — apesar de o velho ter um maldito telescópio —, que Deek pudesse observá-la na praia. Ele obviamente estava observando-a ontem. Agora se preocupa com ela, pobre homem decente.

Ela viraria e acenaria alegremente em direção à casa dele, se pudesse. Nada para ver aqui.

Está tudo bem.

Então, dá as costas ao mar, como se fosse tudo uma simples caminhada da tarde, e volta para casa calçando tênis ensopados que fazem um som aguado a cada passo.

Está tudo bem.

No caminho, percebe um segundo rastro de pegadas na areia escura ao lado das suas. Corredores às vezes passam por aqui, embora não se lembre de ter visto uma alma viva no Strand hoje. Olha para trás, assegurando-se de que a praia ainda está vazia, e então caminha um pouco mais depressa.

Está tudo perfeitamente bem.

2

A CAMINHADA DE VOLTA SEMPRE PARECE MAIS LONGA.

Laika a cumprimenta na beira da trilha de areia, feliz e inocente como sempre, e Emma se agacha. A cadela se encosta nela, e, por um momento, o amor bruto de um golden retriever é tudo de que ela precisa. Agarra punhados de pelo branco como creme.

— Cadela Espacial — sussurra ela.

Sou eu, parecem dizer aqueles olhos pretos.

— Eu te amo.

Eu também te amo.

Laika não entende isso, mas recebeu esse nome em homenagem ao primeiro cão da história a ir para o espaço. Em 1957, cientistas da União Soviética lançaram a Laika original (uma vira-lata de rua adotada) à órbita terrestre baixa, dentro de um cone de quase dois metros do satélite Sputnik 2. Como seria disparar para tão longe de toda alma na Terra? Emma só conseguia imaginar.

Laika vira o pescoço para olhá-la, agora de forma estranhamente direta, e Emma se pergunta quão bem um golden retriever consegue pressentir emoções humanas. Ler expressões faciais é uma coisa — depois de um velório, Emma dominou a técnica do sorriso contorcido que diz *"eu vou ficar bem"*. Mas será que isso engana a Laika? Enganou alguma vez?

Eu sei, dizem aqueles olhos pretos.

Eu sei de tudo.

Ela nota que as presas de Laika estão vermelhas.

— O que aconteceu com a sua boca?

É sangue.

Ela pega a focinheira, força sua mandíbula com os dedos, e passa os dedos por trás de seus dentes. Recupera uma porção de cartilagem viscosa.

— Laika?

Uma respiração morna em seu rosto. Animalesca, pútrida. Emma tem dificuldade para segurá-la.

— Laika...

Enquanto a golden voltava a fuçar algo em meio à relva, um naco de carne pálida do tamanho de uma mão, coberto de areia, apareceu jogado por perto. Fétido pela decomposição.

Laika olha para ela, orgulhosa.

Encontrei um tesouro.

Emma o analisa. Carniça? Um pedaço de leão-marinho, arrancado por gaivotas? Revirando-o com o pé, vê que o tecido está exposto demais, cortado com perfeição demais. Como algo embalado em plástico no açougue do mercado. Outra possibilidade cutuca seus pensamentos, mas sabe que há uma explicação mundana, que ela lê romances policiais demais e que não pode ser carne humana.

Mesmo assim.

Cava um buraco na areia com o sapato e o enterra. Laika a observa decepcionada, outra gota de baba sangrenta pendendo de seu lábio. Cortou a boca, provavelmente em um pedaço afiado de osso.

Emma limpa o sangue.

— Sua burra.

Em seguida, puxa-a de volta para casa sem olhar para trás.

— Vamos dar um jeito na sua boca.

A NOITE CAI ENQUANTO EMMA LIMPA O CORTE COM PERÓXIDO DE HIDROGÊNIO. Tem dois centímetros e meio, cortando através da gengiva externa de Laika. Doloroso, mas não é grave. Não precisa de suturas. A cadela deita imóvel no piso da cozinha, aquelas pupilas pretas travadas nos olhos de Emma, ganindo só de vez em quando por causa da pontada do cotonete com antisséptico. Essa confiança lhe parte o coração. Nenhuma criatura deveria confiar em outra de forma tão absoluta.

Eu te amo, mãe.

— É? Então pare de comer porcaria.

É. Comi algo ruim.

Desde que chegou no Strand, Laika tem alegremente devorado caranguejos podres, águas-vivas e algas. Toda maré baixa revela um banquete fresco de dentes lascados e infernos gastrointestinais. Ela lambe as gengivas, vendo Emma guardar o peróxido debaixo da pia.

Era ruim.

Mas não me arrependo.

Por fim, Emma amarra de novo a bandana sobre a coleira ao redor do pescoço de Laika. Por alguma razão, a cachorra genuinamente ama esse pedaço de tecido bobo. Quando não a usa, fica chateada. Quando a bandana está sendo lavada, Laika a procura na casa toda. Emma se recorda de quando Shawn a comprou em um pet shop, anos atrás — sem motivo, só porque gostava de sua cadela — um daqueles pequenos gestos de brincadeira que, com o tempo, se solidifica e vira parte da sua vida. Lembra-se dele sempre que vê a bandana.

As bordas estão puídas. Vai se desmanchar logo, logo.

Emma toma um banho. Se permite um único cigarro em sua pequenina janela de fumar na lavanderia, assegurando-se de soprar cada molécula para fora com seu ventilador de mão. Termina sua pizza de queijo fria e volta ao seu *e-book* sobre o assassino em série que vai ao velório de suas vítimas — uma premissa estúpida, sinceramente. Após alguns capítulos, joga uma rodada de forca.

Em silêncio, sua mente retorna a coisas preocupantes.

O homem em seu quarto na outra noite foi apenas um sonho. Não pode ter evaporado através das portas trancadas como um fantasma.

A não ser que...

Não. Não é possível.

Não tem como ele ainda estar *dentro* dessa casa gigantesca. Emma já procurou em cada centímetro. Até conferiu lugares que não fazem sentido, como dentro do duto de roupa suja, cheio de teias de aranha. Mas agora sua mente volta ao início: a suíte master. No banheiro, há uma bancada longa e luxuosa com pia dupla — Jules deve ter sido casada pelo menos uma vez — que dá em um box com piso aquecido e uma banheira vitoriana de ferro fundido que ela nunca usou. As válvulas quente e fria são estrelas-do-mar, o que é fofo. Mas voltando à longa bancada... é tão comprida, na verdade, que o banheiro tem *duas* entradas.

Seu estômago estremece.

Pois um habilidoso intruso pode ter circulado silenciosamente pelos quartos do andar de cima enquanto ela investigava. Ele ainda pode estar no andar de cima, neste momento...

Ela se interrompe. *Estou sendo paranoica.*

Se fosse espiritualista, talvez se sentisse tentada a acreditar que a casa é mal-assombrada. O imóvel está vivo com rangidos e gemidos suspeitos, e não raro Laika reage a ruídos sutis demais para serem detectados pelos ouvidos de Emma. As calhas gotejam. A fiação estala. Umidade atravessa as paredes e se empoça no porão. Um dos eventos semiparanormais mais frequentes também é o mais estranho. Algumas vezes por semana, Emma sente um cheiro de manteiga nauseante pela intensidade oleosa. O odor parece se mover pela casa, às vezes flutuando no vão das portas, às vezes sendo exalado dos armários. Parece gostar especialmente do quarto do adolescente. Mas ela não é espiritualista — nem de longe — e é só uma casa. Apenas madeira, pregos e concreto. E janelas de vidro com vista para o mar.

Qualquer energia ruim que sente aqui, ela sabe: *Trouxe isso comigo.*

E vou levar comigo aonde quer que eu vá.

A distância, Deek já adivinhou sua palavra.

AUSTRÁLIA?

Ela lhe mostra o dedo do meio.

Não deveria ser possível. Ultimamente ela tem trapaceado, pesquisando palavras no Google que são estatisticamente mais difíceis de acertar. Não ajudou. Deek a destrói toda vez, como se seu telescópio pudesse ver dentro da cavidade aberta de seu cérebro. É frustrante. Emma não gosta de ser *vista*. Ser visto nos incumbe o fardo de ter que manter uma imagem.

Mesmo aqui, a quilômetros de um sinal de celular e das luzes do trânsito, Emma tem que se preocupar com suas roupas. Sua higiene. Sua rotina diária tem um observador, não importa o quão benevolente e supostamente livre de críticas Deek seja (um homem com uma privada extra em seu deque). Ela ainda tem que vestir uma blusa. As pessoas — não importa o quão gentis sejam — ainda significam *trabalho* para Emma. Não raro deseja que a espaçonave de Deek se afastasse, ou que esse pequeno milagre jamais tivesse acontecido.

VAMOS CONVERSAR QUALQUER HORA? — Seu vizinho escreve, esperançoso. — PESSOALMENTE?

Ela responde de uma forma perfeitamente não comprometedora, editando-a em sua mente primeiro para encontrar a mistura correta de cordial e distante. Sem promessas, mas sem desculpas. Havia dançado essa dança por anos e conhecia cada passo.

Não é antissocial.

Ela acha.

Quando era criança, recorda-se de se sentir paranoica com a ideia de estar sendo observada, que cada superfície refletora na verdade era uma câmera oculta no estilo *O Show de Truman*. Um mundo cheio de olhos que a analisavam, julgavam-na e narravam suas ações. Nenhum aposento era seguro. Ela nunca estava sozinha. Mais tarde, na adolescência, vivenciou episódios de apreensão repentina e desesperadora, uma onda de um medo estranho que vinha sem aviso prévio e a paralisava. Não havia uma causa, nenhuma explicação. Tensão pura. Sem escape. Recorda-se de se esconder em uma cabine no banheiro da escola apenas porque as paredes de cerâmica pareciam seguramente opacas, com seus braços cruzados sobre o peito e arquejando respirações curtas, e depois contar à sua mãe:

— Não entendo qual é o meu problema. Meu coração acelera às vezes e eu sinto que tenho medo de algo. Mas não tem nada.

— Isso se chama hormônios — riu sua mãe, bebendo vinho de caixinha no sofá.

Nenhuma das duas sabia que o fígado de sua mãe falharia naquele ano. Ou que ela receberia um transplante que salvaria sua vida no outubro seguinte. Ou que ela continuaria a beber as porcarias dos vinhos de caixinha, mataria seu fígado novo e morreria de complicações três horas antes do baile de formatura de Emma. Estava na casa de uma amiga, colocando seu vestido para ir à festa, quando recebeu a ligação.

As coisas melhoraram na faculdade quando Emma concentrou todas as suas energias no diploma em Física. E Shawn era uma pessoa particularmente boa, que talvez tenha salvado a sua vida com sua gentileza. Por alguns anos, ela foi feliz em Salt Lake City — mesmo em seu emprego insatisfatório — com o amor de Shawn e uma pequena casa em Wasatch Hollow, rezando todos os meses por um bebê para preencher o quarto de hóspedes.

Agora, aqui no Strand, isso tudo a alcançou de novo. Mas não é mais paranoia. Envelheceu e se tornou algo pior: uma apatia espantosa. Ela tem consciência de seus sentidos, mas não consegue senti-los. A pizza de queijo é insípida. O ar do oceano é inodoro. Os lençóis de flanela parecem nada contra sua pele. Às vezes sente um ataque nauseante, como se percebesse que o freio de mão está solto e o carro está se movendo sem sua permissão.

Ela nunca escolhe caminhar até a beira do mar.

Simplesmente *se encontra* lá.

E agora, enquanto dança essa dança pela milionésima vez em sua vida, sabe bem que não se trata mais de tempo de leitura ou de autocuidado — ela mantém Deek longe para protegê-lo.

Ele escreveu uma última mensagem, iluminada por uma luminária de mesa distante.

APENAS SAIBA QUE NÃO ESTÁ SOZINHA

A casa dele está escura. Ele está dormindo.

De repente passa das dez, como se o tempo tivesse saltado, e a lâmpada suspensa sobre o sofá de leitura de Emma fosse a única iluminação em quilômetros. Sem carros. Sem navios ou aviões de passagem.

Ela nota que Laika está de pé, rígida.

— O que foi?

Aqueles olhos pretos caninos encaram a noite. Suas orelhas, normalmente moles, movem-se para a frente com atenção.

Emma se levanta.

— Ouviu alguma coisa?

Ela se junta à sua golden retriever diante das janelas de vidro e olha o vasto panorama de praia escura. As estrelas são sufocadas por nuvens chuvosas. Isso a deixa estranhamente deprimida — a lua nova de dezembro sempre foi sua época favorita para ver a espiral do Messier 31 com Shawn. A galáxia de Andrômeda, densa com estrelas.

Laika choraminga, preocupada.

— Não se preocupe, Cadela Espacial. Estamos...

Sozinhas, estava prestes a dizer, quando algo ativou a luz dos sensores de movimento lá fora.

O HOLOFOTE DE LED É ESTÉRIL E TINGIDO DE AZUL, COMO A ILUMINAÇÃO DE uma ala de cirurgia, destacando cada folha da relva lá fora. A entrada para carros de pedriscos é desenhada em detalhes agudos.

Emma estreita o olhar através das janelas e examina o mar de gramíneas à altura da cintura em busca da bunda de um cervo, de um rosto humano, de qualquer coisa. Sabe que Jules tem quatro luzes ativadas por movimento instaladas para evitar intrusos, uma em cada direção. Ela mesma já ativou as luzes antes, e sabe que o raio de ativação é extremamente curto. Cerca de nove metros de distância da casa.

O que significa que o que quer que tenha se movido, agora há pouco, está próximo.

Mais próximo do que a entrada para carros.

As janelas da frente são estreitas. Sua visão é restrita. A face anterior da casa é, em grande parte, uma parede, ao passo que as outras três são, em grande parte, vidro. Ela cogita destrancar a porta da frente e sair na varanda para ver melhor.

Provavelmente era um cervo.

Fica parada diante da porta da frente. Fecha os dedos ao redor da maçaneta, um a um. Com a outra mão, encontra a trava da fechadura.

Laika choraminga de novo. *Não abra a porta.*

— Está tudo bem — sussurra ela.

Mas algo não está bem. Não consegue explicar. Então, encosta o rosto contra a madeira e confere o olho mágico primeiro. A lente olho de peixe mostra uma varanda iluminada e vazia, mas Emma não se deixa enganar. Ela sabe que o campo de visão da abertura é limitado. Um estranho pode estar bem ao lado da porta, a centímetros de distância, se mantendo fora de vista. Recorda-se que Jules mencionou uma vez que há uma câmera instalada na campainha, mas Emma não tem o aplicativo para ver as imagens.

Percebe que seus dedos já estão destrancando a porta automaticamente, por memória muscular. Ela se interrompe.

Laika observa, nervosa. *Por favor, mãe.*

Não.

Seu polegar e indicador seguram a trava exatamente em sua borda. Mais um milímetro e ela se soltará. Isso fará um som distinto, um *clique-claque* de fechadura, audível para alguém do lado de fora. Quem estiver lá saberá que a porta está destrancada.

Do lado de fora, o holofote se apaga silenciosamente. Escuridão de novo.

Ela sabe que isso também não significa nada. É apenas um sensor de movimento. É possível enganá-lo ficando imóvel. Um intruso poderia estar se escondendo na varanda, a apenas alguns centímetros dela. Bem do outro lado daquela porta fina. Esperando, com um peito cheio de respiração tensa, que seus dedos movimentem o último milímetro da trava, que cometam o erro que custaria tudo.

Em vez disso, Emma a tranca de novo. *Clique.*

Ela se afasta.

— Provavelmente era um cervo — diz à Laika. — Sua medrosa.

Na cozinha, engole o resto de seu chá de gengibre, que agora está frio e nojento. Estampada na caneca de Jules há uma fotografia de um chihuahua de olhos esbugalhados que parece ter uns noventa anos: *Stewie 2018–2020.* No entanto, ela fica de olho nas luzes com sensores de movimento.

Antes de se deitar, confere cada janela e ambas as portas — todas trancadas e seguras. É impossível que um intruso consiga entrar sem quebrar algo. Mas ela continua ruminando em sua cabeça, e quando finalmente adormece, seus pensamentos são uma espiral tóxica. A carniça viscosa nos dentes de Laika, o segundo conjunto de pegadas na areia, a profecia acidental nas palavras de Deek: *Apenas saiba que não está sozinha.*

Naquela noite, ela vê a aparição em seu quarto de novo.

3

— JÁ ESTOU FICANDO DE SACO CHEIO DESSA MERDA.

Na manhã seguinte, Emma vai de quarto em quarto e espalha uma fina camada de areia sob cada porta e peitoril das janelas. Polvilhando de leve, ralo demais para chamar a atenção, mas o suficiente para marcar as pegadas de um intruso. Então, da próxima vez — se houver uma próxima vez — terá evidências.

Confere de novo as portas. Ainda estão trancadas.

A aparência do fantasma era mais nebulosa dessa vez. A noite era tempestuosa e o quarto estava quase na escuridão absoluta. Ela sentiu uma sombra humanoide perto da porta do armário, mas não conseguiu distinguir qualquer traço que fosse. Nenhum chapéu. Nenhum casaco. Em meio à névoa do sono, não conseguiu sequer ter certeza de que ele estava mesmo lá, não fosse pelo pequeno barulho que fez dessa vez.

Tsc-Tchic.

Alto apenas o suficiente para ser ouvido sobre a chuva. Seco e fino como papel.

Tsc-Tchic.

Pode ser que esse som a tenha acordado; sutil, mas espantosamente próximo. Não tem certeza do que era, exatamente. Pode ter sido algo tão inocente quanto se coçar.

Tsc-Tchic.

Quando despertou completamente, o quarto estava vazio. De novo.

Emma ainda está muito convencida de que sonhou com essa figura. É a explicação mais lógica. A *única* explicação lógica.

Ela tem sido assombrada por pesadelos desde que chegou aqui. E até o momento, tem sido sempre o mesmo sonho: de que está presa debaixo d'água. Muito abaixo e ainda mergulhando na escuridão frígida, vendo as estrelas aguadas desaparecerem lá em cima. Sua boca está aberta. Ela já inspirou. Está feito, e se afogou, seus pulmões e garganta e narinas estão cheios de água do mar fria. Mas, de alguma forma, como o Shawn imortal, ela não morreu. Está apenas acordada e sozinha na escuridão, no fim do mundo.

Sempre tenta pensar em Shawn ao adormecer — às vezes até ouve sua própria voz meio adormecida balbuciando seu nome —, mas nunca funciona.

O mesmo pesadelo. Toda noite.

Já era hora de algo novo, não?

Mesmo assim, confere a areia durante o dia. Se seu amigo desconhecido entrar — ou sair —, deixará uma pegada. E Emma saberá.

— Não sou louca. — Ela sorve seu chá.

Não é louca. Laika concorda.

Está surpresa com sua própria calma. Não deve ser assim que assombrações ou invasões de domicílio acontecem normalmente. Mas, na realidade, é mais uma distração valiosa. Com as pilhas de *e-books* perdendo seu interesse aos poucos, é um alívio ter um projeto novo no qual concentrar suas energias e inteligência. Ela sabe que na versão hollywoodiana disso tudo deveria arquejar e se acovardar e torcer as mãos, mas realmente espera que este estranho seja real, pois um assassino em série ainda seria o segundo maior problema de Emma.

Seu maior problema, ela vê todos os dias.

Com tanta frequência que se esquece de que está lá.

Ao lado da porta dos fundos da casa, bem ao lado de seus tênis cheios de areia, há uma mochila verde puída. Tem essa mochila desde a faculdade. Já a levou para explorar cavernas, escalar montanhas e fazer trilha pelo Grand Canyon em uma viagem de lua de mel de seis dias com Shawn. Cheira a suor e sujeira de trilha, bolhas e risadas, barrinhas de granola de manhã cedo e sexo sob as estrelas. Mas agora pesa vinte e sete quilos, seus zíperes estão estourando e o tecido está saturado e rígido com pedras que ela não se recorda de ter coletado.

VIU ALGUÉM SUSPEITO ONTEM À NOITE?, **PERGUNTA ELA.**

Deek balança a cabeça.

Em seguida, ele escreve: POR QUÊ?

Não sabe bem como responder sem soar paranoica. Será que o velho pregador de peças riria dela? Será que sequer acreditaria nela? Quase conta a ele sobre o fantasma em seu quarto, mas decide deixar de fora as partes que não pode provar — o que é basicamente tudo. Tenta se concentrar no jogo da forca, que está perdendo.

Outro homem palito pendurado.

A palavra do dia? Deek preenche as letras.

EMBOLISMO.

—Desgraçado.

Ele sorri, tímido, em seu telescópio. Mas isso também dá a Emma uma ideia — porque sua primeira palavra, na primeiríssima partida de forca há mais de um mês, também era médica: *propofol* (um poderoso anestésico, de acordo com o Google). Agora *embolismo*. Talvez o vocabulário de Deek seja uma dica. Talvez isso traga seu passado misterioso à luz.

Ela escreve: VOCÊ ERA MÉDICO!

Sublinha duas vezes.

Deek confere seu telescópio e então balança a cabeça. *Não.*

ENFERMEIRO?

Não.

ALGO NA ÁREA DA SAÚDE?

Ainda é um não.

— Quer saber? Eu não me importo.

Ele sorri e escreve: NUNCA VAI ADIVINHAR

Para Emma, isso soa como uma promessa sinistra.

— Ah, é? Me dê um pouco de tempo, velho.

Às vezes, ela examina a soma total do que sabe sobre seu vizinho — sua arma antiga em exibição, sua inclinação a pegadinhas no estilo "fiz você olhar", sua vida isolada e assistida por álcool, em meio a lixo acumulado e memórias — e se pergunta: *Quem raios é você, exatamente?*

E... *posso confiar em você?*

Ela não é inocente.

Até seu marido tinha segredos.

Anos atrás, estavam se mudando para seu primeiro apartamento quando uma das lixeiras de Shawn virou na caminhonete. Ele morreu de vergonha quando ela olhou lá dentro, como se tivesse partes humanas em vez de uma pista de trem em miniatura. Tinha muito medo do que ela pensaria de seu *hobby*, e isso partiu o coração de Emma. Ela achava seus modelos de trens fascinantes. E mesmo se não achasse, teria mentido.

Naquele Natal, quis comprar uma nova locomotiva para ele, mas as opções eram infinitas (e escandalosamente caras), de forma que escolheu um chapéu de condutor de trem, listrado de azul.

— Até eu acho esse chapéu horrível pra caramba. — Ele riu.

— É uma atrocidade — concordou Emma.

— Eu amei.

— Sabia que ia gostar.

Depois disso, ele sempre usava o chapéu no seu porão dos trens. No ano em que se casaram, começou a construir a maior maquete que já havia feito — um metro e vinte por dois e quarenta, uma obra-prima de duas pistas com colinas de gesso onduladas e arbustos de líquens. Um cavalete épico. Dois túneis. Uma cidadezinha que gradualmente acumulava prédios e carros de plástico. Emma geralmente tinha medo de tocá-la, mas às vezes se sentava e observava o marido pintando pequeninos vagões ou colocando pedaços de gesso de molho, enquanto explicava cada pequeno passo na construção de seu mundo em miniatura.

Em troca, ela o ensinava sobre as estrelas.

Em noites de céu limpo, eles saíam pela janela do segundo andar e subiam no telhado, depois da meia-noite, momento em que as luzes da cidade estavam mais fracas. No verão, ela lhe mostrava Aquila, Corona Borealis e Cygnus. No inverno, mostrava-lhe Órion, Gêmeos e Aldebarã, o Olho do Touro. Às vezes, dizia os nomes das constelações em russo, do jeito que seu avô havia ensinado a ela pela primeira vez, quando tinha cinco anos.

— Você nunca me contou sobre seu avô — disse Shawn uma vez, enquanto uma estrela cadente passava acima de suas cabeças. Cortesia das Perseidas, uma espetacular chuva de meteoros em agosto.

— Não tenho muitas memórias dele — respondeu Emma.

Isso era verdade. E sua família sempre a envergonhava — sua mãe alcoólatra e egoísta, seu pai que fez um truque de sumiço melhor que o Houdini, sua árvore genealógica indefinida. Ela é a única sobrevivente de sua própria geração, e apenas seu avô vive em seu coração, de fato. O aroma intenso e enfumaçado em suas roupas que sempre lhe agradou, que ela associava a amor e segurança. Os cigarros o matariam mais tarde.

— Por que você gosta tanto do espaço? — perguntou Shawn.

— Por que você gosta de ferromodelismo? — desviou ela.

— É sério.

Ela pensou por um longo momento.

Seu marido era paciente. Esperou em silêncio, olhando para o céu e procurando o próximo meteoro.

— É... como estar dentro do maior e mais antigo relógio — disse ela, afinal. — Não acredito em Deus. Mas, às vezes, quando olho para o Universo, quero acreditar. Há tantas maravilhas lá fora. Há planetas inteiros feitos de diamantes ou gelo, mundos onde chove vidro derretido transformado em facas por ventos fortes como furacões. Lugares profundos e escuros onde as leis da física como as compreendemos simplesmente param de existir. Espirais de nebulosas vermelhas e violetas a centenas de anos-luz de distância. O tempo de vida humano, viajando na velocidade da luz, não atravessaria sequer uma minúscula fração.

Ela sorriu.

— Sou apaixonada pela beleza e o terror disso tudo.

Shawn nunca a interrompia. Mas dessa vez chegou muito perto de fazê-lo.

— Espero ter mais tempo com você — disse ele, de forma abrupta. — Tipo, eu sei que estatisticamente é provável que tenhamos quarenta ou cinquenta anos juntos, mais ou menos. Presumindo que você pare de fumar.

— Vou parar — prometeu ela.

— Mas espero que haja algo após a morte, também. Porque sei que você tem razão, que ser imortal seria angustiante. Mas acho... acho que quero *conhecer* você por mais tempo do que quarenta anos. Não é tempo o suficiente.

Ela olhou para a entrada da garagem lá embaixo. Lágrimas tremeluziram em seus olhos.

— Também espero — disse ela.

Shawn jurou que a assombraria se morresse primeiro. Ela riu e disse que era o mínimo que esperava dele. Envolta em seus braços, sentindo-se aquecida e segura e pequena, ela percebeu que não estavam prestando atenção na melhor chuva de meteoros do ano.

Ele beijou o topo de sua cabeça.

— Eu te amo, Em.

— Eu também te amo.

Mas noites como aquela eram a exceção.

Com maior frequência, passavam suas noites confortáveis em casa, separados. Em vez de se juntarem um ao outro em seus respectivos mundos, ela lia sozinha com Laika deitada aos seus pés enquanto Shawn trabalhava silenciosamente em seus trens no porão.

Agora ela se arrepende.

Você nunca sabe quão finito é de fato o seu tempo ao lado de uma pessoa até ele acabar.

POR VOLTA DO MEIO-DIA, O CELULAR COM FLIP DE EMMA VIBRA SOBRE A MESA de jantar. Uma intromissão abrupta e cortante, tão violenta quanto uma serra elétrica.

Não, ela pensa, levantando seu leitor digital para ignorá-lo.

O CELULAR TOCA DE NOVO.
Ainda é um não.

VRR. UMA MENSAGEM DE TEXTO DESSA VEZ.
Ah, pelo amor de Deus.

Há algumas semanas, ela tirou o telefone fixo da tomada e o enfiou na despensa. O celular é um descartável que comprou em Idaho; um tijolo que custou quarenta dólares em uma loja de beira de estrada. Há apenas uma pessoa viva que conhece esse número.

— Jules.

O que significa que deve ser importante.

Com relutância, Emma abre seu celular e encontra uma imagem ainda carregando, espremendo pixel por pixel através do wi-fi preguiçoso. Ela lê a mensagem primeiro.

Emma OLHE o que a câmera da campainha viu ontem à noite

DEPARTAMENTO DE POLÍCIA DE STRAND BEACH

Ocorrência No. 000671-12C-2023

12:35 AM PST

Operador: Polícia de Strand Beach.

Chamador: Oi. Eu, hum, preciso registrar uma ocorrência por ontem à noite.

Operador: Qual é o seu nome?

Chamador: Jules Phelps.

Operador: E o que aconteceu?

Chamador: Estou passando o inverno em Portland, mas a câmera da minha campainha pegou um homem estranho de pé em frente à minha casa de praia ontem à noite. Muito estranho. Tenho uma caseira lá. O nome dela é Emma. Ela estava em casa naquela hora. Vou, hum, mandar para você a foto por e-mail...

Operador: Como era esse homem?

Chamador: Eu... nem sei como descrever.

Operador: Pode tentar?

Chamador: Apenas mande alguém dar uma olhada na foto, por favor.

Operador: E a sua caseira...

Chamador: O nome dela é Emma.

Operador: Ela não viu esse homem?

Chamador: Não. Ela disse que percebeu que algo ativou as luzes dos sensores de movimento, mas não abriu a porta da frente. Estou tão feliz que não tenha aberto.

É que... Eu não sei. Emma é só uma jovem morando sozinha com sua cachorra, sem qualquer defesa, lá no Strand, sem qualquer ajuda em quilômetros.

Ela deve estar completamente aterrorizada.

— AÍ ESTÁ VOCÊ — SUSSURRA EMMA.

A foto da câmera da campainha de Jules finalmente carregou em visão noturna preta e branca. No primeiro plano granulado há uma figura, com uma barriga grande e ombros largos.

O rosto não é humano.

Não tem boca. Os lábios parecem ter crescido unidos e se fundido com carne fibrosa. A pele era borrachuda, os olhos afundados e indecifráveis. Dois chifres longos e pretos sobressaem da sobrancelha, curvados como os de um bode. A marca temporal da imagem é de ontem à noite.

Ela se lembra de ter chegado muito perto de abrir a porta. A trava solta a apenas um milímetro de ser aberta, seus dedos envoltos na fechadura. Apenas um giro.

Tão perto.

É difícil dizer em uma resolução tão baixa, mas de acordo com a orientação do corrimão da soleira, o estranho com a máscara de Halloween de demônio parece estar um pouco para o lado, descentralizado. À esquerda da porta, por pouco fora do campo de visão do olho mágico. Exatamente como ela suspeitava. Esperando que Emma abrisse a porta.

Laika bufa. *Eu disse.*

Isso é confirmativo. Seu fantasma é real. Ela não está louca. E Emma apreciava o fato de que, apesar desse estranho ter evitado seu campo de visão pelo olho mágico com tamanha habilidade, ele ignorou a câmera da campainha. Permitiu que fosse fotografado de perto. Os policiais podem praticamente ler o código de barras do Walmart em sua máscara de borracha.

— Imbecil.

Jules já tinha ligado para a polícia. E por mensagem de texto, ela confessa — com um pedido de desculpas — que seus caseiros anteriores relataram incidentes noturnos perturbadores semelhantes. Em especial: o filho de Jules ficou aqui no inverno passado, e certa noite em janeiro ele ouviu um latido ecoando da praia. Isso não era incomum — apenas um cão de rua ou coiote — até que percebeu que não era um animal. Era uma voz humana *fingindo*, gritando, rosnando e uivando. Parecia diminuir após alguns minutos. Então, depois da meia-noite, ele acordou com o som de um estranho rondando a casa, testando silenciosamente as portas e janelas trancadas com cliques tímidos e batidas exploratórias leves. Uma tentativa de roubo, talvez.

É por esse motivo que Jules tem luzes ativadas por movimento.

E uma câmera na campainha.

Podia ter mencionado isso no anúncio, dona.

Com quase setecentos moradores permanentes, Strand Beach é um lugar remoto, mas nem de longe é livre de crimes. Vagabundos às vezes acampam perto do quebra-mar pedregoso do lado norte da ilha. Todo verão, algumas famílias voltam e encontram suas casas saqueadas por ladrões. Coisas mais sinistras já aconteceram aqui, também. Em 2011, houve um caso famoso em que uma estudante local do ensino médio desapareceu, e apenas sua mochila foi encontrada, trazida à praia pelo mar, encharcada e vazia. Ainda se especula muito a respeito de seu verdadeiro destino. Isso explica a placa de luto que Emma lembra ter lido em frente a uma igreja local: feliz 26º aniversário, lauren b., saudades de você

De acordo com Jules, a polícia local vai monitorar a casa e checar regularmente se está tudo bem. A geografia peculiar da ilha significa que todo o tráfego deve primeiro passar pela cidade antes de chegar à casa da Emma, criando um funil seguro. O que mais se pode fazer? Emma não pode ir embora. Sem essa cessão do imóvel, ela fica sem teto de novo, e não conhece ninguém em um raio de mil e quinhentos quilômetros. E, tecnicamente, nenhum crime foi cometido.

Ainda.

A não ser que Emma consiga provar que não estava sonhando, e que a figura não estava apenas à sua porta, mas fisicamente dentro de sua casa. O que ela planeja fazer.

Esta noite.

Ela tem um plano.

Até lá, está ficando irritada pelas mensagens incessantes de Jules. Sempre que consegue se concentrar em seu livro (o que já é difícil porque a dupla de detetives tem uma dificuldade vergonhosa em pegar um assassino que assina seu nome repetidamente em um maldito livro-presença), um zunido elétrico insuportável a puxa de volta.

Emma MAIS UM VEZ OBRIGADA por cuidar da minha casa

Não há de quê.

Eu agradeço MUITO

Ok.

Sinto muito pelo esquisitão

Tudo bem.

Meu filho disse que o isolamento REALMENTE o afetou em algumas noites aí. Ele sempre sentia que alguém o observava pelas janelas. Agachado na relva alta. Esperando. E ele é homem, então nem precisava se preocupar em ser estuprado.

Deus do céu, dona.

Quer que eu encomende um Taser para você? Encontrei um bom

Emma começa a digitar: *Nossa. Que gentileza a sua, mas parece caro dema...* Vrr! Outra mensagem.

Tarde demais, comprei uma arma de choque para você

Vrr!

Cinco estrelas na Amazon

Vrr!

Espere, não sei se as pilhas estão inclusas

Vrr!

Sim, estão inclusas

Emma coloca o celular no modo silencioso. Em seguida, deixa de lado seu leitor digital — ainda incapaz de se concentrar — e vai fumar seu cigarro diário através da janelinha da lavanderia. Ao ligar seu ventilador de plástico, não consegue evitar examinar a relva alta lá fora, em busca de uma figura agachada. Seus motivos ainda são desconhecidos.

Jules não tem ideia de quem seja o estranho.

Tampouco tem a polícia.

Mas enquanto Emma joga seu cigarro e fecha o saco plástico, percebe: *Talvez eu tenha.*

4

AQUELA MÁSCARA.

Ele a usava ao ser fotografado pela câmera da campainha de Jules — e não quando esteve no quarto de Emma.

Isso se alinha com algo meio esquecido. Aquele *e-book* horrível. Em *Montanha da Morte*, o narrador/assassino tinha o extremo cuidado de usar uma máscara de halloween de borracha sempre que suspeitava que seria capturado por câmeras. Mas quando estava perto de suas vítimas, as jovens universitárias, futuras advogada e psicóloga, não se importava com disfarces porque pessoas mortas não descrevem seus assassinos.

Talvez ser visto pela campainha não fosse um erro.

Talvez fosse uma mensagem.

Ela se lembra de ter digitado sua avaliação de uma estrela. Sua conversa desconcertante com o autor do livro. A vaidade, a vitimização, o uso bizarro das palavras *pica-pau covarde* como um insulto. *Eu não vou pedir de novo,* por fim, ameaçou. Sua resposta? *Ótimo.*

Fácil falar *on-line*.

Em pessoa, é diferente. Especialmente para Emma.

Mas lembra a si mesma que tal situação é impossível. Não é possível que um estranho na internet — mesmo um psicótico — poderia descobrir seu endereço a partir de uma única avaliação de um livro e aparecer, literalmente, à sua porta em Strand Beach, Washington. Ele poderia viver em qualquer lugar do país. Precisaria ou de uma onisciência divina, ou de uma habilitação de segurança da CIA. Certo?

H. G. Kane. Que nome estúpido.

Não tem foto de autor. Não tem Facebook. Não tem Instagram ou Twitter. O domínio de sua página na web — hgkaneoficial.com — parece ter expirado, também. A única evidência de que esse fantasma digital sequer existe está bem onde ela começou, na Amazon.

A biografia escrita por ele mesmo.

Quem é H. G. Kane?

Ele é como você, talvez. Cresceu em uma cidadezinha americana e desde cedo aprendeu com os grandes mestres literários: Faulkner, Twain, Shakespeare, Dickens. Aos dez anos, ficou famoso por ter lido todos os livros de sua biblioteca local. Então... talvez não seja como você.

Vou vomitar, Emma pensa. Mas continua lendo.

Estranhamente, uma carreira na escrita jamais ocorreu a esse precoce jovem. Até que um autor mundialmente renomado reconheceu os talentos do jovem menino e se comprometeu em ser seu mentor. Por muitos anos, durante a adolescência, H. G. lapidou suas habilidades sob a tutela especialista de um dos melhores de nossa geração. O resto, como dizem, é história.

A ficção de terror de H. G. Kane é CRUA, PODEROSA e, acima de tudo, AUTÊNTICA. Seus livros foram descritos como "profundamente perturbadores" (avaliadora Ellie McCoy), "assustador pra caramba" (avaliador Paul48), e "uma *tour de force* de agonia arrepiante e suspense bem afinado" (avaliador 420Blaze_It). Alguns dizem que H. G. Kane está entre os melhores escribas de terror do novo século. Mas ele não acredita nisso. Não está nessa pela atenção ou pela fama.

Então, quem é H. G. Kane?

Sejamos honestos. Você jamais o encontrará.

Mas se pudesse, o encontraria vivendo a vida de lobo solitário de um macho sigma, cuidando de sua coleção de espadas, desfrutando de um vape de qualidade e digitando diligentemente sua próxima obra. Para preservar o sigilo de sua identidade, H. G. Kane evita palestras e sessões de autógrafos públicas, mas pode sempre ser incomodado por um livro de bolso autografado (de preço razoável) em HGKANEautoroficial1@gmail.com.

Emma tem quase certeza de que é uma piada.

Setenta por cento.

Também é um estranho conflito. H. G. Kane quer ser um enigma tentador, mas também quer que você saiba quão incrível ele é. E há um desconfortável desespero em citar os nomes dos perfis de avaliadores *on-line*, provavelmente sem permissão.

Tudo bem, 65%.

De acordo com a Amazon, ele autopublicou dezesseis romances de terror, todos exibindo as mesmas capas pretas minimalistas como *Montanha da Morte*. A mesma fonte Comic Sans. Os mesmos enaltecimentos sem especificar a fonte — cada um se autodeclara o livro mais arrebatador que você vai ler, ou o mais perturbador ou o mais sangrento. Cada um parece ser uma variação de um conto de sangue frio de perseguição, tortura e eventual assassinato, e, curiosamente, todos são escritos do ponto de vista do assassino.

É o truque do H. G. Kane, aparentemente.

Seu livro mais popular é o *Lago da Morte*, com cinquenta e oito avaliações de usuários e uma avaliação média de duas estrelas e meia. Pelo sumário, algo a respeito de um marido e uma esposa serem atacados de forma violenta em sua casa flutuante. Junto com seu labrador branco. Adorável.

E então, *Geleira da Morte*, com uma média de duas estrelas, narrando a invasão a um domicílio e a tortura de duas irmãs na zona rural do Alasca. Particularmente cruel e gráfico, de acordo com as avaliações dos usuários.

Vale da Morte. Uma estrela e meia. Uma pacata viagem de acampamento em família se torna um banho de sangue.

Rio da Morte. Mesma coisa, em um rio.

Pedra da Morte. Mesma coisa, perto de uma formação rochosa.

Cataratas da Morte. Uma cachoeira, aparentemente?

Pântano da Morte. Pois é.

Pradaria da Morte. Ok.

Fiorde da Morte. Esse foi um pouco longe demais.

Qual seja o ambiente, as vítimas parecem jamais vencer. Emma descobre que *Montanha da Morte* é o mais novo de H. G. Kane, publicado há duas semanas. Agora tem onze avaliações, incluindo a sua familiar avaliação de uma estrela. As outras dez eram positivas. Todos os avaliadores adoraram ou pelo menos gostaram do livro, elogiando a violência gráfica e os detalhes vívidos.

"De embrulhar o estômago e assustador", diz GodzillaSafadinho51.

"Bem escrito", diz OodleMcPoodle.

"Seu melhor livro até agora", diz HowieGK_TopFã.

Essas avaliações deixam Emma abismada. Devem ser contas falsas, fantoches controlados pelo próprio autor. Ela analisa um usuário — HowieGK_TopFã, que não tem foto de perfil e avaliou somente livros de H. G. Kane. Cinco estrelas em todos.

Provavelmente é a mãe dele.

Ela tenta ver isso pela perspectiva do autor, o trabalho de anos escrevendo uma obra criativa profundamente pessoal, para finalmente reunir a coragem em compartilhá-la com o mundo — apenas para ser motivo de chacota para um crítico que você jamais conhecerá. Tenta sentir empatia, mas não consegue. Podem acontecer coisas muito piores do que um estranho ferindo seus sentimentos na internet. Emma sabe disso.

Lembra a si mesma de que H. G. Kane não poderia tê-la encontrado aqui, de jeito nenhum.

Ninguém conseguiria.

Mas, por curiosidade, joga seu próprio nome no Google e imediatamente encontra seus antigos endereços em Salt Lake City, corretos até o número do apartamento. Seu número de telefone. Sua idade. Os nomes de seus pais e avós. Os dados de Shawn eram igualmente transparentes. Está tudo lá, sua antiga vida exposta para uma autópsia. Não era sequer difícil de encontrar. Então não é absurdo suspeitar que seu endereço seguinte aqui em Strand Beach esteja lá em algum lugar, também ao alcance de alguém habilidoso o bastante para encontrá-lo.

Ou *vingativo* o bastante.

Ainda assim, ela tem o e-mail do sujeito agora.

Digita seu e-mail sem pensar. Está cansada da incerteza, de esperar na casa de uma estranha como um pássaro engaiolado, incapaz de se impor.

HG Kane, Você não me assusta. Vou manter minha avaliação de uma estrela.

Ela aperta a tecla "Enviar".
Está feito.

SERÁ QUE FUI DURA DEMAIS COM ELE?

Talvez.

Mas aí ela se lembra dos momentos em que lia *Montanha da Morte* e sentia uma necessidade visceral de jogar seu leitor digital no chão e pisoteá-lo como se fosse uma tarântula peluda, até que a tela rachasse. Era o equivalente escrito a um filme *snuff*. H. G. Kane não se importava com a futura advogada e a futura psicóloga enquanto pessoas, e não parecia esperar que o leitor se importasse também — tudo o que importava era a violência imaginada e romantizada a que estavam destinadas. Destruição física.

Facões aos dedos.

Balas aos ossos.

Unhas às cavidades oculares.

As últimas duzentas páginas pareciam algo que um psicopata leria ao se masturbar. Às vezes, ela jurava que conseguia sentir a presença indesejada do autor se materializando na sala. Seu peso afundando a almofada do sofá ao seu lado, espreitando sobre seu ombro com sua respiração úmida em seu cangote, talvez se tocando com sua mão livre.

Tsc-Tchic.

Sente um arrepio.

Está sozinha, é claro. Anda pelo piso térreo e confere de novo as fechaduras, só para ter certeza. Sua areia esparramada está intocada. Laika cochila tranquilamente.

A chuva tamborila nas janelas, pesada e oleosa. Emma fica parada na sala de estar, esfregando a pele arrepiada em seus braços. Daqui consegue ver norte, oeste e sul por quilômetros, literalmente — uma extensão infinita de litoral arenoso e planícies cobertas por relva à altura da cintura. A casa deveria parecer tão segura quanto o ninho de um atirador de elite. Ela sabe, racionalmente, que este é o lugar mais seguro em que poderia estar. A geografia da ilha tem sua própria proteção, a polícia está monitorando a estrada de perto, e daqui ela veria qualquer intruso se aproximando a quinze minutos de distância. Mas, para a parte irracional da mente de Emma, as paredes de vidro parecem particularmente sufocantes. Como se estivesse dentro de um aquário.

Observa sua própria respiração embaçando o vidro.

Meu filho disse que o isolamento realmente o afetou em algumas noites aí. Ele sempre sentia que alguém o observava pelas janelas. Agachado na relva alta. Esperando.

Minuto a minuto, o céu escurece.

A noite começa a cair.

Sua intuição lhe diz: *ele voltará esta noite.*

EMMA SE SENTA DE PERNAS CRUZADAS DENTRO DO ARMÁRIO DO QUARTO COM o celular em uma mão e a faca mais afiada de Jules na outra.

Pelas frestas estreitas da porta, consegue ver sua própria cama mais ou menos pelo mesmo ângulo que o visitante da noite anterior. Ela ajeitou os travesseiros com cuidado sob as cobertas criando uma forma humana (o que foi surpreendentemente difícil com a estúpida seleção de travesseiros quadrados de Jules). Agora, na escuridão total, é estranhamente convincente. Como se houvesse um cadáver na sua cama.

Desde a hora do almoço de ontem, havia trocado o chá de gengibre por café expresso.

Cinco expressos.

Pensando agora, três teriam sido suficientes. Seus nervos borbulhavam com cafeína. Seu coração bate forte no peito. Acha que talvez seja capaz de incendiar algo se pensar com afinco. E agora que fechou a porta do armário, espera que sua bexiga aguente a noite toda. Ela está comprometida. É uma aventura selvagem, talvez a coisa mais emocionante que já fez em meses. Quando a aparição retornar silenciosamente ao seu quarto esta noite para vê-la dormir — ou pior —, ficará de costas para o armário. Se a situação ficar violenta, e com certeza pode ficar, ela terá o número da polícia discado em uma mão e uma faca serrilhada na outra.

A noite é longa. A casa range e a chuva açoita o telhado. Ela lê outro livro em seu leitor digital, com o brilho baixo. De tempos em tempos, descansa as pálpebras.

Ela flerta com o sono — nada sério, apenas pequenas espirais de imaginação ensonada — e Shawn se senta ao seu lado no armário escuro. *Sinto a sua falta,* diz ele.

Também sinto a sua falta.

O que é isso?

Ah, isso? — Ela levanta a faca. — *Para o caso de ter que estripar um desgraçado.*

Legal — diz Shawn.

Ele é uma presença bem-vinda. Quando seu marido está por perto, Emma sabe que não está completamente adormecida. Está adormecida apenas quando os pesadelos tomam conta, quando fica presa sob a superfície de estrelas aguadas, com seu peito ardendo, e sua boca e nariz cheios de água do mar gelada.

Não deixe que ele a estripe primeiro, Em.

Não vou deixar.

NADA ACONTECE.

A figura jamais aparece. A noite toda.

Conforme a luz do sol entra pelas janelas salpicadas de gotas de chuva, Emma desce com sua faca e confere a casa, cômodo por cômodo, eliminando cada esconderijo. Em seguida, verifica a areia sob cada ponto de entrada: todos intocados. Zero evidências.

Até a última janela, no quarto do adolescente. Lá, seu coração dispara eufórico ao ver uma alteração na areia... até reconhecer a pegada.

— Mas que droga, Laika.

Desculpe, mãe.

Talvez essa figura seja apenas imaginária. Ou talvez a polícia a tenha assustado — afinal, o filho de Jules havia sobrevivido no inverno passado, certo?

De alguma forma, não importa. Este é o projeto de Emma, algo que não pode deixar inacabado. Daria qualquer coisa para passar para a próxima noite, pois as noites não a assustam. São nos dias cinzentos e infinitos, pastosos como mingau de aveia frio, que o isolamento enlouquecedor de Strand é sentido com maior força. A casa parece um organismo que a rejeita lentamente, uma confusão alienante de eletrodomésticos de aço inox e vidro brilhante construída sobre encanamentos antigos e dutos de roupa suja cheios de teias de aranha. É quente e frio ao mesmo tempo, aconchegante e sufocante, luxuoso e fétido de podridão. É um lar... e absolutamente *não é*. À noite, você pode fingir que a casa está cheia de fantasmas e assassinos em série para dar-lhe um propósito.

Mas os dias são longos.

Sem um propósito.

Fora *e-books* e jogos no quadro branco, tudo o que resta é a mochila verde cheia de pedras perto da porta dos fundos, como uma viagem para a qual ela já havia feito a mala.

— NÃO SOU LOUCA — DIZ ELA À SUA GOLDEN RETRIEVER.
Laika a ignora, lambendo sua tigela de comida enquanto o sol traça seu curso lento por trás de um aglomerado de nuvens grossas. *Você já disse isso, mãe.*

Sim. Ela se lembra.

Definitivamente não é louca.

Mas, de fato, resolveu um mistério ontem à noite: a vida passada de seu vizinho. Isso explica o vocabulário conspícuo do velho, suas pilhas de livros e documentos, seu estilo de vida eremítico. E até o porquê de ter lhe recomendado um livro horrível de brincadeira.

A pista era *propofol* — a primeira palavra de Deek no jogo da forca. Seguindo um palpite, Emma pesquisava o nome completo "Deacon" com "propofol" na quinta ou sexta página do Google quando surgiu um artigo sobre o Maníaco do Curral, um assassino em série da região de Fort Worth que caçava mulheres entre o final dos anos 1980 e o começo dos anos 1990. Aparentemente, era um anestesiologista muito respeitado, mas a foto do arquivo policial mostrava um homenzinho careca e sem queixo, com olhos bovinos vazios. O tipo de homem que você mal notaria ao cruzar com ele na rua — mas talvez ouvisse o *plop* em sua bebida ou talvez sentisse a picada de uma agulha. Em seguida, vem o terror zonzo e de olhos arregalados quando seu coquetel anestésico especial derrete os músculos, deixando suas vítimas quase paralisadas, mas ainda terrivelmente conscientes.

Deixando claro: não, Deek *não* é o Maníaco do Curral.

O estado do Texas fez churrasquinho dele em 2008.

Mas o livro *best-seller* de *true crime* chamado *Gritos Silenciosos* — um relato vívido e pesquisado à exaustão dos treze assassinatos confirmados cometidos pelo Maníaco do Curral, muito aclamado por ter revelado o trabalho grosseiro da polícia, exposto as mulheres desaparecidas ao público nacional, e até ajudado os detetives a finalmente identificarem o assassino — foi escrito por um jornalista de Dallas chamado... Deacon Cowl.

Ela descobriu.

VOCÊ ERA ESCRITOR!

Sublinha a palavra.

A meio quilômetro de distância, Deek checa seu telescópio. Um momento tenso enquanto ele lê a mensagem — em seguida, desvia o olhar do quadro, sorri e levanta os braços, culpado. *Você me pegou.*

— É isso aí.

Honestamente, está um pouco aliviada. Parte dela esperava descobrir que ele fosse um sicário aposentado, ou um molestador de crianças, ou um informante em fuga. Algo nojento e perigoso. Nunca se sabe quem são seus vizinhos, afinal. Mas pelo menos ele está no time certo. E é até famoso.

Deek balança a cabeça com modéstia: MUITO TEMPO ATRÁS. APOSENTADO

É, Emma escreve. APOSENTADO EM UMA ENORME CASA NA PRAIA

Ele ri, sem som.

Ela tem quase certeza de que já viu edições de bolso de *Gritos Silenciosos* nas prateleiras antes, em sebos e vendas de garagem. Talvez a tenha folheado uma vez ou duas.

Por alguma razão, entristece-a o fato de que Deek tenha sido famoso um dia. Ela já viu o quanto ele bebe agora, algumas tardes tropeçando em suas próprias pantufas. Ele anda sem parar pela casa como um animal enjaulado, aparecendo e reaparecendo por trás de pilhas de móveis acumulados enquanto bebe de um copo bem-servido. Ele não se diverte. Há um certo desespero na coisa toda.

Secretamente, Emma sempre teve medo do álcool. Em setembro, Jules deixou um Cabernet caro na bancada da cozinha como um presente de boas-vindas, e ele ainda está lá. Shawn era a única pessoa com a qual se sentia segura para beber. Perder o controle, mesmo que um pouco, é aterrorizante. Recorda-se do jeito como sua mãe arrotava alto no sofá, agarrada em sua enorme caixa de vinho do Walmart — aqueles terríveis arrotos aguados e gasosos que faziam a casa toda tremer. Sem qualquer vergonha ou consciência. Como um cachorro. Quando criança, Emma costumava rir dos arrotos da mãe. Na adolescência, eles a entristeciam.

Deek escreve: VIU SEU PERSEGUIDOR ONTEM?

Ela sacode a cabeça.

Por algum tempo, suspeitou que a figura na câmera da campainha de Jules fosse apenas seu vizinho vestindo uma máscara de halloween, considerando sua inclinação a piadas de humor ácido. Mas eliminou a hipótese. A figura na foto é alta demais, e é corpulento feito um barril, igual o Jason Voorhees. Não é o Deek.

Ele apaga e escreve: JULIE MENCIONOU ALGO A MEU RESPEITO?

Ela leva um tempo para perceber de quem ele está falando.

Julie. Jules.

Faz sentido que se conheçam.

E Emma não tem coragem de dizer-lhe a verdade. Em meio à inundação caótica de mensagens de texto, de Tasers e boletins de ocorrência e relatos de desconhecidos latindo como cães à noite, ela havia perguntado se podia avisar Deek a respeito do estranho visitante. A resposta de Jules foi rápida e impiedosa, quase como se já estivesse digitada.

Não perca seu tempo conversando com o vizinho. Ele é um bêbado + mentiroso + um cretino banhado a ouro. Ele é o motivo por que levei meu filho a Portland. Se houver alguma justiça no mundo, o Cara de Demônio aparecerá na porta dele da próxima vez.

Caramba, dona.

Talvez ela odiasse os fogos de artifício do Deek. Talvez o senso de humor esquisito dele a ofendesse. Talvez fossem ex-amantes e ele ainda alimenta uma chama por ela. De fato, ele parece vagamente esperançoso agora, ainda encarando. Aguardando sua resposta.

Diga algo, Emma.

Após uma longa pausa, destampa a caneta.

NÃO, escreve.

ELA NÃO O MENCIONOU

TSC-TCHIC.

Ela ouve da sala ao lado. Seu coração afunda, um mergulho nauseante.

Tsc-tchic.

É... apenas Laika, arranhando a porta dos fundos.

Emma solta sua golden, mas fica no vão da porta para observar. Embora o quintal tenha uma cerca, não confia no arame frouxo. Ela pensa cada vez mais naquela carne estranha que cortou a gengiva de Laika, e ontem, em um palpite preocupado, até voltou à praia para olhar mais de perto. Cavou três buracos e encontrou apenas areia molhada. Talvez tivesse se esquecido de onde havia enterrado o pedaço de carne — ou talvez alguém tivesse vindo buscá-lo.

— Volver — ordena.

Laika obedece, e Emma tranca a porta.

De volta à sala de estar, envia uma última mensagem a Jules perguntando se há outra forma de entrar na casa. Qualquer espaço em que se possa rastejar ou passagens secretas no porão.

A resposta é imediata.

Não, só as duas portas com travas + janelas do piso térreo. Não se preocupe, Emma. A polícia está monitorando. E essa casa prega peças na gente.

Talvez.

Talvez seja coisa da sua cabeça. O estranho de máscara de borracha à porta é um dos vagabundos em busca de uma casa desprotegida para roubar, que veio e se foi. A figura em seu quarto é só um sonho. O verdadeiro H. G. Kane é um inofensivo quarentão de suéter morando no porão da mãe em Michigan e ficou completamente estarrecido com seu e-mail. Talvez ela realmente esteja sozinha com seus pensamentos neste lugar enlouquecedor.

Talvez. Mas Emma acha que não.

Vrr.

Aliás: FELIZ NATAL!

A data de hoje a pega de surpresa.

Sinceramente, ela se esqueceu.

POIS É, ACONTECEU.

HGKANEautoroficial1@gmail.com respondeu ao seu e-mail. Com ansiedade dançando em seu estômago, ela abre a mensagem e vê um denso bloco de texto. Ela se prepara.

Oi, você deve estar se referindo a Montanha da Morte? Presumo que seja Emma86?

Isso não significa nada. Ele pode estar preservando a negação plausível.

Não sei quem você é, e não nutro ressentimento algum em relação a você. Como sabe, sou um autor prolífico muito ocupado com meus prazos. Mal tenho tempo de escrever este e-mail.

Ã-hã, ela pensa.

Meu problema com esta avaliação é que você é apenas uma crítica. Nem isso: é uma consumidora. Você não cria nada. Não compreende o quão difícil é escrever um livro, cem mil palavras todas escolhidas e digitadas à mão. Para você, é fácil criticar cada detalhe da criação de outra pessoa, porque não tem nada a perder. Você é apenas uma mulher fria, negativa e sem amigos.

Estou vendo que não há ressentimento algum mesmo.

O que você não entende é que é basicamente impossível ser publicado da forma tradicional porque as Cinco Grandes editoras concordam apenas em publicar livros convencionais para as massas. E ao me difamar e limitar meus leitores, está atacando não apenas minha renda diária, mas também minhas chances de ser notado por um agente literário ou editor. Isso é a própria definição de marginalização.

E, sem ofensa, mas você é mulher. Sou um cara legal, mas preciso ser direto aqui: em geral, mulheres não gostam de ação ou terror. É apenas biologia. Por que está sequer avaliando meu livro? É como se eu avaliasse um sutiã. E algumas mulheres se julgam especialistas em dizer se um livro de terror é "realista" ou "irrealista" — como se VOCÊ pessoalmente soubesse como funciona um rifle Colt AR-15 calibre.223? Ou como amarrar um torniquete? Ou o que é pneumotórax de tensão (pulmão colapsado)? Por favor... É isso que você não entende. Você é uma perda de tempo e eu não deveria me incomodar com a sua "opinião" desinformada, mas, como costumo dizer, às vezes é a faca pequena que corta mais fundo. Por isso, agora estou ordenando: remova a sua avaliação de uma estrela.

Atenciosamente,

HGK

Ela quase deseja ter uma oportunidade de esfaquear esse sujeito.

E, de forma preocupante, consegue sentir a raiva aumentando através de cada palavra dele. Como uma força geotérmica impulsionando até a superfície, escaldante, incontrolável. A pressão aumentando. Tudo por uma avaliação *on-line* de um livro, logo isso.

Precisa de um cigarro. *Malditos escritores, cara.* Espere.

Tem... mais. Rola a página para baixo um pouco mais.

PS: Se lesse Montanha da Morte com cuidado, saberia que elas não foram fazer caminhada de salto alto, mas TINHAM saltos altos na mochila.
Quiz informá-la de que está errada!

Belo erro de digitação.

Talvez seja ele mesmo, afinal. Esse é o homem que assombrou a câmera da campainha de Jules com uma máscara de demônio sem boca e a desafiou a abrir a porta. Que a viu dormir.

Mas não pode provar. Ainda não.

Ela responde com uma palavra.

*Quis

Enviar.

A faca pequena corta mais fundo, como um cretino na internet disse uma vez.

NAQUELA NOITE, DEEK ESCREVE: ACHA QUE ELE VOLTARÁ ESTA NOITE?

— Espero que sim. — Emma beberica seu expresso e observa o relógio.

A polícia está "monitorando". Seja lá o que isso significa. De hora em hora, ela vê o brilho de um Dodge Charter surgir na Wave Drive, diligentemente fazendo a guarda do território deserto. Ela cogitou passar algumas noites em outro lugar, mas o único motel na cidade que fica aberto no inverno não aceita cães. Podia montar em seu Corolla velho e ir embora de uma vez, supõe. Quebrar o contrato com Jules, pegar a estrada com Laika e ficar sem um tostão e sem teto de novo.

Se esse homem que a persegue for real, seria mais perigoso, mas é um argumento discutível.

Mesmo assim, ela considera.

O sol desce por trás de nuvens que escurecem ao oeste. *Em Strand Beach, há sempre um novo temporal* (um ditado local que viu estampado em uma camiseta em uma vitrine), mas esse é o maior até agora. As nuvens escuras e densas parecem sólidas o suficiente para serem tocadas, como a linha do horizonte de uma cidade distante aparecendo por trás das ondas. Chegará aqui em algum momento depois que escurecer.

QUER QUE EU FIQUE ACORDADO?, pergunta Deek. PARA FICAR DE OLHO?

Ela odeia envolvê-lo.

Sempre que foca seu telescópio na janela de Deek, parte dela espera ver uma figura de máscara de borracha sem boca em seu lugar. O corpo do velho no chão com um machado enterrado em seu crânio. E no quadro, escrito com um dedo ensanguentado: *Eu avisei.*

Paranoia, apenas.

VOU MONITORAR, insiste ele. SÓ POR GARANTIA

— Valeu.

Ele dá de ombros. NÃO ESTOU EXATAMENTE OCUPADO

Ela perguntou a Deacon Cowl sobre sua família apenas uma vez e imediatamente se sentiu culpada — quando você fica bêbado e assiste a fogos de artifício com um monte de lixo e uma privada na sua varanda, a vida não pode estar indo bem. *Filhas gêmeas,* ele escreveu após quase um minuto de hesitação. *Perdi ambas.*

Emma nunca perguntou como elas morreram. Como uma alma igualmente perdida no Strand, sabe bem que não faz diferença. Se Deek quisesse pena, não estaria aqui sozinho.

Ele escreve mais: VOCÊ É A MINHA VIZINHA PREFERIDA

— Tenho certeza de que sim.

TEMOS QUE CUIDAR UM DO OUTRO

— Isso é bem gentil.

ALÉM DISSO, PEGAR OUTRO ASSASSINO EM SÉRIE PODERIA REALMENTE SER UM RECOMEÇO NA MINHA CARREIRA

Ela ri. Parece disparar de dentro dela, como um latido surpreso, e mal reconhece a própria voz. Sentia falta dessa sensação.

Mas... era o tipo de risada que só seu marido conseguia induzir. Seu coração afunda como uma âncora. Em momentos como esse, deseja poder chorar.

Ela não chora desde julho.

Nenhuma vez. O funeral estava cheio de olhos — olhos empáticos, mas, mesmo assim, olhos. Espera-se que você se arrume e cubra o rosto e chore no banco da primeira fileira, e quando, em vez disso, você se senta lá como um zumbi em transe vestindo um moletom largo, as pessoas notam. As pessoas cochicham. E ela sabe que não estão erradas em se preocupar. Seja lá qual for a aparência de um luto saudável, não deve ser essa.

Talvez seu cérebro tenha se recusado a aceitar o que aconteceu, como uma tela azul congelada de um notebook. E se for um mecanismo de enfrentamento, é ruim pra caramba — porque tudo o que ela tem naquele momento é uma fração de segundo em si, quando dois veículos colidem em um choque bruto. Cinco meses. Zero progresso. Ela ainda está lá. Dentro dele. Ainda consegue sentir o cheiro das pastilhas de freio queimadas, o pó saibroso da estrada, o sangue metálico em seus dentes. Ela não sente o sabor da pizza, mas esse ela sente.

Deek pergunta: SÉRIO, EMMA. VOCÊ ESTÁ BEM?

Ela expira. O que pode dizer? Talvez esteja sendo perseguida por um psicopata, e isso ainda assim é a melhor coisa a lhe acontecer em meses, pois é uma distração na qual se concentrar, fora o oceano lá fora. E a mochila perto da porta.

Ele está esperando.

Sua pergunta permanece. E dessa vez, ela sente um tom final. Já mentiu várias vezes para Deek a esse ponto. Sabe que se repetir sua negação, ele provavelmente não perguntará de novo. Será o fim. Nem todo mundo é tão paciente como Shawn era.

Não estou bem, ela quer dizer. *Não estou bem há meses.*

Ela gira sua caneta distraidamente, e força um sorriso. Está tudo metastizado em seu peito, uma massa inchada de tecido cicatricial.

Tenho medo de mim mesma, quer escrever.

Tenho medo do que sou capaz de fazer quando estou sozinha, quando ninguém está olhando.

Tenho tanto medo.

Isso não tem a ver com solucionar o mistério da figura em seu quarto. Talvez nunca tenha tido. Há uma pequena parte secreta de Emma, uma sequência defeituosa de genes em algum lugar, ou *algo* em seu cérebro tão real quanto um tumor. Talvez seja o mesmo defeito silencioso que fez a sua mãe escolher continuar a beber vinho de caixinha em excesso após um adolescente desconhecido ter morrido pelo transplante que salvou a sua vida, e afogar dois fígados em uma só vida.

Essa parte de Emma espera que o estranho a assassine.

Para que não tenha que fazê-lo ela mesma.

Há semanas o mar a tem chamado com a promessa de um sumiço limpo e completo. Nenhum corpo. Nenhuma carta. Ser um belo e misterioso pássaro que apenas mais tarde perceberá que estava em extinção, como ir embora de uma festa universitária saturada onde a música é alta demais e ela não conhece ninguém, a furtiva saída à francesa — *Onde está aquela garota, Emma? Eu a vi agora há pouco. Ela foi embora?* Enquanto isso, está no meio do caminho de casa. A garota que um dia quis ser astrônoma, que sonhava em dar nome a novas estrelas, mas se contentou em ser uma professora de matemática do ensino fundamental, que agora vive sozinha na casa de uma estranha e fuma através de uma minúscula janelinha. E não por muito tempo. Uma piscada e vai perdê-la.

Por fim, Deek dá de ombros em sua espaçonave distante. OK. NOS FALAMOS DEPOIS, ENTÃO

Sente uma pontada de culpa. Acha que Deacon Cowl é um ser humano fascinante com uma carreira excepcional. Ele poderia ser um aliado essencial ou mesmo um amigo genuíno. Nunca saberá se não *se abrir para as pessoas.*

Quase não se abriu para Shawn.

Ela conheceu o marido por acidente, sete anos atrás. Um dos clubes da faculdade havia organizado um dia de caminhada para admirar o Turkey Peak, e ela havia se inscrito esperando uma grande adesão. Em vez disso, era apenas ela e um estudante de engenharia elétrica magricela chamado Shawn. A caminhada de doze quilômetros que fizeram juntos foi dolorosamente desconfortável. No início da trilha, passando por um portão de metal enferrujado (e vagamente sinistro), recorda-se de se desculpar por não falar.

Ele educadamente deu de ombros, como se não ligasse nem um pouco, olhou para o topo da colina, e disse com um sorriso amigável: *Te encontro lá.*

Por alguma razão, isso ficara marcado em sua mente.

Te encontro lá.

Ela se lembra de caminhar rápido. Tentando se manter na frente, para evitar o desconforto angustiante de estranhos recém-apresentados caminhando lado a lado em silêncio. Acontece que o Shawn de vinte e um anos era muito bom em trilhas. Ela quase esgotou suas energias para se manter à frente do ritmo dele. Mas fingiu.

Te encontro lá.

De acordo com o site da reserva, a vista do Turkey Peak é comparável a uma experiência religiosa, um panorama deslumbrante de granito saliente, declives de cascalhos de quase dois metros de altura, e rios de gelo distantes adornando as Montanhas Rochosas mais além. Emma se recorda apenas de se sentar na beira do penhasco, mastigando seu sanduíche de manteiga de amendoim e rindo das piadas de Shawn, porque ele finalmente a havia encurralado ali e não havia escapatória a não ser uma queda fatal. Shawn tinha algo. Ele era tranquilo, talvez um pouco desajeitado, mas espirituoso de uma forma sutil. Mais tarde, ela lhe diria que ele a lembrava de Schmendrick, o feiticeiro virtuoso e ligeiramente desastrado de seu livro favorito, *O Último Unicórnio*, de Peter Beagle.

Ela gostava dele. Mesmo naquela época.

Mas mesmo naquela época, naquele pico em meio à garoa, manteve-se a um braço de distância. Controlava sua risada. Na caminhada de volta, conseguia sentir a si mesma sabotando as coisas, sempre meio passo à frente, escutando pela metade, forçando-o a correr atrás dela. Ela sempre soube como afundar algo bom.

Ao final do dia, eles se despediram com um aceno educado e distante no portão do início da trilha, e Emma se sentou sozinha dentro de seu carro com o motor ligado e as portas trancadas. Não tinha dado seu número nem mesmo seu sobrenome. Talvez nunca se encontrem no campus. Sentia-se burra, fraca e com frio. E então houve um movimento em seu espelho lateral: era Shawn de novo, caminhando depressa em direção ao seu carro. Segurava algo na mão. Parecia nervoso. Emma se lembra de baixar a janela e sorrir para ele, seu coração saltando de gratidão por ter outra chance.

Até que viu o que ele estava carregando.

Um dedo ferido ensanguentado.

Ela não se lembra se gritou — provavelmente sim —, mas o que ficou na memória foi o quão profundamente autojustificativo Shawn se mostrou o tempo inteiro. Precisava de uma carona ao hospital porque o portão enferrujado do início da trilha havia se fechado com um sopro do vento no momento exato em que ele apoiava a palma na dobradiça. O que amputou a última falange de seu dedinho.

— Me desculpe — dizia ele sem parar.

Com mãos trêmulas, Emma encontrou o único recipiente que tinha — um plástico para sanduíche no qual havia embalado seu almoço. Lembra-se do pequeno e nauseante *plop* que a ponta do dedo fez quando foi jogado lá dentro. Não havia gelo. Não havia sinal de celular. Cada segundo contava.

— Ai, meu Deus, estou sujando seu carro todo de sangue. Me desculpe.

Ela tentava acalmá-lo enquanto pisava fundo:

— Não tem problema. Nem esquente com isso. Apenas continue fazendo pressão, está bem?

— Eu não queria que isso aconte... — Shawn soltou um grunhido repentino e surpreso enquanto ela derrapava pela primeira curva da estrada. — Ah.

— O quê?

Ele não disse nada.

— O que foi? — Ela não ousava tirar os olhos da estrada. — O que aconteceu?

— Está tudo bem. — Ele se inclinava para a frente em seu assento, curvado com a cabeça entre os joelhos, soando quase envergonhado. — Eu só... eu deixei cair.

— Você *o quê?*

— Mil desculpas...

— Tipo, debaixo do assento?

— Hum, sim.

Um rangido duro quando ele reclinou o banco do passageiro, tateando o chão com sua mão ilesa. Enquanto isso, o pequeno carro de Emma quicava descontrolado sobre buracos lamacentos, ainda descendo a montanha. Ela tinha seu celular na mão, ainda sem sinal.

— Encontrou?

— Não. Está aqui embaixo, em algum lugar. Só não consigo alcançar.

Suas respirações estavam curtas, seu rosto estava pálido e reluzente de suor. À beira de lágrimas, não pela dor, mas pela humilhação.

— Eu não acredito que isso está acontecendo...

Ela estendeu o braço e apertou o joelho dele.

— Não tem problema. Vamos encontrá-lo quando estacionarmos, tudo bem? É sempre mais fácil de encontrar as coisas embaixo do banco quando o carro está parado.

— Está bem — ele funga.

Por algum motivo, em meio ao sangue e horror e delírio do momento enquanto desciam em disparada pela estrada íngreme da montanha, tocar o joelho de Shawn é a sua lembrança mais vívida. Ela o havia conhecido há apenas algumas horas. Sequer sabia seu sobrenome. E estava tocando sua perna.

— É estranho, mas perder um dedo quase não dói. Me sinto completamente bem — disse ele, antes de vomitar no chão do carro. Oito quilômetros abaixo, Emma parou em um posto de gasolina decrépito e entrou correndo para pedir ajuda. O atendente ligou para a emergência, mas insistiu que pagassem o preço cheio pelo saco de gelo. Quando a ambulância chegou em um clarão vermelho e azul, o Shawn de rosto acinzentado agradeceu-lhe uma última vez e disse que esperava vê-la no campus. Quase foi só isso, seu segundo "adeus" — mas em vez disso, Emma deu um passo adiante e perguntou aos paramédicos a qual hospital o estavam levando. Deram-lhe o endereço, e agora foi a vez de Emma de dizer:

— Te encontro lá — disse ela ao seu futuro marido, logo antes de fecharem a porta da ambulância.

Antes que a porta se fechasse, ele sorriu.

Três palavras.

Em sua mente, elas se tornaram um mantra por anos. Durante um dia árduo no trabalho. Durante uma das viagens dolorosamente longas de Shawn a Phoenix. Seus caminhos individuais podiam ser diferentes, mas eles sempre terminavam no mesmo lugar, juntos.

Te encontro lá.

Onde quer que *lá* seja.

No fim, os cirurgiões não conseguiram religar a ponta do dedinho de Shawn. Sua mão esquerda ficou para sempre deficiente e ele reaprendeu alguns acordes no violão, mas não raro brincava que havia sido uma troca justa por ter conhecido sua esposa. Ele fala sério, de coração, mas isso secretamente a envergonhava — pois na verdade ele já a havia conhecido no topo da montanha, e ela havia sido uma vaca insensível com ele. Foi necessária uma ponta de dedo arrancada em um saco plástico de sanduíche para derrubar sua defesa.

É difícil *conhecer* Emma.

Agora, tira a tampa da caneta e apaga sua última mensagem a Deek. Chega de se esconder. Chega de autossabotagem. Chega de *esperar*, porque esperar nesta praia é apenas um deslize confortável rumo à morte. Um assento quentinho e um bom livro em um avião em declínio.

Vamos.

Vamos.

Vamos, Em. Seja corajosa.

Ela expira e escreve: SIM

SIM, VAMOS CONVERSAR EM PESSOA. VOCÊ GOSTA DE CHÁ DE GENGIBRE?

Mas Deek já desapareceu. É tarde demais. Sua sala de estar está escura, e uma última mensagem permanece no quadro. Ela semicerra os olhos através do vidro embaçado com as gotas de chuva que escorrem.

BOA NOITE, BOA SORTE

Luzes apagadas, a espaçonave agora estava voando no piloto automático.
Por *tão pouco*.

Trovões rugem sobre a maré que sobe. A casa parece se arrepiar sobre suas fundações e ela se pergunta se a figura que a tem assombrado — H. G. Kane, Cara de Demônio, quem quer que seja, ou o que quer que seja — está perto o suficiente para ouvir, também.

Ela decidiu.

Nem mais uma noite sequer aqui. Vai pegar a escova de dentes e passar a noite em um motel. Levará Laika escondida em uma mala, se precisar. E então, amanhã de manhã, pedirá desculpas a Jules e deixará a ilha para sempre. Tentará a sorte em outro lugar, talvez um lugar mais seco, um lugar mais quente. Talvez no interior, longe do mar. Algum lugar com testemunhas. Qualquer coisa para quebrar este ciclo, fazê-la levantar de seu assento e invadir o *cockpit* e tomar o comando em um momento lúcido em que ela é ela mesma, realmente *ela mesma*, e lutar contra o que faz este avião perder altitude.

Antes que seja tarde demais.

Se eu não fizer isso, ela sabe, *vou morrer nessa praia.*

De um jeito ou de outro.

7

— **RÁPIDO.**

Do vão da porta ela observa Laika circular pelo quintal à clara luz ativada por movimento, farejando a grama. Emma colocou as roupas em uma mala. Apenas mais uma pausa para Laika ir ao banheiro antes de partirem.

— Anda logo.

Mais círculos hesitantes. Mais fungadas.

— Só *faça xixi*. Não é tão difícil. — Semicerrando os olhos em meio à chuva, Emma examina a grama escura em busca de mais pedaços de carne suspeitos. O vento ruge sobre as ondas que se quebram. Ela sabe que sua golden está vulnerável — assim como ela própria, de pé no vão da porta aberta.

Laika ainda anda em círculos. Caminhando. Farejando.

— Vai logo.

Mais círculos.

— Por favor.

Finalmente, Laika encontra um lugar adequado. Dá meia-volta, para e se agacha.

— Isso. Aí...

Suas orelhas se levantam. Em seguida ela se levanta de novo, alerta e rígida.

Sério?

Então Emma percebe que Laika mira algo a distância na parte oposta à praia, na direção do outro lado da casa. Um novo brilho ilumina as gramíneas. A luz do sensor de movimento leste foi acionada — a que fica de frente para a entrada da garagem.

Alguém está aqui.

Vindo da porta da frente, Emma ouve uma batida violenta, estremecendo as dobradiças.

ELA SEGURA UMA FACA DE COZINHA ESCONDIDA. SEUS PÉS DESCALÇOS ANDAM com leveza sobre o piso frio.

— Quem é?

Silêncio.

Ela para à beira do hall de entrada. Dali, consegue ver a porta da frente de madeira, apaziguadoramente sólida. A trava de metal ainda está trancada.

Ela aumenta o tom da voz.

— Identifique-se.

Segundos se passam. A chuva tamborila no telhado. As calhas gotejam. Os ossos velhos da casa se acomodam ao seu redor, em um crepitar baixo e grave.

Ninguém responde.

Por tempo suficiente para que ela tenha esperanças.

— Sou eu. Deek.

Nunca havia ouvido a voz do vizinho antes. É suave, surpreendentemente macia para um velho alcoólatra. Mesmo sendo tão inofensiva, ainda faz o coração de Emma explodir no peito como uma granada de fragmentação. Ficara semanas sem ouvir uma voz humana. Aqui, agora, está se partindo. A apenas três metros de distância, do outro lado da porta.

Ela não diz nada.

— Desculpe se a assustei — ele soa ofegante.

Ela queria se sentir aliviada — não é o seu perseguidor, afinal —, mas ainda está em estado de alerta. *Diga algo,* insiste a si mesma.

Diga qualquer coisa...

— Eu estava... — Deek ainda recupera o fôlego. As tábuas da varanda rangem conforme ele se move, como se estivesse se assegurando de que não está sendo seguido. — Isso vai soar loucura, Emma, mas acho que há alguém dentro da minha casa. Agora.

Há medo tremulando em sua voz. Ela se volta de forma brusca e olha pela janela da cozinha. Ao longe, ao norte, a casa de Deek está escura e silenciosa.

— Chamei a polícia — ele arqueja. — Eles estão vindo.

Ela examina aquelas janelas distantes, em busca de luz. Movimento. Qualquer coisa.

E então a porta dos fundos.

— Estava na cama quando ouvi — diz Deek. — Uma voz masculina no andar de baixo, cantarolando. Apenas cantarolando de leve. Eu a ignorei por um tempo. Pensei que havia deixado o rádio ligado. Mas aí escutei movimentos. Caminhando pela minha sala de estar, procurando algo. Abrindo armários, folheando meus livros antigos.

O coração de Emma estremece.

Seus *livros antigos*.

Deacon Cowl não é famoso — pelo menos, não mais —, mas, ainda assim, conquistou o sonho de todo escritor. Foi publicado. Entrou em listas de *best-sellers*. Foi uma estrela convidada ao *The Tonight Show* e conheceu Jay Leno, na época em que estar na televisão era o ápice da fama. Narcisistas se sentem ameaçados pelas conquistas dos outros — o que H. G. Kane faria agora que sabe que um escritor de verdade mora ao lado de Emma, sozinho e desprotegido?

— Do topo da escadaria, só conseguia ver a sombra do sujeito no chão. E seus sapatos. — Deek engole. — Eu vi... coturnos. Estilo militar.

Sua pele se cobre de arrepios.

Ela se lembra dos nervos expostos, da dor violenta nas palavras do autor: *Ao me difamar e limitar meus leitores, está atacando não apenas minha renda diária, mas também minhas chances de ser notado por um agente literário ou editor.*

Quais sejam suas intenções com Emma, são fracas em comparação com o que ele faria com Deek por um patrocínio. Empurrando seu excremento literário mais recente — *Montanha Sei Lá o Quê* — às mãos do velho.

— Entrei em pânico — a voz de Deek vacila. — Desci as escadas escondido e saí correndo pelos fundos, o mais rápido que pude. Minhas chaves estão na sala de estar com ele. Corri em meio à relva e liguei para a polícia. E continuei correndo até chegar aqui. Até chegar a você.

A chuva se intensifica, um ruído metálico.

— Eu... tenho quase certeza de que ele ainda está na minha casa.

Quase certeza.

Ela mantém os olhos fixos na estrutura distante. Analisando as janelas. Por alguma razão, não acredita nisso. A criatura perturbada com quem ela se meteu não permitiria que uma testemunha escapasse. Ele seguiu Deek até aqui, até a sua porta. Não há dúvidas.

— Desculpe, eu... — Ele força uma risada. — Eu não sinto tanto medo há anos.

Ela não diz nada.

— E me perdoe por incomodá-la, Emma. Não podia apenas ficar na chuva. Pensei em aceitar aquela sua oferta do quadro branco. Sabe? Conversar pessoalmente, afinal. Podíamos talvez tomar um chá de gengibre enquanto aguardamos a polícia para...

— Não — diz Emma. — Eu acho que não.

Não ousa se aproximar da porta.

— Você não é o Deek.

— **TUDO BEM — DIZ A VOZ. — VOU ENTRAR DE OUTRO JEITO.**

Emma sente insetos rastejando sobre sua pele.

— Posso entrar quando eu quiser — adiciona a voz.

Ela segura a faca com força e observa a porta, prendendo bem a respiração, preparando-se para um choque cortante. Mas nada acontece.

Ainda.

Os pensamentos de Emma estão pesados, lentos. Seus músculos estão amolecidos. Tudo parece um sonho. Ela se força a falar.

— Quem é você?

Nenhuma resposta.

— Como me encontrou?

Nada.

— Responda-me. — Ela dá um passo adiante. — Como conseguiu meu *endereço*?

— Em uma história — responde a voz —, o autor é Deus.

Agora que não está mais imitando seu vizinho, a voz parece ter se relaxado a um rosnado. Baixa, aerada, fria. Emma sente uma gota de suor gelada em sua sobrancelha.

— Você já sabe quem eu sou — diz a voz. — Gostaria de mudar alguma coisa em sua avaliação de uma estrela?

Silêncio.

Devia ter esperado isso, mas é surpreendente do mesmo jeito. A voz lá fora aguarda uma resposta, e está profundamente insegura. Será uma pegadinha?

Diga algo, ela pensa.

É injusto. Chegou *tão perto* de ir embora esta noite. Sua reserva no Seaview Inn estava feita. Sua escova de dentes e roupas estavam em uma bolsa em cima da mesa. É como se o estranho *soubesse,* de alguma forma, e agora ele estava em seu caminho. Literalmente, entre ela e seu carro.

Ele ainda aguarda uma resposta, mas os pensamentos de Emma estão líquidos. Mal consegue se lembrar do que raios escreveu, exatamente.

Diga qualquer coisa...

— Tudo bem, então — continua a voz, baixa e de cadência comedida. Ela consegue ouvir um sorriso rígido.— Quer dizer de novo, agora que estamos aqui, em pessoa? É muito fácil digitar críticas odiosas na anonimidade da internet. Vá em frente. Eu a convido a abrir a porta e dizer na minha cara.

Não.

— Por favor?

Sem chance.

A porta range no batente, assustando-a. Ele deve estar se apoiando contra ela.

— O *feedback* dos meus leitores é sempre bem-vindo. Tanto positivo quando negativo.

Seu livro era uma droga, queria poder dizer. Mas não pode. É mais inteligente que isso. Talvez haja um gatilho invisível em algum lugar; um fio de ativação fino como uma navalha que encerrará a conversa e despertará a violência. Como se movimentar por um campo minado.

Com o polegar, ela disca o número da polícia no celular em seu bolso. A ligação ouvirá tudo em silêncio. Operadores de emergência são treinados para ficar na linha, certo?

Há um suspiro lá fora.

— E então?

Ela dá um passo adiante.

Precisa ver o rosto da criatura. Para torná-la real. Ela se aproxima da porta na ponta dos pés. Cuidadosamente, com a respiração presa, pressiona o rosto no olho mágico e sua bochecha toca a madeira úmida. Seus cílios estremecem contra a lente.

Escuridão.

Ele está com o dedo na abertura.

Ela se afasta. Fala claramente para o operador de emergência que escuta em seu bolso:

— Eu não o conheço. O que está fazendo na Wave Drive, 937?

A voz lá fora não responde.

De imediato, ela se preocupa. Será que foi óbvio demais?

— Você é uma garota tímida, não é? — Após um silêncio de contrair o estômago, a voz se suaviza. — Como um macho sigma, sempre me senti atraído por pessoas solitárias. E gostei disso em você. Sua solidão. Sua independência. Mas você também está de luto. Eu percebi. Sem ofensa, mas você ama aquela cachorra demais. Não é saudável.

Deixe Laika fora disso.

Ela o odeia. Ela o detesta, esse organismo que não é bem-vindo à sua porta, que veste uma máscara de borracha e chama a si próprio de macho sigma. Seja lá o que isso for.

— E agora... agora vou lhe perguntar uma última vez. Você mantém sua avaliação?

Ela permanece em silêncio. Talvez não haja resposta correta? Ouve um rumor alto do outro lado da porta, como papel sendo desdobrado.

É claro, ela pensa.

É claro que ele imprimiu minha avaliação...

Ele dá um pigarro, como um pai sério analisando um boletim.

— "Esse foi o pior livro que já li."

Sim. Agora ela se lembra.

— "Não é só uma bosta" — ele lê —, "é um caldeirão gigante, de duzentos litros, cheio até o topo com diarreia gelada. Para qualquer leitor potencial, vou poupá--los de gastar noventa e nove centavos: ambas as viajantes morrem no final. Não tenho certeza se o autor já viu uma mulher antes, mas em um dado momento ele compara seus seios a 'mexericas gigantes', uma imagem mental que julgo visceralmente aterrorizante."

Havia se esquecido daquilo. Mas ainda é verdade.

— "E se você já viu qualquer filme de terror *slasher*, será capaz de prever todos os clichês narrativos irrealistas. É claro que as vítimas não têm armas. É claro que não há sinal de celular para chamar a polícia. Quando uma mulher encontra uma caminhonete, é claro que o motor não dá partida. Quando ela entra em uma cabana para se esconder do assassino magicamente indestrutível, é claro que se encurrala em um quarto sem saída, da forma mais estúpida. Quais são as chances de tudo isso acontecer? Coincidências acontecem na vida real — mas na ficção, é escrita ruim."

Ele pausa.

Há mais, ela sabe. Mas a voz lá fora se interrompeu, reunindo a compostura antes de continuar. Ela escuta o som de uma respiração trêmula.

— "Eu preferiria morrer a ler *Montanha da Morte* de novo na vida."

Silêncio.

Quando escreveu essa frase há alguns dias, jamais esperava ouvi-la em voz alta à sua porta. E então, uma corrente de ar frio toca a nuca de Emma, e ela se lembra com um buraco crescente em seu estômago: a porta dos fundos ainda está aberta. Apenas uma fresta.

Laika ainda está lá fora.

— **ALÉM DE SER MALDOSA, SUA AVALIAÇÃO NÃO AJUDA NINGUÉM.** — ELA O ouve se aproximar da porta. — Você sabe disso, certo? Nada disso é uma crítica válida a *Montanha da Morte*. Pode chamar de "clichê literário", mas é como acontece de verdade. É fiel à *vida real*, Emma. Como pode ser irrealista? Você percebe como soa estúpida, certo?

Ela não diz nada.

— E o resto são apenas insultos. Você seleciona algumas partes sem oferecer contexto algum para dar suporte às suas piadinhas. Para convidar as pessoas a rirem de mim.

A rirem de mim.

É sutil, mas ouviu a voz vacilar aqui. Um nervo exposto.

— Quero dizer, é óbvio que sei que seios não são como mexericas. Tenho muita experiência com seios. Era uma metáfora. Não sabe o que é uma metáfora? E é... é tão *grotesco e injusto* que algumas pessoas agora serão desestimuladas a ler minha obra de cem mil palavras por causa da sua avaliação de cem palavras. Em dois minutos, você consegue anular um ano do meu trabalho duro.

Daqui, Emma não consegue ver o quintal dos fundos. Seu estômago se contorce em cordas ansiosas. Ela espera que Laika ainda esteja dentro da cerca, em segurança, e não dando a volta na casa para cumprimentar este novo estranho.

— Então, para me compensar, você pode por favor descrever que *coisas,* especificamente, você não gostou em meu livro? — A voz era efervescente, crescente. Ele está se colocando em um beco sem saída.

Ela se afasta.

— Especificamente, Emma. O que posso fazer melhor da próxima vez?

Silêncio.

A faca está ficando escorregadia em sua mão. Seus dedos estão suando.

— Responda à pergunta.

Ela não consegue. É difícil demais lembrar.

— Emma?

— Eu achei... — Faz força para se lembrar dos detalhes. — Eu achei... conveniente que as duas viajantes continuavam se separando, de forma que ficassem mais vulneráveis a...

— As pessoas se separam na vida real.

— E elas apenas morrem de forma anticlimática no fim.

— Como na vida real.

— E uma delas até tem a oportunidade de pegar a arma do vilão. — Emma se lembra. — O assassino deixa seu rifle de lado para estrangular uma delas, e a outra vem por trás e *não o pega*. Em vez disso, luta com ele no corpo a corpo. O assassino devia ter tido seus miolos explodidos. A única razão para a história não terminar ali foi porque a heroína era uma imbecil...

— *Exatamente. Como. Na Vida. Real.* Que parte disso é difícil de entender? — A voz lá fora ofega, exasperada. — Emma, é hora de tomar a pílula vermelha. Meus livros são realistas. Não se pode pensar com clareza em uma situação de vida e morte porque a adrenalina se sobrepõe à lógica, tudo bem? São hormônios. É ciência. Os leitores esperam que os personagens sempre tomem decisões perfeitas, cem por cento do tempo. A maioria das pessoas medíocres não sobreviveria a um encontro com a morte. A maioria das mulheres, especialmente. Você não pode culpar a mim, o autor, por ser autêntico ao...

— Só acho que parecia amador.

Ele para, sua frase degolada de forma tão limpa quanto um membro decepado.

Não quis interrompê-lo. Procurava a palavra certa nos últimos segundos e ela finalmente lhe ocorreu. Ela se afasta da porta, mantendo os olhos na trava de metal.

— Sinto muito — sussurra ele. — Pode... pode repetir?

— Repetir o quê?

— O que acabou de dizer. Do que você me chamou?

— Estava falando do...

— Você me chamou de *amador.* — Ele força uma risada, um latido entrecortado. — Sério? É esse o insulto que escolhe? Amador? Será que... será que um amador consegue escrever dezesseis livros, cada um com dezenas de milhares de palavras? Um amador consegue avaliações de cinco estrelas descrevendo suas obras como "aterrorizantes" e "brilhantes"? Pareço a porra de um amador, Emma?

Ele tenta rir, como se tudo fosse um mal-entendido. Mas suas palavras estão tensas e voláteis, estremecendo de raiva. Ela toca o bolso onde colocou seu celular, para se assegurar de que ainda está lá, ainda está ouvindo — em algum lugar, um operador de emergência deve estar estarrecido.

— Você achou... achou os personagens de *Montanha da Morte* estúpidos? Bem, sorte a sua. A internet está cheia de opiniões sem fundamentos, mas esta noite você terá a chance de fundamentar a sua. Vamos ver se consegue se sair melhor.

Ela sente um arrepio correr pela espinha. Uma ascensão lenta, de vértebra em vértebra.

Do outro lado da porta, uma respiração longa.

— Se servir de consolo, acho que gostará mais desse.

— O quê?

— Meu próximo — diz ele. — Esta noite.

O vento uiva sobre as ondas lá fora. A chuva torrencial muda de tom — caindo de lado — e bate nas janelas voltadas para o mar.

— É inteirinho sobre você — adiciona.

Um novo som arranhado faz seu estômago se contorcer. No começo é sutil, como a sonda de um dentista raspando de leve. E então começa a cavar, com força, elevando-se a um pico de triturar os nervos. Espantosamente próximo. Logo do outro lado da porta, algo de plástico se solta.

A câmera da campainha de Jules, ela percebe.

Ele a removeu.

— Emma — sua voz se condensa em veneno —, seja bem-vinda à *Praia da Morte.*

PARTE DOIS

Meus fãs sempre me perguntam:
"H.G., de onde você tira tantas ideias para suas histórias?"
É simples! Da vida real.
Meus contos de terror são 100% fiéis à realidade. Toda ficção é
baseada na verdade, afinal. E a verdade é a seguinte: o impensável pode
acontecer com qualquer um. Então, sempre gosto de começar com um
personagem. Uma personagem assombrada por seu passado, digamos,
abalada por uma tragédia pessoal. E ela ainda não consegue processar
muito bem o que aconteceu, mas chamou a atenção de um mal monstruoso.
Ela sabe que está chegando. Já trancou as portas, chamou a polícia,
tomou cada medida que uma pessoa sensata deve tomar quando o sol se põe.
Mas a noite é longa. E escura.
Cheia de terrores.
E lá vamos nós...

— H. G. Kane, *De Onde Vêm suas Histórias de Arrepiar a Espinha?*
2017, hgkaneoficial.com [epígrafe]

8

AMOSTRA DE PRAIA DA MORTE
(Esboço 1)

Ele chegou a Strand Beach com uma missão peculiar: assassinar Emma Carpenter.

Dirigiu um Honda CR-V e comeu seis *cheeseburguers* bacon jr. do Wendy's, do cardápio promocional do *drive-thru*. Escutava uma *playlist* no Spotify com Ed Sheeran, Death Cab for Cutie e Coldplay, enquanto dirigia no limite exato de velocidade com seu chapéu fedora repousando no painel, pendurado sobre um rack de plástico para chapéus, que havia comprado na Amazon por nove dólares e noventa e nove centavos.

Sua viagem havia sido longa e exaustiva, sendo a última hora um meandro tedioso ao redor de baías e mangues de água salgada. Finalmente, a ilha principal apareceu à vista como um fantasma, através de uma barreira de névoa úmida. Ao final da ponte de pista simples, um grandioso arco de concreto convidava: B_M-VINDO A STRAND BEACH. Tomara que reponham o E.

Toda vez que visitava novos lugares para um livro — seja uma cidade ou vila, floresta ou deserto — sempre preferia caminhar alguns quilômetros a pé para conseguir se localizar. Sentir o sabor do ar, ler as placas, alimentar os pássaros, absorver o sotaque local. Sempre dizia que dirigir em um lugar novo equivale a passar os olhos por um artigo do Wikipédia. Um autor não consegue conhecer um ambiente a não ser que coloque os pés no chão.

Mas Strand Beach era diferente.

Ele estacionou seu CR-V em um terreno meio inundado perto da passarela com banheiros públicos e acesso à praia. Se tivesse estudado os movimentos da correnteza direito, sua viagem de carro percorreria todos os dezessete quilômetros de superfície continental sem passar por qualquer câmera de fiscalização de trânsito. Completamente independente das estradas. A maioria dos veículos não dava conta — o que significava que a polícia não esperaria isso.

Enquanto esperava a chuva diminuir, fumava sua essência favorita em seu vape — manteiga sintética — e permitia que sua mente vagasse em meio à fumaça ondulante e cremosa.

Tinha apenas nove anos quando publicou seu primeiro livro.

Tecnicamente.

Não raro se vangloriava, dizendo que escrevia desde que aprendeu a segurar uma caneta, e isso era verdade. Sua mãe ainda guardava todas as suas histórias desde a primeira série, rabiscadas em papel almaço à caneta, lápis e giz de cera. Ela até contratou uma editora para seu jovem filho. A empresa era uma espécie de editora independente para pais vaidosos: o filho escreve e ilustra uma história em algumas dúzias de folhas-modelo, que então são enviadas a alguma gráfica em Hoboken, costuradas e cobertas com uma sobrecapa de textura luxuosa, e enviadas de volta.

Assim, sua estreia literária foi *Cabeça de Hélice*. Tinha vinte páginas, incluindo uma página com uma breve biografia do autor escrita por sua mãe. Apenas seis cópias existentes.

A história acompanha um menino chamado Harry, que enfrenta uma série de problemas. Nas páginas um a seis, o pobre Harry apanha de valentões no parquinho, é zombado por sua professora, sra. Bristol, por uma dificuldade generalizada na fala, e assaltado no caminho de casa por um aluno do ensino médio empunhando uma faca. O pior de tudo, Harry e sua mãe são implicitamente abusados pelo padrasto do menino, cujo nome não é mencionado.

Então, na página sete, a narrativa dá uma guinada ao surreal. Harry acorda na manhã seguinte com uma hélice naval presa à cabeça. Ou melhor, no lugar da cabeça. Seu rosto desapareceu por completo (a transformação não é explicada, tampouco como exatamente ele conseguia enxergar sem olhos). No espelho de seu quarto, Harry examina sua nova forma biomecânica, tocando suas veias de fluido hidráulico, sua calota craniana, suas pás curvas.

As próximas doze páginas detalham a vingança de Harry. Primeiro, ele assusta os valentões do parquinho com um único giro cortante. Quando a sra. Bristol o chama para responder a uma pergunta difícil, ele abaixa a cabeça e serra a mesa da professora ao meio (essa ilustração é particularmente detalhada, conforme a mesa explode em farpas e os colegas de Harry se escondem aterrorizados). No caminho de casa, ele encontra seu assaltante de novo e corta fora a mão do aluno do ensino médio à altura do pulso (na ilustração: um adolescente aos gritos segurando uma profusão fresca de sangue Tecnicolor). Curiosamente, o texto nessa página erroneamente chama Harry de Howard.

Ao chegar em casa, ele confronta seu padrasto abusivo de uma vez por todas. Em um clímax eletrizante, Harry lança as pás de sua hélice sobre a caixa torácica do homem e gira o máximo que sua nova forma permite, e o momento sanguinolento é ilustrado em três páginas bem detalhadas. No fim, a mãe de Harry o abraça e faz seu assado de *cheeseburguer* favorito em retribuição, enquanto seu padrasto permanece distribuído uniformemente pelas paredes e teto. Um final feliz para todos.

Até que, em uma reviravolta chocante na última página, Harry percebe que não consegue remover a hélice ensanguentada. Seja qual for a mágica traiçoeira que orquestrou essa mudança, era irreversível.

Ele é o Cabeça de Hélice para sempre.

Fim.

Analisando hoje, *Cabeça de Hélice* é surpreendente por sua inteligência. É uma história contada de forma crua, com certeza, e debilitada pela lógica ilusória de um aluno de quarta série. Ainda assim, é chocante que uma criança fosse capaz de contar uma história de vingança com tamanha classe e poder. Até as ilustrações são evocativas e compostas de forma inteligente (um talento seu mais desconhecido).

Naquela época, assim como atualmente, a obra enuncia a voz de H. G. Kane em sua infância, uma promessa de que acontecimentos sombrios e assustadores estão por vir.

Para ceifar a vida de Emma, houve preparativos.

A chuva torrencial finalmente se amenizou ao entardecer, de forma que ele deixou suas armas no CR-V e caminhou pela rua principal da vila para absorver a (sinceramente monótona) vista.

… Um motel com um estacionamento inundado.

… Uma locadora de DVDs.

… A estrutura carbonizada de um restaurante tailandês que pegou fogo.

… Um centro de recreação familiar com uma roda--gigante enferrujada.

Strand Beach é um destino de verão charmoso, mas é uma cidade-fantasma fora da temporada. Ele atravessou a larga rua para entrar em um dos poucos estabelecimentos que operava durante o ano todo: um museu de entrada gratuita chamado Grundy's. O Grundy's era especializado em artefatos marítimos: ossos de tubarão, bolas náuticas, pregos de antigos destroços de naufrágios. O litoral de Washington geralmente é chamado de "cemitério do Pacífico", e Strand Beach é especialmente notória por atrair embarcações de todas as eras. Sob a correnteza escura, trawlers modernos repousam ao lado dos ossos de navios baleeiros do século 18. Algo nos bancos de areia que se movem provoca uma corrente mortal e imprevisível, "encalhando" os vivos e os mortos nas praias cravejadas por rochas. Eis o porquê, dizem os locais, do nome "Strand Beach" — a praia dos encalhados. Talvez isso seja verdade, mas *strand* também é um termo irlandês para praia — então literalmente se chama Praia-Praia.

Ele ainda não entendia por que Emma Carpenter escolheu se isolar logo aqui, de todos os lugares. Tampouco estava particularmente interessado. Ele admitiria prontamente que o desenvolvimento de um personagem complexo nunca fora seu forte na escrita. Em todo o Grundy's, permitiu-se ser filmado por diversas câmeras de segurança enquanto olhava as novas exibições, analisava as gemas baratas e as marionetes de olhar morto, e gastou algumas moedas para testar seu nível de sensualidade na Cadeira do Amor. "Uma tentação", a cadeira entoou.

Na saída, comprou dois itens e pagou em dinheiro. Sorriu com cordialidade para a atendente, que não se lembraria dele (seu dom: invisibilidade para mulheres atraentes).

Pegou sua sacola de papel e foi embora.

Enquanto o céu escurecia, ele parou no boteco local, um bar chamado Rip's com cerveja de dois dólares e uma sereia com os seios de fora sobre o bar. Ele se sentou sozinho perto do fundo e comeu quatro pedaços de bacalhau crocante e uma bandeja de ostras com fritas, molho tártaro extra, e uma porção de lula frita. Para acompanhar, tomou duas IPAs de seiscentos mililitros, e um segundo prato de lulas fritas como sobremesa. Gostava daqui. Estava bem ciente da câmera de segurança na parede, e até teve o cuidado de olhar diretamente para ela enquanto mastigava. Uma pequena surpresinha para os policiais depois.

O centro era uma visita curta. Ele estabeleceria sua verdadeira base de operações a dezessete quilômetros dali, perto do quebra-mar de pedregulhos na ponta norte do Strand. Ele estacionaria seu CR-V logo abaixo da encosta de pedras arrumadas, onde seu acampamento ficaria quase invisível para quem olhasse naquela direção, tanto a partir da terra quanto do mar.

Lambendo o óleo de fritura dos dedos, abriu seu saco de papel marrom do Grundy's e examinou o conteúdo.

Primeiro: um pacote de peixinhos de goma (seu doce favorito).

Segundo: uma concha (toda compra no Grundy's vem com uma concha de brinde).

Terceiro: um pacote de anzóis farpados.

AO TIRAR SEU CELULAR DO BOLSO, EMMA SE RECORDA DAQUELE NACO DE carne suspeito na praia. A forma como parecia ter desaparecido nos dias que seguiram, o corte que deixou nas gengivas de Laika conforme ela mastigava. Não era uma lasca de osso. E, agora tinha certeza, não era coincidência.

Este homem estava tentando matar sua cadela. Com carne recheada com navalhas.

— Seu *escroto*.

A tela do celular estava em modo de descanso. Será que sua ligação para a polícia havia falhado? Ela disca o número de novo e examina as janelas. Os holofotes de LED azulado foram ativados, e agora lançam sombras pontudas na relva alta. Mas a voz à sua porta sumiu.

Ele desapareceu.

O homem que detalhou com tanto entusiasmo a forma como os ossos do pescoço da futura psicóloga se fraturaram quando tomou sua cabeça como um troféu; que teve a audácia de comparar seios a mexericas; o autoproclamado mestre do terror está aqui em Strand Beach. Dirigiu por horas ou dias para chegar até aqui de uma origem desconhecida. Tudo por ela.

Ela sente uma frieza se espalhar dentro dela. Conforme outro trovão ressoa sobre o oceano, as palavras do autor ecoam em sua mente.

A internet está cheia de opiniões sem fundamentos, mas esta noite você terá a chance de fundamentar a sua.

Aquela risada ofegante abafada pela madeira.

Vamos ver se consegue se sair melhor.

Ele não esperava muita resistência da parte de Emma.

Antes do ataque daquela noite, já havia passado dias observando sua vítima, espiando pela ampla casa à noite e cheirando seu cabelo enquanto ela dormia. Havia mapeado a área, desenhado seus planos cuidadosos e tirado suas próprias conclusões a respeito da mulher em si.

Os amigos e a família distanciados de Emma Carpenter talvez a descrevessem de forma mais gentil, mas em seu conceito ela era uma mercadoria danificada. Presa fácil. Uma sardinha humana. Uma eremita perdida e atormentada, vivendo sozinha em um litoral deserto. Conseguia ver agora como seu luto a havia despedaçado por dentro. Ele percebeu a ansiedade social paralisante que a prendia dentro de casa, sobrevivendo de *e-books* e sobras de comida fria. Ela evitava a todo custo falar com as pessoas — fosse um jogo de palavras no quadro branco com seu vizinho ou pedir as compras de mercado pela internet. Sequer ousava abrir a porta da frente para receber entregas. Sempre esperava o motorista sair da entrada da garagem antes de se esgueirar para fora e pegar seu pacote como um camundongo culpado.

Claramente essa mulher havia sofrido uma perda imensa. Algo inimaginável. Ela ainda usava sua aliança de casamento, ele observou, e um medalhão de prata de lei ao redor do pescoço. Ela dormia com ele. Mesmo quando tomava banho, mantinha-o sempre ao alcance. Ele jamais havia visto a foto de dentro, mas tinha certeza de que já sabia exatamente quem estava nela. E após suas muitas noites de vigilância silenciosa, registrou outro comportamento interessante de Emma.

Às vezes ela enchia a banheira do andar de cima de água, deixava um pacote de ração aberto no chão, e caminhava sozinha na praia. Até a beira do mar, pelo menos uma vez ao dia. Entrava até a água bater nos tornozelos. E então, nos joelhos. Na cintura. A alguns metros, talvez alguns centímetros do alcance agressivo da ressaca. A correnteza de Strand Beach é famosa por ser volátil, um animal selvagem que pode tanto nos lançar de volta à praia quanto nos engolir para a eternidade.

Ela nunca atravessou, de fato.

Ainda não.

Ele mal conseguia compreender o que se passava dentro da mente dela. Talvez fosse um joguinho sinistro, testar os próprios limites? A autopreservação é um instinto poderoso. Talvez ela se sentisse como uma passageira dentro do próprio corpo, lutando para pegar o volante e alterar o curso do carro para fazê-lo colidir? Talvez fosse por isso que encheu uma mochila verde com pedras e a deixou perto da porta. Uma última saída.

Mencionar isso agora não tem o fito de debater a dor dessa pobre mulher, tampouco maldizer os mortos. Emma Carpenter merece descansar em paz.

Mas tudo isso lhe apontou dois detalhes críticos no planejamento de seu assassinato.

Primeiro: se deixada só, ela provavelmente tiraria a própria vida logo, logo. Eventualmente, o último fio dentro dela se arrebentaria e ela carregaria aquela mochila sob as ondas. Talvez em um mês ou em uma semana, ou antes. Então, ele podia confortavelmente justificar suas ações aqui: de certa forma, estava apenas dando a Emma o que ela parecia desejar. E o que exatamente valia aquela vida sem futuro, em sua estimativa? Ela estava à beira de se descartar no mar como um copo de papel, mas ele daria propósito à sua vida. Por meio de seus talentos, poderia honrá-la com a oportunidade de ter um papel no legado de H. G. Kane, algo que duraria mais do que seus batimentos cardíacos e tocaria milhares de pessoas. Muito mais do que poderia tocar (ou tocaria) em vida.

E segundo detalhe?

Bem, esse é um pouco menos grandioso, mas não menos importante: significava que não havia armas de fogo na casa.

AS LUZES ATIVADAS POR MOVIMENTO SE APAGAM.

O quintal da frente e a entrada da garagem ficam na escuridão absoluta. O repentino e silencioso mergulho na escuridão puxa o ar dos pulmões de Emma.

Bip-bip.

Olha o celular. Sua chamada à polícia falha de novo.

— Impossível.

O sinal do wi-fi se foi. Mantendo os olhos fixos na escuridão lá fora, ela caminha depressa até a sala de estar e confere o roteador via satélite de Jules. O aparelho ainda está conectado, ainda na tomada. Uma luz verde feliz indica que está tudo bem.

Mas seu celular está desconectado do wi-fi. Ela tenta inserir de novo a senha de Jules, ainda pendurada na geladeira em um *post-it* (STEWIE7). Nada.

O que raios está acontecendo?

Seu leitor digital também está desconectado.

E seu notebook.

E, presume, a câmera da campainha de Jules.

Tudo estava conectado apenas alguns minutos atrás. O que mudou? A tempestade? Uma queda de internet? Como a lógica forçada de *Montanha da Morte*, quando a futura advogada e a futura psicóloga, exaustas e aterrorizadas, subiram sobre um peitoril de granito em uma tentativa inútil de obter sinal de celular e chamar ajuda...

Não importa.

Ele é apenas um homem. Não tem poderes sobrenaturais.

Emma pega as chaves do carro no balcão da cozinha. Mesmo plano de antes: não vai ficar ali. Vai enfiar Laika em seu Corolla amassado e dirigir feito louca direto ao centro, direto à delegacia de polícia de Strand Beach, que é do tamanho de uma caixa de sapato. Ela para na porta dos fundos, ainda aberta, pisando sobre uma poça de água da chuva escorrendo para dentro.

— Laika. Vamos embora.

O quintal dos fundos está vazio.

Seu coração afunda cinquenta andares.

Um poste da cerca de alambrado balançava na tempestade, torto. A cadela deve ter escapado em meio à relva escura, além do alcance do sensor. *É claro.* Então Emma se apressa, descendo os degraus apodrecidos até o gramado, e assobia uma nota aguda noite adentro.

— Laika. Volver.

Ela espera na chuva gelada. Nenhum sinal da Cadela Espacial.

— *Volver.*

Nada.

Diz a si mesma para manter a calma, que contará mentalmente até cinco e então chamará de novo com seu comando pré-programado da escolinha de adestramento, mas consegue contar até dois antes de cerrar os dentes e gritar:

— Laika, *traga a porra do seu traseiro branco aqui agora!*

Uma lufada de vento abrasivo lhe responde. Nenhum arquejo, nenhum som de patas chispando na areia. Dentro do buraco no estômago de Emma, sente como se centopeias se enroscassem. Ela se espreme através do vão na cerca e passa para a relva à altura da cintura. Torce o tornozelo na areia irregular. Levando ambas as mãos à boca, grita o nome da cadela mais uma vez.

Ela dá a volta na propriedade, estreitando os olhos na chuva pesada. Um sensor de movimento é acionado, assaltando as dunas com um cone de luz. Sua visão noturna é ofuscada instantaneamente. Mas vislumbra algo, uma forma pálida, em meio aos juncos molhados. Bem no próximo aclive.

Reconhece os pelos brancos de Laika. Sempre teve um certo brilho, mesmo na escuridão. Ela pisca, afastando a água da chuva de seus olhos, bloqueando a iluminação do holofote com sua outra mão, tentando enxergar mais detalhes.

Sua voz queima em sua garganta.

— Laika.

A forma está imóvel. De cabeça baixa. Abaixada na relva.

Não, ela pensa, desesperada.

Não, não, não...

Ele estivera atraindo o golden retriever inglês de Emma há dias. Era um processo lento e intervalado, tão tedioso quanto calibrar a mira de um rifle.

A cadela havia se mostrado surpreendentemente seletiva com comida, o que a manteve viva até aquela noite. Biscrock esfarelava demais, e os melhores cortes de carne que o mercado da região tinha a oferecer de alguma forma ainda não se comparavam a caranguejos podres, águas-vivas mortas e algas. Mas então, no quarto dia, a cadela finalmente sucumbiu ao canto da sereia do peito de frango cru (embora Emma o tenha arrancado de sua boca antes que os anzóis escondidos causassem algum dano).

Peito de frango desossado.

Nove e noventa e nove o quilo no mercado de Strand Beach.

Ele havia fisgado o animal. E, sinceramente, aqueles anzóis esquisitos do Grundy's eram simplesmente grandes demais para serem engolidos de uma vez só, de qualquer forma. Então mudou de estratégia.

Havia determinado o mecanismo de entrega.

Agora precisava apenas de uma carga que fosse menor, e mais letal.

É COMO CORRER NA AREIA MOVEDIÇA. ELA NÃO CONSEGUE *CHEGAR* LÁ RÁPIDO o suficiente. O tempo se torna um borrão enquanto grita o nome de sua cadela de novo. Isso não pode estar acontecendo.

Deus, por favor. Não se lembra de ter rezado desde a infância.

A forma pálida de Laika se aproxima em meio às folhas molhadas. Outra luz de movimento é acionada, agora ao norte, cegando-a novamente. Nem se preocupava em olhar para trás para se assegurar de que não é o estranho perseguindo-a em uma emboscada.

Está se aproximando de Laika.

Três metros.

Um metro.

Por favor-por favor-por favor...

Encontra sua golden repousando de barriga para baixo sobre a relva, ereta e (*ai, graças a Deus*) viva. Emma agarra o pelo molhado, batendo os joelhos na grama. Ela quase derruba a cadela, colidindo em um abraço apertado.

— Laika...

Sente que a cadela resiste, enrijecendo em seus braços: está concentrada em algo na areia. Lambendo, mastigando com sons guturais. Está *comendo alguma coisa...*

Com terror renovado, Emma puxa a cabeça da cadela para trás, arremessa sua bandana para o lado, e enfia os dedos dentro de sua boca — vasculhando atrás dos molares de Laika — mas ela já está engolindo. Emma fecha a mão em um punho e a *mergulha* na garganta do animal, tateando a umidade quente, rezando a Deus que não fosse tarde demais...

Seus dedos se fecham o redor de algo sólido.

Ela arranca para fora.

Laika tosse de novo e vomita, encolhendo-se e afastando-se enquanto Emma segura a massa fria na palma da mão. Ergue à luz dos holofotes da casa, revelando um naco de carne pegajosa. Rosa acinzentado. Peito de frango cru, como da última vez.

Mas dessa vez, está sarapintado com pontos vermelhos-vivos. Como catapora.

Com a unha do polegar, Emma remove um dos pontos e o inspeciona, trêmula, sob o clarão do LED. É uma bolinha. Do tamanho de um comprimido. Não há marcas, mas de alguma forma já sabe o que é. Anos atrás, quando trabalhava em uma mercearia na adolescência, costumava espalhar dezenas de caixas pretas porta--ração contendo essas mesmas bolinhas.

Veneno de rato.

9

UMA ÚNICA BOLINHA PODE SER FATAL.

Ela se recorda do gerente da mercearia lhe explicando, certa vez:

— Esses pequenos desgraçados gostam de dar uma mordidinha em um pedacinho minúsculo de comida desconhecida, e então voltam para casa. Caso se sintam um pouco mal, saberão que é veneno e não o tocarão nunca mais. A solução? — Um sorriso de nicotina, muito claro em sua memória. — Matá-los com aquela mordidinha.

Enquanto isso, Laika havia acabado de tentar aspirar inteira a maldita coisa como se fosse algodão-doce. Emma sabe que o autor deve estar por perto. H. G. Kane iria querer assistir e escutar, para vivenciar cada detalhe e poder descrever tudo em seu próximo livro de merda. Assim como fez com a futura advogada e a futura psicóloga, está brincando com elas, temperando as mortes com pânico.

Ela abraça Laika. Ama essa enorme criatura inocente. Aqueles olhos escuros a olham, confusos. *Eu também te amo, mãe.*

Mas por que pegou minha comida?

Beija o topo da cabeça de Laika e reza a Deus, a quem quer que esteja lá em cima, que nenhum comprimido de veneno tenha chegado ao seu estômago. Precisará induzir vômito, só por garantia.

Primeiro, precisa escapar.

Agora.

Ela lança a carne adulterada em direção ao oceano. Agarrando a coleira de Laika, corre em direção à entrada da garagem, onde seu Corolla está estacionado. Observa todos os lados em seu caminho enquanto passa pela garagem. Em cada espaço desconhecido por onde passa, espera uma figura à espreita saltar ao seu pescoço com mãos enluvadas, e nos últimos passos seu coração se contrai em uma bola pesada dentro do peito. Mas a figura jamais aparece. Está sozinha. Tensão pura. Sem escape.

Alcança seu carro. Os holofotes voltados ao leste são ativados e a iluminam. Antes de destrancar as portas, verifica os bancos de trás do Corolla escuro, em busca de um assassino abaixado, esperando para cortar sua garganta por trás — já assistiu a filmes o suficiente para conhecer *esse* truque.

Vazio.

Ela abre a porta. Laika entra com seu entusiasmo habitual (*Adoro passeios de carro, mãe!*) enquanto Emma salta ao banco do motorista e enfia a chave na ignição.

Já havia desabilitado o Toyota.

Na noite anterior, ele havia aberto o capô silenciosamente e cortado ambos os cabos da bateria.

Não era um sujeito muito ligado em carros. No dia a dia, nunca sequer ousava trocar o óleo de seu próprio Honda CR-V. Mas esse é o segredinho do autor de ficção moderna: você está a uma pesquisa no Google de saber qualquer coisa. Não é preciso ser um matemático para escrever uma cena envolvendo sabotagem veicular, ou um físico para escrever uma fuga de uma supernova. Toda a pesquisa está lá, pronta para ser escolhida a dedo, o trabalho duro já realizado por outra pessoa. Autores são como camaleões. Impostores. Farsantes.

O resultado assustador: um vilão pode fazer qualquer coisa.

Naquela noite, o assassino de Emma não seria limitado por sua experiência ou seu conjunto de habilidades. Com um pouco de preparo, ele podia ser o que desejasse ser. Era um desconhecido perigoso, um canivete suíço, uma metamorfose, a soma dos conhecimentos mais profundos e obscuros da internet.

Como arrombar uma fechadura?

Como amarrar um nó fiel?

Como cortar a artéria carótida?

Como passar em um teste de polígrafo da polícia?

Esse era seu maior poder. Como o usuário HGKaneOficial sempre gostava de dizer em seu grupo de escrita *on-line*: *Em uma história, o autor é Deus.*

— AH, *VAMOS*.

Vira a chave repetidamente. Sua pulsação palpita em seus ouvidos. Laika a observa do banco de trás.

Mãe. O que está havendo?

Ela soca o volante. A chuva cai pesada agora, tamborilando contra o teto de metal do Corolla, borrando as luzes da casa através do vidro.

Por que está assustada?

Sabe que está perdendo um tempo precioso. Diz a si mesma para manter a calma, para resolver os problemas. Um psicopata invisível. Uma cachorra que talvez tenha ingerido veneno, ou não. Sem carro, sem wi-fi, sem sinal de celular. A preparação do assassino era impecável.

Mas...

Lembra-se do telefone fixo na casa de Jules. O autor pode ser Deus, em suas próprias palavras, mas é impossível que saiba desse telefone, pois Emma o havia desconectado ela mesma, há mais de um mês. Muito antes de ter avaliado *Montanha da Morte*.

Ainda está lá. Na despensa.

Mira a varanda da frente através do vidro embaçado pela chuva. Abrigar-se lá dentro era sua única opção, de qualquer forma. Não há nada além de acres de gramíneas, praia aberta, e casas trancadas em ambas as direções. Ainda assim, cogita deixar o carro quebrado para trás e correr para pedir ajuda. A casa de Deek fica a meio quilômetro de distância. Conseguiria chegar até lá?

Seu sangue esfria com um *déjà-vu*. Já leu essa cena antes. Exatamente assim, de alguma forma.

Foi como a futura psicóloga morreu. Depois que a caminhonete do perseguidor não ligou, a jovem desistiu de forçar o motor, escorregou pela porta e fugiu de volta à cabana. Chegou até a metade do caminho quando uma bala de alto calibre a paralisou da cintura para baixo.

Recorda-se de como H. G. Kane descreveu a queda da futura psicóloga — *como se sua coluna vertebral tivesse sido cortada por uma tesoura invisível* — e o fascínio demoníaco conforme ele marinava os pequenos horrores de seu corpo disfuncional. Os fragmentos de ossos em sua jaqueta. A poça de urina que se espalhava. A forma como ela arrastava seus membros inferiores flácidos com cotovelos esfolados, com lágrimas brilhando em seus olhos, ainda implorando para que a poupasse, ainda sem compreender a perpetuidade de seu ferimento.

Consegue ouvir o sussurro ofegante do autor, como se estivesse dentro do carro com ela. Sua pele formiga e ela confere o banco de trás de novo: apenas Laika e sua cara branca.

É só ela e sua cadela.

Lembra a si mesma de manter a calma.

Fugir a pé não é uma opção. É quase certeza que ele está vigiando o espaço aberto coberto de relva, com uma arma de fogo. Em *Montanha da Morte*, o assassino sem nome carregava uma Savage AXIS calibre. 30-06 com ação de ferrolho e uma mira noturna infravermelha, letal a um quilômetro de distância. Duas vezes a distância da casa de Deek. Se tentar fugir de seu perímetro, ele a matará. Sem dúvida.

Meio quilômetro é uma sentença de morte.

Mas... espera que seis metros não seja.

— Vamos correr até a casa — sussurra ela. — Prepare-se.

Para Laika. Para ela mesma.

Mais para ela mesma.

Puxa a maçaneta da porta. Empurra a porta e a abre com as pontas dos dedos, e sai na chuva. É uma torrente agora, dura como pedra, alto o bastante para abafar passos que se aproximam. Ela abre a porta de trás e liberta Laika. Não há tempo para ter medo.

Corre até a varanda da frente, suas palmas cortando o ar, gotículas geladas explodindo em seus ombros. Laika dispara ao seu lado, arquejando.

Conforme corre, prepara-se para uma bala de alto calibre em sua lombar.

Ele baleou Emma Carpenter na coluna...

Mas não acontece.

Ela alcança a varanda. Molho de chaves em mãos, tenta acertar a fechadura escorregadia desastradamente — *Merda!* — e sente uma forma obscura subindo os degraus de cedro atrás de si, enquanto ela enfia a chave na fechadura e gira, *gira* com dedos ágeis e ansiedade crescente ao sentir duas mãos enluvadas se estenderem atrás dela para agarrá-la pelo pescoço — mas então a porta se abre em um estrondo. Ela entra no calor, na segurança. Quase esmaga o rabo de Laika na porta atrás de si.

Vira-se, fechando a trava.

Pelo olho mágico, os degraus da frente estão vazios. Será que ele estava mesmo ali? Onde ele *está?*

Não importa. Entrar de novo é uma vitória. Há segurança nos lugares fechados. O rifle de visão noturna de *Montanha da Morte* ficará desajeitado lá dentro. Ela acende cada luz do térreo, revelando cada espaço desconhecido — nenhuma figura se escondendo no armário de casacos, nenhuma emboscada mortal atrás da ilha da cozinha — e com seus sapatos molhados guinchando, corre até a despensa e encontra o telefone fixo antigo na prateleira, exatamente onde o havia deixado semanas atrás, ainda envolto em seu cordão espiral. Intocado.

Ele sabotou seu carro.

Ele bloqueou seu roteador, seu sinal de celular.

Mas era impossível saber disso, a surpresa do século 20 de Emma. Ela conecta o cabo na parede e disca o número da polícia no teclado esponjoso.

Ele também cortou as linhas telefônicas.

— É *SÉRIO* ESSA MERDA? — ELA ATIRA O TELEFONE NA PAREDE.

Todas as casas construídas no último século são conectadas por cabos telefônicos padrão, o que, cortesia do Google, ele sabia serem enterrados a algo entre trinta e quarenta e cinco centímetros abaixo do solo, acompanhando a rua mais próxima (que obviamente era a Wave Drive, a quatrocentos metros da porta da frente de Emma). Foi preciso apenas uma pá pequena e um alicate.

Emma estava começando a entender agora. Os convenientes "clichês" de terror pelos quais tinha dado uma estrela a *Montanha da Morte* eram agora sua realidade indiscutível.

Sem arma.

Sem carro.

Sem celular.

Não haveria escapatória para a vítima desta história, contato com a polícia ou ajuda de fora. Em *Cânion da Morte*, uma entrada de uma trilha remota, inacessível para veículos. Em *Floresta da Morte*, um local de acampamento não patrulhado por guardas florestais. Em *Lago da Morte*, o lago em si era um obstáculo.

No entanto, esta noite era diferente.

Emma já havia feito a maioria dos preparativos para *Praia da Morte* sozinha. Ele não precisou esperar semanas até que ela saísse para acampar ou atravessasse o estado de carro sozinha. Ela não tinha família, amigos, ou relacionamentos humanos significativos para complicar a caçada. Havia se isolado por vontade própria nesta ilha chuvosa, e ele não arriscou deixar qualquer conexão entre ela e o mundo exterior.

Ela queria isolamento?

Conseguiu.

A essa altura, em um livro de H. G. Kane, as vítimas geralmente estão tremendo e aos prantos. Estão reativas, animais caçados sem terem o que fazer. Elas raramente mostram gana ou determinação antes de morrerem suas mortes tão carinhosamente detalhadas. Mas Emma Carpenter era diferente.

Na sala de estar, o brilho de uma luz alaranjada o surpreendeu.

Ela… acendeu um cigarro.

Fumar: a proibição máxima na lista da proprietária. Não que isso importasse agora, e Emma bem sabia. Sem ventilador de um e noventa e nove dessa vez. Tragando com uma mão trêmula, ela se aproximava das janelas e mirava através do fluxo embaçado de água da chuva. Levou as mãos ao vidro, estreitando os olhos para ver os acres de pradarias litorâneas. Em busca de seu assassino.

Vasculhou em ambas as direções, pela relva alta até a arrebentação que rugia ao fundo, e por um momento seu olhar passou pela forma camuflada de seu assassino na relva — algo que se pareceu com contato visual. Por uma fração de segundo, por puro acidente, ela olhou diretamente para a forma coberta da pessoa que estava lá para tomar-lhe a vida.

Então seu olhar seguiu em frente.

Ela não fazia ideia.

ELA SABE QUE ELE ESTÁ LÁ FORA.

Em algum lugar naquele mar de gramíneas à altura da cintura, invisível a seus olhos.

Olhando para mim.

Os sensores de movimento não foram ativados, e de certa forma a escuridão é reconfortante. Mostra um perímetro de segurança. Por enquanto. Com seu cigarro entre dentes cerrados, dirige-se ao quadro branco e destampa sua caneta. SOCORRO, ela escreve para Deek, CHAME A POLÍCIA.

Sua casa distante está escura, quase invisível no horizonte. Há apenas o brilho fraco de um abajur em uma janela do andar de cima. O velho provavelmente estava na cama, lendo ou bebendo, ou ambos. Ele prometeu ficar de olho — mas talvez leve horas até que desça e cheque seu telescópio. Isso se ele se lembrar.

— Merda. — Ela joga a caneta para longe.

Duas espaçonaves. Sozinhas no vazio.

Enquanto isso, memorizou cada ponto de entrada na casa. Mastiga o cigarro e repassa sua lista mental: duas portas trancadas no piso térreo, mais duas janelas que não podem ser abertas. Mas ele — seja lá quem *ele* for de fato — já entrou na casa livremente. Ele é o autor da história desta noite e tem todas as chaves. Ela fez uma barricada na porta da frente com uma mesinha tombada de lado, mas sente que não é o suficiente.

Respira fundo.

E solta.

Não consegue deixar de se perguntar: como H. G. Kane escreverá sua história em *Praia da Morte?* Será que utilizará seu nome real? Como descreverá sua aparência, suas ações, sua personalidade? Ser *vista* lhe dá arrepios.

Ele está lá fora. Em algum lugar.

Em sua mão direita, empunha a faca de cozinha de Jules, sentindo o peso. Ela pode esfaquear. Pode cortar. Com alguma sorte, hoje à noite, ainda pode garantir que *Praia da Morte* jamais seja escrita.

Muita sorte.

Para o bem ou para o mal, Emma sabe que possui duas vantagens que aquelas pobres aventureiras nos Apalaches, futuras advogada e psicóloga, não tinham. A primeira, ela sabe que está em um livro de H. G. Kane. Compreende as motivações do homem alucinado lá fora, pelo menos em parte.

E a segunda?

Dói encarar isso, mas Emma não liga se morrer esta noite. Não muito. Não de fato. Está comprometida, sim, mas apenas da mesma forma suave que torce para que a heroína do filme de terror sobreviva à casa cheia de fantasmas malignos. Por meses, seu luto a tem mantido presa em uma espiral de morte, um avião em declínio em um planar lento e inexorável. Mas esta noite, de uma forma avessa e sombria, isso lhe dá uma vantagem.

Uma vantagem com a qual ele não conta.

Ao atirar seu cigarro na pia, ela pensa: *Não tenho medo de você.*

10

O PÁSSARO QUE BATEU NA JANELA HÁ ALGUNS DIAS COMEÇA A PARECER UM presságio. Ele atingiu o exato microssegundo em que ela clicava para publicar sua decisiva avaliação de *Montanha da Morte* de H. G. Kane — um ruído surdo de carne batendo contra o vidro, como se fosse combinado.

Emma não acredita em elementos sobrenaturais.

Geralmente.

Mas se recorda de sentar-se com Shawn na varanda quatro anos atrás, vendo um sol alaranjado nascendo sobre a Cordilheira Wasatch. Bebericando seu chá de gengibre em canecas grandes, com olhos vermelhos e a mente enevoada pela festa de Halloween da noite passada. Ainda estava com o delineador de sua fantasia de Mulher-Gato borrado nas pálpebras. Haviam discutido ter filhos antes, às vezes de brincadeira, às vezes se aproximando da sinceridade, sempre suavizada com *se* e *quando* e *talvez*. Mas desta vez, nesta manhã clara e fria, seu marido passou a mão pelos cabelos, amassados por ter dormido com a sua máscara de Batman, tomou um longo gole de seu chá fumegante, e falou de forma direta:

— Quero ter filhos — disse ele. — Com você. Vamos formar uma família, Em.

A isso, não se recorda do que respondeu — se havia concordado ou feito uma piada ou dito absolutamente nada —, mas se recorda de como se sentiu. No fim, nos lembraremos dos sentimentos mais do que das palavras, e naquele momento, independentemente do tamanho da ressaca do Batman e da Mulher-Gato que assistiam ao nascer do sol naquela varanda coberta, seu coração parecia que se dilataria até pular para fora do peito.

Foi aí que aconteceu.

Um baque aterrador na janela diretamente entre eles, e as penas marrom-acinzentadas esparramadas pelos ares sobre o deque. A precisão do *timing* pareceu deliberada, como se aquele tentilhão suicida soubesse exatamente o que o futuro de Emma e Shawn lhes reservava. Anos tentando engravidar e fracassando. Os médicos simpáticos. As vitaminas com sabor de giz. O quarto do bebê vazio. A ferramenta de monitorar ovulações com aquelas pétalas cor-de-rosa idiotas. As brigas. A *incerteza* dolorosa e vácua, o futuro sendo refém do presente. As noites dizendo a ele que seu estômago doía para que ela pudesse chorar no banheiro com privacidade. Mesmo no momento em que aconteceu, reconheceram a estranheza com uma risada nervosa.

— Espero que isso não seja um sinal — disse Shawn.

Não se recorda se enterraram o tentilhão no quintal dos fundos, mas espera que sim. E aqui no Strand, anos mais tarde, depois que aquele (maior e mais colorido) pássaro litorâneo colidiu diretamente contra a janela de Jules, ela fez questão de enterrá-lo no quintal, perto da lareira externa. O livro no peitoril da janela havia identificado a ave morta como um *Sphyracus*, ou pica-pau de barriga vermelha, nativo do litoral de Washington.

Mas isso também era uma revelação preocupante, em razão das palavras que H. G. Kane havia usado naquele mesmo dia. Sua resposta *on-line* bizarra; alguma porcaria sem lógica como *pica-paus covardes como você*.

Pica-pau.

O pássaro que havia morrido em sua janela. Apenas minutos antes.

Desde aquele dia, Emma tem dito a si mesma que era apenas coincidência, que o insulto do autor havia se alinhado perfeitamente a um incidente sem relação alguma, do qual não devia ter conhecimento. Mas esta noite, talvez pense diferente. H. G. Kane tem brincado com ela, dando pistas — de seu próprio jeito diabólico — de que está mais perto do que ela pode perceber. Que ele comanda um poder onisciente. Que ela está presa nesta história, onde nem mesmo um pica-pau cai sem que ele saiba.

Seu estômago se revira. Deveria ser impossível.

E ela não pode perder seu senso de realidade. Não agora.

Mas... como ele poderia *saber?*

ELA PRECISA SABER A APARÊNCIA DA CRIATURA LÁ FORA.

Que utensílios trouxe. Que tipo de armas porta. Precisa ver seu *rosto*, sem máscara, para torná-lo humano.

A escuridão lá fora é tão sólida quanto concreto pintado de preto, impenetrável. Em pé à frente da janela, está ciente do quão exposta a tiros ela está. Mas, lembra a si mesma, armas não são as ferramentas de preferência de H. G. Kane. Em *Montanha da Morte,* o vilão disparou seu rifle apenas quando as aventureiras estavam prestes a escapar. Talvez armas não sejam sangrentas o suficiente, ou talvez matem rápido demais. De qualquer forma, Emma pode usar isso contra ele.

Caminhando de aposento em aposento, desliga todas as luzes e abajures no piso térreo. Espera que o assassino fique surpreso com isso. Em seguida, volta à janela da sala de estar e espera em silêncio, deixando suas pupilas se ajustarem à baixa iluminação.

Para isso, precisa de escuridão.

— Vamos ver onde você está.

Ela pressiona a Polaroid — a câmera vintage de Jules, apanhada da estante de livros — diretamente contra o vidro. Aperta o botão do flash até a metade e aguarda a luz verde. E então, aperta com força, um *clique-cruntch* satisfatório.

A câmera dispara um raio X de luz. Uma imagem congelada de gotas de chuva capturadas enquanto caíam, uma cerca de alambrado, e, mais além, a ponta da trilha de areia. E então, novamente o escuro, e a pós-imagem fica impressa em seus olhos como um filme negativo.

Nenhum sinal dele.

A foto instantânea cai da câmera e atinge o chão, aos seus pés. Laika choraminga ao seu lado, como se sentisse a tensão.

— Está tudo bem — mente ela.

Ela anda na ponta dos pés até a próxima janela. Mais uma vez, segura o botão do *shutter* até a metade, aguarda a luz verde e tira outra foto. Outro flash vívido perfura a escuridão. Vê a grama lamacenta de Jules, os rododendros que cresceram demais, e acres de gramíneas amareladas mais além. Outra nevasca brilhante de gotas de chuva paralisadas no ar.

Nenhum invasor.

— *Onde* você está?

Ele tem estado sempre um passo à frente dela há dias. Antecipou seus movimentos com uma precisão preocupante. Em um livro, o autor pode muito bem ser Deus.

Mas, na vida real, Emma está certa de que Deus não existe. É apenas um homem lá fora.

Certo?

Certo. Outra foto cai no piso de madeira aos seus pés. Laika a fareja.

Talvez esteja apenas tentando me assustar. Talvez vá desistir e ir embora.

Não. Não ousa alimentar essa esperança. H. G. Kane não dirigiu até Washington para ensiná-la uma lição sobre escrever avaliações cruéis.

Última janela.

Laika chora de ansiedade.

— Vamos lá.

Emma pressiona a câmera diretamente contra o vidro. Aperta o botão do flash uma última vez, tentando não considerar outras possibilidades (*e se ele já estiver dentro da casa?*), e antes de iluminar a escuridão, não pode deixar de se imaginar iluminando o rosto do autor a apenas centímetros de seu rosto, do outro lado do vidro, cada detalhe exposto em claridade IMAX. Olho no olho com seu próprio assassino, um batimento cardíaco antes que ele esmurre o vidro com sua mão enluvada e agarre-a pela traqueia.

Clique-crunch. Um clarão de luz resplandecente.

No microssegundo congelado em seus olhos, Emma consegue ver que o espaço à sua frente está limpo, os vasos estão limpos, a lareira vazia está limpa, as cadeiras velhas estão...

Lá está ele.

Seu peito se contrai. Os detalhes já se foram, a impressão sumindo de suas retinas, mas ela sabe o que viu, o que fotografou: uma figura agachada.

— Achei você.

Está mais perto do que esperava. Se os sensores de movimento de Jules têm um raio de detecção de nove metros, ele está exatamente a nove metros e um passo. É perturbadora a forma como mapeou as defesas da casa com tamanha confiança. Ele sabe precisamente o quão perto pode se esconder sem...

A foto cai aos seus pés, assustando-a.

Levará alguns minutos para revelar. Ela se ajoelha para pegá-la, e com sua mão livre carrega e tira outra foto — *clique-crunch* — iluminando a grama lá fora.

A figura sumiu.

— Merda.

Mas ela se recusa a demonstrar sua frustração. Sabe que precisa se trancar com Laika em um quarto seguro para se preparar para o ataque que tem certeza que vai acontecer. Mas, primeiro, precisa dizer uma última coisa ao espreitador lá fora. Ele parece ter descoberto cada nuance de sua vida solitária, cada fraqueza, cada centímetro privado dela. Mas ela tem prestado atenção também.

Expira sobre a janela, embaçando o vidro. Em seguida, com o dedo indicador, escreve uma palavra em letras invertidas:

AMADOR

> POR FAVOR NÃO ME MATE, ela escreveu no vidro.
>
> POR FAVOR

Observar a mulher aterrorizada implorar pela própria vida o agradava. Dentro da casa de vidro, Emma Capenter estava começando a entender a realidade de sua situação, e ao fazer uma barricada nas portas da frente e dos fundos, conseguiu apenas ganhar tempo. Alguns minutos e segundos. Ele encontraria outra maneira de entrar, ou criaria uma. Ele se espremeria através do espaço de rastreamento das fundações como uma serpente píton, ou escalaria a calha.

Implorar não a salvaria.

Ou a cadela.

— **VAMOS, LAIKA.**

Com a faca na mão, ela puxa o animal para o andar de cima até a suíte master de Jules e fecha a porta. Não há fechadura. Ainda assim, este é o quarto mais seguro na casa. Há apenas um ponto de entrada — esta porta — que pode ser bloqueada. E duas rotas de fuga possíveis: a janela do primeiro andar e o duto de roupa suja que termina no andar de baixo. Se precisar, Emma tem quase certeza de que consegue fazer seu corpo desnutrido passar pelo duto.

Quase certeza.

Com sua mão livre, abana a fotografia — um *wap-wap-wap* plástico —, mas a imagem ainda está sendo revelada. Ainda está turva demais para ver o assassino.

— Tudo bem — sussurra Emma. — Está tudo ótimo...

As luzes são ativadas, lá fora. Ele está dentro do raio de nove metros da casa, vindo do oeste. Emma corre até a janela do quarto e puxa as cortinas para o lado, esperando ter um vislumbre — mas o quintal fica escuro novamente. Escuta um *clique* estranho, agudo e percussivo. Como um taco de golfe batendo em uma bola, seguido por uma suave chuva de cacos de vidro caindo no chão.

A luz se apagou.

Ela se agacha perto do peitoril, sentindo-se exposta de novo. Não consegue identificar o som — o que raios foi isso? Não foi um tiro de uma arma. O estampido era oco demais, estranhamente abafado demais.

Laika está sentada, rígida, com suas orelhas em pé.

Mãe, o que foi isso?

— Não sei.

E então, outra explosão de luz, desta vez ao norte. Outro sensor de movimento foi acionado. E em seguida, outro *clique* seco, e escuridão novamente.

Laika choraminga.

Ele está atirando nas luzes, uma a uma. Saboreando seu poder sobre ela. Mas com o quê? É longe demais e silencioso demais para ser uma arma, a não ser que tenha um silenciador. Em *Montanha da Morte,* H. G. Kane não se importou em ser discreto, pois não precisava. Por mais isolada que Emma esteja no Strand, ainda há um vizinho perto o suficiente para escutar um tiro.

Mas... esses cliques esquisitos parecem silenciosos demais até mesmo para uma arma com silenciador. Os filmes mentem a respeito de silenciadores; um tiro ainda é uma explosão controlada. Não se pode silenciar a física. A não ser que H. G. Kane realmente seja mágico? A não ser que esta seja a sua história e as suas regras...

Não viaja, Emma.

Não agora.

"A antecipação é pior do que a realidade", Shawn sempre costumava lembrá-la enquanto ela se debruçava sobre seus planos de aulas à noite. Ela jamais conseguiria improvisar como os outros professores. Escrevia um roteiro e o memorizava. Até suas piadas eram ensaiadas. Se a sra. Carpenter não fosse a pior professora de matemática em Utah, com certeza era a mais tímida.

Pare de pensar em excesso. Antecipação sempre é pior do que a realidade.

Sempre.

Talvez esta noite ela prove que o marido estava errado. Em sua mão, a fotografia da Polaroid finalmente foi revelada, sua imagem nítida em detalhes.

Ela o vê.

A fotografia de Emma agora é famosa.

No terror arrepiante do momento, era impossível que imaginasse que sua Polaroid, meio desfocada e tirada através de uma janela coberta de respingos de chuva, um dia seria vista por milhões de pessoas. Embora muitas fotografias (mais sangrentas) da cena do crime que se seguiria na sala de estar houvessem circulado nos confins sombrios da internet, a fotografia tirada por Emma é a imagem icônica do massacre de Strand Beach. No momento em que esta história é escrita, já apareceu no *Newsweek*, no *Washington Post*, e no *New York Times*. É raro que a vítima capture uma foto de seu próprio assassino, e isso com certeza faz parte de seu misticismo. Ela fala além do túmulo.

É uma imagem inegavelmente assombrosa, e um prelúdio dos horrores que tornaram aquela noite de dezembro tão famosa: as amputações, os estrangulamentos, os empalamentos, os tiros. E, como os leitores bem sabem, prenunciava a morte iminente de quatro pessoas.

Incluindo da própria Emma.

SEU ROSTO ESTÁ SEM MÁSCARA.

Sua pele exposta em uma palidez estranha, como se estivesse encharcada. Seus óculos refletem o flash brilhante da câmera. Sua face cadavérica a encara do momento em que tirou a foto, com uma expressão indecifrável. Ele veste um sobretudo que reluz com a água da chuva, luvas pretas, calças cargo pretas, e um chapéu fedora com abas. Uma incongruente má combinação de estilos e épocas: o chapéu de um jornalista dos anos 1930 e o couro brilhante de *Hellraiser* ao redor da carne fria e acinzentada de uma ostra crua. A figura está congelada agachada na relva alta, parecendo quase simplório, como um pervertido pego do lado de fora da janela de uma criança.

O fedora preto é familiar. Ela reconhece o contorno da aba do chapéu de sua primeira aparição em seu quarto. Realmente o *havia* visto. Todo esse tempo. Não consegue identificar armas em suas mãos enluvadas, mas algo está pendurado de forma suspeita em sua cintura. *É uma arma? É o que está usando para atirar nas luzes?*

Escura demais. Embaçada demais.

Abana a foto de novo — *wap-wap* — e estreita os olhos mais de perto. Não é um rifle — ou, pelo menos, não é um rifle que já tenha visto em um filme. É uma forma fina e preta, pegando uma crescente da luz refletida, mantida logo abaixo de sua mão direita. É uma pose estranhamente digna, mágica e delicada. Como uma bengala ou um guarda-chuva — mas não é nenhuma dessas coisas, tampouco. Ela tem um palpite, que imediatamente desconsidera. Seria impossível.

Atrás dela, Laika choraminga de novo. *Mãe...*

— Quieta — sibila ela, sacudindo mais a foto. Precisa saber mais.

Wap-wap.

Inútil. O filme já está revelado por completo. Estreita os olhos mais uma vez, tentando decifrar o formato bizarro ao lado do homem pálido, mas tudo o que ela tem é seu primeiro pensamento, o que é terrível demais para acreditar. Que parece como se ele *portasse uma...*

Laika chora de novo, um ganido de partir os tímpanos, e vomita um jato quente no piso de madeira. Um peito de frango mastigado, idêntico àquele que Emma arrancou da goela da golden com as unhas, apenas alguns minutos atrás.

A descrença — *havia mais de um?* — vira horror.

Havia mais de um.

Não salvou a vida de Laika, afinal. Com dedos trêmulos, ela ergue a massa e procura aquelas bolinhas vermelhas escondidas na carne. Encontra uma. Duas. E mais algumas flutuando em bile pegajosa, *o que significa...*

— Ah, não.

Ainda há mais no estômago de Laika. Agora.

Uma dose fatal.

O NOME DE LAIKA TEM UM LADO OBSCURO.

Não raro esse fato é ignorado, mas o primeiro cão enviado ao espaço, em 1957, na verdade não sobreviveu à sua famosa viagem. Shawn ficara chocado quando soube disso.

— O quê? Sério?

Sim, é sério. A primeira cosmonauta canina da história morreu horas após o lançamento em razão de uma falha mecânica. O pobre animal queimou até a morte dentro da cápsula de metal do Sputnik 2, que continuaria a orbitar a Terra por mais cinco meses com o corpo de Laika ainda dentro.

Shawn suspirou.

— Nossa. Isso... é realmente terrível.

Mas, espere, tem mais! Aqueles cientistas cretinos jamais sequer planejaram que Laika voltasse para casa. O plano era uma missão suicida desde o início. O caixão mantido por um foguete havia sido abastecido com comida canina para sete dias, a ser liberada automaticamente, sendo a refeição do último dia misturada com veneno. É claro, eles estragaram tudo e a assaram até a morte no primeiro dia.

— Você realmente ama arruinar um momento bom, Em.

A isso, ela sorriu.

— É o que eu faço.

— **MERDA.** — **ELA ESMURRA O CHÃO.** — **MERDA,** *MERDA.*

Aqueles olhos escuros a observam.

Desculpe, mãe.

Lá fora, o holofote leste é acionado. Em seguida, com outro *clique* de arrepiar a espinha — escuridão novamente. Ele está dando a volta na casa. Emma agarra as têmporas e tenta pensar, cortar as distrações e *se concentrar*. Precisa fazer Laika vomitar agora, imediatamente, antes que os comprimidos se dissolvam em seu estômago. Provocar o reflexo do vômito não será suficiente. É preciso uma eliminação completa. Ela tem minutos, talvez menos. Talvez já seja tarde demais? Há quanto tempo ela comeu?

Comi algo ruim, mãe.

Ela segura o rosto de Laika pelos lados.

— Sua burra.

Peróxido de hidrogênio? Sim. Havia usado algumas noites atrás para limpar as gengivas feridas de Laika. Peróxido é a forma mais rápida de induzir vômito. Agora. Antes que o autor entre na casa. Sabe que está ficando sem tempo.

Morrer esta noite?

Sem problemas.

Deixar Laika morrer também?

Absolutamente *inaceitável*, porra.

Ela se levanta. Sabe o que precisa fazer. Sabe que há uma garrafa de peróxido de hidrogênio sob a pia da cozinha, no andar de baixo, exatamente onde deixou. Pode visualizá-la agora: garrafa marrom, tampa branca. Abre a porta do quarto e espia o corredor.

Escuridão total.

Mira o rosto branco de Laika uma última vez quando a quarta e última luz com sensor de movimento se estilhaça lá fora com um *clique* cortante.

— Eu *vou* te salvar.

11

ELA DESCE AS ESCADAS.

O andar principal é disposto como um diorama sombrio. Gotas de chuva tamborilam contra o vidro e as telhas. A temperatura aqui embaixo parece ter caído.

Cozinha, sua mente sussurra. *Sob a pia.*

Anda na ponta dos pés naquela direção.

No caminho, examina as janelas à sua esquerda. Parece que a casa está afundando na água, já quilômetros abaixo da superfície e mergulhando ainda mais. Milhões de litros de água do mar frígida por todos os lados. A pressão aumentando. Seu pesadelo tornado realidade.

Ele não está lá.

Lembra a si mesma de respirar. Há um interruptor em algum lugar à sua direita, mas sabe que precisa preservar sua visão noturna a todo custo. Ela se guia acompanhando a parede de painéis de madeira, passando pelo relógio de pêndulo que tiquetaqueia, sentindo tudo com uma palma estendida. Dobrando a curva, entrando na cozinha, prepara-se para os dedos enluvados agarrando seu pescoço.

Nada.

A cozinha está escura feito breu. Ele pode estar de pé diretamente à sua frente. Ela dá mais um passo à frente — um ruído explosivo e metálico. Seu coração dá um salto, mas já sabe exatamente o que é. A tigela de ração de Laika.

— Deus do céu. — Passa por cima da tigela.

É impossível que ele não tenha escutado aquilo.

Lá em cima, Laika late. Ela também ouviu — ou talvez esteja sentindo a primeira cólica dolorosa conforme o veneno entra em sua corrente sanguínea? Emma não sabe quantos minutos ou segundos ainda restam. Tudo depende do tipo de veneno em ação. Anticoagulante? Arsênico? Brometalina? Cogita tentar negociar com o psicopata. *Pode fazer o que quiser comigo, mas, por favor, prometa que levará minha cachorra ao veterinário depois?*

Sem chance.

Estende a mão para ligar o interruptor, mas reconsidera — aquelas luzes fluorescentes da cozinha serão um clarão na casa escura. Serão a coisa mais brilhante em quilômetros. Ele a encurralará de imediato. Se ela não conseguir levar o peróxido para Laika lá em cima, tudo estará perdido.

Emma pode morrer *depois*.

Não *antes*.

Seu quadril esbarra na ilha da cozinha — está quase lá — e então ela se guia acompanhando a borda do balcão em direção à pia. Encontra o armário embaixo, onde se lembra de ter guardado a garrafa de peróxido. Pela janela, examina a escuridão lá fora. Ainda nenhum sinal do autor — mas no horizonte, consegue ver a casa de Deek. A luz de seu quarto ainda está acesa. Mal passa das oito, e ele com certeza ainda está acordado. Bêbado, mas acordado.

Por favor, ela pensa. *Por favor cheque o telescópio.*

Ela analisa o brilho quente na janela de seu vizinho por mais um momento, grata por haver outra espaçonave na noite.

Mas não pode esperar. Cada segundo conta.

Tenta não pensar na arma desconhecida que fotografara à cintura do invasor. Não deve ser, não *pode* ser, mas é: tem certeza de que ele carrega uma espada. Uma espada medieval, um metro de aço curvo, tão elegante e mortal quanto a espada do guerreiro samurai ilustrada naquele pôster estranho no quarto do adolescente, onde Emma tem medo de entrar.

Pensando bem... as espadas curvas talvez sejam iguaizinhas. Como se ele tivesse dado vida àquele pôster estilizado. Quais são as chances? É uma coincidência bizarra, profundamente perturbadora, e Emma receia ter perdido a cabeça.

Coincidências acontecem na vida real.

Mas na ficção?

Escrita ruim.

ELA ABRE AS PORTAS DO ARMÁRIO EMBAIXO DA PIA. AS DOBRADIÇAS ENFERrujadas rangem, extremamente alto. Salvar a cadela espacial é tudo o que importa.

— Vamos lá. Vamos...

Tira uma lata de lixo de dentro. Detergente. Sabonete para mãos. Desentupidor de ralo...

Laika chora lá em cima. Um pranto de partir o coração.

— Onde está?

Continua tirando coisas sem parar, atirando objetos inúteis para o lado — inseticida, sacos de lixo, panos de chão, um extintor de incêndio em miniatura, mais porcarias do que se lembra de ter visto guardadas embaixo da pia de Jules, até que o espaço escuro fica vazio.

Não tem peróxido de hidrogênio algum.

Sumiu.

Mas tem certeza de que o deixou ali. Alguns dias atrás, depois de limpar o corte de Laika com antisséptico, havia guardado a garrafa debaixo da pia. *Estou lembrando errado?* Enquanto o pânico cresce dentro de si, teme que o autor lá fora tenha previsto isso também, de alguma forma, e que ela esteja presa nas regras mutantes de *Praia da Morte* de H. G. Kane...

Na sala de estar, uma janela se estilhaça.

12

Até hoje, há um caloroso debate a respeito de como exatamente ele conseguiu quebrar vidro reforçado com tamanha velocidade e facilidade. Engenheiros e vidraceiros afirmaram que mesmo uma espada tão finamente forjada quanto a sua Katana Thaitsuki Tonbo Sanmai de edição limitada (seu infame cartão de visita) deveria ter levado diversos golpes contundentes para enfraquecer a integridade do vidro. Alguns teóricos da conspiração gostam de citar isso como evidência de que havia um segundo assassino envolvido, ou que as autoridades de Strand Beach de alguma forma foram negligentes em sua gestão da cena do crime. Infelizmente, a própria Emma Carpenter faleceu e não pode comentar o fato. Com isso, resta a mim. E você está lendo este livro, caríssimo leitor, porque quer a verdade. Pode encontrar especulação em qualquer lugar. Confie na palavra do homem que estava literalmente lá.

Ele não golpeou o vidro. Isso é o que os peritos forenses de sofá não entendem.

Ele o *empalou*.

Uma pancada violenta, com as duas mãos, dada com uma força física impressionante. Milhares de newtons de energia cinética concentrados em uma única ponta afiada com apenas moléculas de largura. Um painel das janelas da sala de estar voltado para o mar, de dois metros por três e meio, desintegrou-se instantaneamente. Uma cachoeira de cacos desabou sobre o canteiro de flores aos seus pés.

Ele entrou em seguida.

Esmagando um peitoril cheio de cacos de vidro sob sua mão com luvas de látex, puxou-se para cima e entrou no andar principal. Com cento e vinte e um quilos, ele era pesado, mas inegavelmente robusto, e capaz de façanhas de agilidade felina. Tal manobra sequer o cansou. Suas botas de combate aterrissaram sobre os fragmentos de vidro — *crec, crec* — e ele vasculhou o interior escuro à procura da mulher a quem pretendia matar.

No caminho, chutou para o lado uma mesa de centro. O leitor digital de Emma caiu no chão e uma bola náutica de vidro se estilhaçou. Ele estava alerta com adrenalina, sua pele estava vermelha e quente, seu coração retumbava. Era a descarga antes do assassinato, o clímax de muitos dias de desenvolvimento metódico. Havia estudado os hábitos solitários de sua vítima e traçado seus planos. Havia desenterrado linhas telefônicas com uma pá de jardinagem e enfiado bolas de veneno em peito de frango cru. E assim como ele, seus leitores haviam dado duro — o ambiente, a história de fundo, o desenvolvimento do personagem — e agora seriam recompensados por sua paciência. Finalmente, tanto para o leitor quanto para o escritor, a ação podia começar.

A truculenta *melhor* parte.

As entranhas. Os gritos e nervos. O sensacionalismo.

Inspirou o ar da sala. Um coquetel familiar de aromas: cobertores velhos, pelo de cachorro, bolas de naftalina, e o odor sutil da própria Emma. Ele conhecia tudo isso.

Lá em cima, ouviu movimentos apressados. Reconhecia isso, também — a cachorra de Emma estava no quarto do andar de cima, caminhando e chorando com veneno de esquilo em seu estômago. Mas ele sabia que sua vítima não estava lá em cima.

Emma estava na cozinha.

Ele se esgueirou para dentro da casa — seus passos abafados sobre um tapete de pele de urso — com sua Katana em prontidão. Empunhou o cabo encapado para a batalha de sua espada (a tsuka) em uma posição arqueada, com o fio exposto. Era uma perfeita exibição da postura chūdan-no--kamae. A Katana, como ele sabia, era um dos armamentos mais fatais já concebidos, um instrumento cortante capaz de talhar um músculo, tendão e ligamento em uma fração de segundo. Um único corte pode superar os danos da maioria dos tiros de armas de alto calibre, e mesmo quando empunhada por um amador, uma Katana pode amputar um membro ou cabeça humanos com facilidade.

Ele não era um amador.

É difícil superestimar o poder atroz dessa arma. Talvez também seja difícil demonstrá-lo completamente aos leitores que jamais seguraram uma. Mas uma de suas piadas favoritas de todos os tempos pode ajudar, como frequentemente o usuário HGKaneOficial cita em seu grupo *on-line* de crítica literária:

Dois guerreiros samurais se sentavam ao redor de uma fogueira e discutiam a respeito de quem era o melhor espadachim. O primeiro samurai viu um mosquito passar zunindo e decidiu acabar com a discussão. Ele brandiu sua Katana em um borrão repentino, partindo o inseto em dois no ar.

— Viu? — disse ele. — Consegue fazer isso?

O outro samurai reconheceu que o feito é de fato impressionante. E quando um segundo mosquito apareceu, ele brandiu sua própria Katana também.

O inseto passou zunindo, aparentemente ileso.

— Você errou — riu o primeiro samurai.

— Não — insistiu o segundo. — Não errei.

— Mas o seu mosquito ainda está vivo!

— É verdade — disse o segundo. — Mas ele jamais poderá ter filhos.

Agora suas botas de combate estalavam no piso.

Havia chegado à cozinha.

O aposento escuro estava vazio. Nenhum sinal de Emma. Ficou ali parado, respingando água da chuva, e parou para escutar rangidos, choros, ou até mesmo um batimento cardíaco. Sua audição sempre fora precisa, quase sobrenatural. Seu pediatra lhe disse uma vez que tinha "orelhas de ouro", outra bênção para um predador humano de primeira categoria.

Mesmo assim, não escutou nada.

Nem uma respiração.

De onde ele estava, conseguia ver a cozinha inteira: a fila de banquetas, a geladeira e o fogão elétrico de aço inox, os armários revirados com pressa sob a pia, e a dois metros de distância, no centro exato do ambiente, a ilha da cozinha.

EMMA ESTÁ ABAIXADA ATRÁS DA ILHA.

Rigidamente quieta, com suas costas pressionadas contra o armário de madeira. *Não respire.*

Ela sabe que ele está na cozinha com ela. A apenas dois metros de distância. Não consegue vê-lo, mas consegue ouvir suas respirações bufantes, ainda ofegante por ter escalado a janela quebrada. Seus arquejos são roucos. Rápidos. Animalescos. Gotas de chuva pingam de suas roupas e batem no piso. Ouve o guincho das botas molhadas conforme ele dá mais um passo adiante.

Pressiona uma mão sobre a boca.

Não ouse respirar.

Mas não consegue aguentar mais. O ar vai explodir para fora de seu peito. Ela o sente borbulhar até a garganta, irrefreável. Pensa em Laika, pobre e inocente Laika, esperando lá em cima com veneno em seu estômago enquanto Emma se esconde na cozinha com um psicopata empunhando uma espada a meio metro de distância...

Mais um passo. Mais perto.

Como ele saberia do peróxido de hidrogênio? Teria previsto esta exata situação e roubado a garrafa durante uma de suas infiltrações noturnas? Teria eliminado a existência da garrafa por meio de sua escrita? H. G. Kane está *trapaceando*, de alguma forma.

Ela escuta sua espada sendo erguida — um sussurro de ar cortado. Parece deslizar entre as moléculas. E então, um estrondo de partir os tímpanos, e ela se retrai (*não arqueje, ele vai ouvir*) enquanto cacos de cerâmica se espalham pelo chão. Um pedaço aterrissa ao seu lado. Sobre ele, um olho preto saliente. Descanse em paz, Stewie, o chihuahua de Jules.

Tem dificuldade para se concentrar. Está a segundos de um desmaio ou de expirar um arquejo involuntário, e de uma forma ou de outra, ele a ouvirá e erguerá sua espada e...

Foque em resolver o problema. Tenta conter seus pensamentos, como cobras se retorcendo.

Se eu morrer aqui, a Laika também morre...

A garrafa de vinho de Jules também cai, em um estilhaçar molhado. Um fio de líquido vermelho passa a centímetros do tornozelo direito de Emma. Em silêncio, ela ergue seu sapato, desviando.

Ele está brincando, derrubando as coisas do balcão com sua espada. Como um atirador em uma escola vagando pelo campus fechado, procurando pessoas desgarradas para matar, divertindo-se com pequenos atos de destruição. Ou talvez ele seja mais esperto do que isso. Talvez esteja tentando assustar Emma, fazendo-a arquejar, e se revelar...

Mantenha a calma.

Não consegue. Não consegue respirar. Está encurralada. E Laika vai morrer lá em cima...

Concentre-se.

Ela pressiona uma palma sobre a boca com força, entreabre os lábios, e expira silenciosamente entre dentes cerrados, deixando que seus pulmões se despressurizem, abafados por seus dedos. Cada músculo em seu peito está tenso. Equalizar a pressão é um processo lento e agonizante.

Com um assassino encharcado a apenas *meio metro* de distância. Escutando atentamente em sua busca.

Finalmente acabou. Seus pulmões estão vazios.

Ótimo. Agora inspire.

No andar de cima, Laika chora um lamento doloroso, e os pensamentos de Emma aceleram, frenéticos de novo: *E se já for tarde demais? E se meus esforços forem em vão e Laika já estiver morrendo...*

Um chiado cortante e estridente parece preencher seu cérebro, abarrotando todos os outros pensamentos. Ele está passando a lâmina da espada contra a geladeira de aço inox agora. Os ímãs de Jules caem no chão, estalando como dentes soltos...

Mantenha a calma.

Sua bota pousa ao lado da mão dela. Quase pisando sobre seus dedos.

Silêncio.

Ele parou ali. Logo na extremidade da ilha, acima dela. Por cima do odor de uva do vinho, ela consegue sentir o hálito dele. Refrigerante. Odor corporal e suor velho. E algo mais, algo denso e esmagador em sua estranha clareza, sobrepondo-se a todo o resto... cheiro de *manteiga?*

Se olhar para baixo, ela sabe, *ele vai me ver.*

Mesmo na escuridão, ela consegue ver sua bota com perfeita clareza. Os cadarços pretos, amarrados duas vezes. Os fios empapados com areia grossa e pedaços de grama molhada. Ela afasta a mão lentamente.

Espera, com suor gelado sobre a pele.

Mas seu estômago se contrai em uma bola de ferro fundido quando percebe que ele não está mais procurando. Ele já a encontrou, de alguma forma, mirando-a com uma estranha destreza animalesca.

Ele sabe onde estou.

Atrás da ilha da cozinha.

Sentiu que Emma estava abaixada contra a ilha, a apenas alguns centímetros de distância. Ele tinha um tipo de sensibilidade preternatural, um dom de antecipar os movimentos de suas presas. A porta da frente estava bloqueada pela mesinha virada. Sem salas intermediárias para cortar caminho. Havia procurado na sala de estar e de jantar. Por eliminação, a havia localizado aqui.

Contornou a ilha da cozinha, erguendo ambos os braços para um golpe cortante para baixo. Com tamanha força, a lâmina de aço carbono da Katana atravessaria a carne macia do ombro da mulher abaixada, partindo sua clavícula em duas partes, amputando cada nervo e tendão de seu braço direito, e descendo até suas costelas.

Em vez disso, sua espada passou chiando pelo espaço vazio e se enterrou na porta do armário.

EMMA ENGATINHA AO REDOR DA ILHA.

Vai. Vai. Vai...

Atrás dela, um grunhido bufado.

— Estou te vendo...

E um raspão áspero na madeira — *ele está soltando sua espada da porta* — enquanto Emma corre em disparada. Passa pela sala de estar, dobra uma curva e sobe as escadas de dois em dois degraus. A voz grossa urra atrás dela:

— Estou te *vendo*, Emma...

Da cozinha, um estrondo ruidoso — desprender a espada deve ter arrancado a porta do armário das dobradiças. Ele é assustadoramente forte. E a persegue — *estou te vendo* — pisando forte na sala de estar agora. Mas Emma é rápida demais. Já está no andar de cima.

Entra em disparada pela porta do quarto, batendo o cotovelo. Virando-se, fechando a porta com um baque, ainda desejando uma porcaria de uma fechadura. Dentro do quarto, Laika vira para encará-la.

Mãe. Você voltou.

Não há tempo. Agora consegue ouvir as botas militares do autor subindo as escadas atrás dela, rangidos crescentes e delicados. Carregando aquela tenebrosa espada de aço.

No fim do corredor.

À porta.

Seu coração dispara: a porta *destrancada* do quarto.

O móvel mais pesado nas proximidades é um guarda-roupa de carvalho cheio de roupas de verão de Jules. Quarenta e cinco quilos, pelo menos. Emma o envolve em um abraço de urso frenético e o balança, de uma perna anciã à outra, virando aquela coisa monstruosa em direção à porta, mas já é tarde demais. Para seu terror, a maçaneta gira.

A porta se abre...

Quando o guarda-roupa despenca contra ela.

O espelho da porta se estilhaça na queda, esparramando cacos afiados como navalhas pelo chão. Emma se afasta da barricada improvisada, seu coração batendo forte no peito. Observando a maçaneta da porta tremendo furiosamente. Bloqueada.

Afastando-se, agarra Laika em um abraço.

— Eu te amo.

Em seguida, segura a garganta do animal com força, e em sua outra mão, ergue o objeto que apanhou do balcão da cozinha: um saleiro de vidro transparente. Destampa-o com o polegar.

— Me perdoe, Cadela Espacial...

Diz enquanto derrama o conteúdo pela goela de Laika. Tudo. A golden luta, tentando vomitar, cuspindo, mas Emma força a maior parte goela abaixo. H. G. Kane pode ter removido o peróxido de hidrogênio da história desta noite, mas deixou o sal passar. Algumas colheres de sopa de sal de cozinha podem induzir vômito em um cachorro quase tão bem quanto peróxido, e ela forçou Laika a engolir pelo menos metade do que havia no saleiro.

E então... que venha a bomba.

Laika tosse, lambendo os lábios. *Mãe. O que raios foi isso?*

Atrás dela, a porta colide para dentro. Um estrondo violento; o choque faz Emma bater os dentes. O autor está usando a força bruta para entrar, e é ainda mais forte do que ela temia — o guarda-roupa de quarenta e cinco quilos de Jules risca o piso de madeira de forma inacreditável, e o coração de Emma se contrai em terror conforme a porta do quarto se abre centímetros mesmo assim...

Então o guarda-roupa se choca contra a cama.

Definitivamente bloqueada.

Ela se permite respirar de novo. A respiração sai em um arquejo. Agarrando os pelos brancos de Laika com os dedos, escuta ele golpear a porta uma última vez antes de desistir. A maçaneta é sacudida uma última vez, e então é deixada.

E então, silêncio.

Lá fora, o vento ruge.

Laika choraminga de novo — com a barriga dolorida e cheia de sal, vai explodir a qualquer momento —, mas Emma a segura perto de si, escutando os passos do homem no corredor, fora do quarto. O farfalhar de seu sobretudo. O silvo de sua espada bizarra. Qualquer sinal do que fará a seguir.

Não ouve nada.

É como se tivesse evaporado. E, no silêncio crescente, algo emerge à superfície de sua mente. O cheiro do intruso. Aquele odor estranho e oleoso que irradiava dele na cozinha. Tem certeza de que já sentiu esse mesmo odor na casa antes, desde que chegou ao Strand pela primeira vez, semanas antes de ter avaliado *Montanha da Morte* com uma estrela. Semanas antes de ter evocado H. G. Kane a esse litoral isolado. É impossível. Não pode confiar em sua própria memória. Não pode confiar no tempo.

Como o pássaro morto na janela, essa figura alienígena controla tudo.

Em uma história, o autor é Deus.

13

EMMA SE AFASTA DA PORTA DO QUARTO, TEMENDO TIRAR OS OLHOS DELA, preparando-se para outra colisão. Ela puxa Laika para o banheiro, passando pelas duas pias, por seu próprio reflexo desalentador. Parece mais magra e fraca do que nunca.

Não há como recuar mais, então se abaixa na banheira escorregadia. Observando a porta. Uma palma segurando a borda de porcelana. A frase *estar com as costas na parede* tem uma conotação negativa, mas se lembra que Shawn certa vez admitiu que havia passado a maior parte de sua vida pensando ser algo positivo. Quando suas costas estão contra a parede, ele pensava, nada pode atacar por trás. Você tem uma clareza implacável: seja lá o que se enfrente, não te pegará de surpresa.

Aqui, agora, abaixada dentro da banheira de uma estranha com sua cadela e uma faca de cozinha em sua mão trêmula, Emma Carpenter está literalmente nessa posição, de costas para uma parede.

— Shawn — sussurra ela —, não consigo fazer isso.

Sim, você consegue.

Tenta imaginar o rosto do marido, mas até sua própria memória luta contra ela. Seus pensamentos são líquidos, impossíveis de segurar.

— Sinto a sua falta.

Eu também.

Demais.

Tudo bem. Te encontro lá, Em.

Aí está. Uma única frase. Três palavras que uniram suas vidas.

Te encontro lá.

Quem dera.

Ainda está se esforçando para se lembrar das nuances no rosto do marido, o aroma de seu cabelo, o timbre de sua voz. Mas consegue se lembrar de cada centímetro de seu ferromodelo.

Você consegue.

Sim, consegue desenhar tudo de cor. A pista em formato de oito passando sobre si mesma com uma ponte de treliças. Uma curva oval segue o perímetro, circundando uma cidade de prédios detalhados de forma impecável — Shawn a batizou de *Farwell,* em homenagem à cidade de seu avô — aninhada na sombra de uma montanha de gesso de um metro e meio de altura. Mesmo em uma escala de um para cento e sessenta, é uma massa territorial alta que sobe pela parede do porão, coberta de pinheiros e líquens.

Sei que consegue. Acredito em você.

Pintar a textura das pedras de gesso da montanha era divertido. Emma realmente adorava. Não havia linhas a seguir, como as fachadas das lojas que escravizavam Shawn com uma lupa. A paisagem natural tinha mais a ver com instinto. Você deixa a tinta preencher as saliências de gesso a seu bel-prazer, primeiro cinza carbono e então cores leves, como amarelo-ocre. (*Não se esqueça de um toque de marrom queimado também, conforme a pedra oxida*).

Mas aí veio a parte difícil: colar aquelas pedras pintadas no lugar, nos declives da montanha. É mais difícil do que parece. As pedras não podem parecer *coladas*; precisam parecer como se estivessem enterradas sob o solo desde sempre e agora só estão expostas em razão da erosão. É um truque delicado, enterrar algo que não está enterrado, e o olho sabe a diferença.

— Você consegue, Em — disse enquanto fazia árvores, uma fileira impressionante.

— Acho que não consigo.

Era um gesto enorme de confiança por parte do marido. Se arruinar uma árvore ou até mesmo um prédio, é melhor jogar fora e fazer outro. Mas a textura das pedras faz parte do ambiente. Crie algo feio, e ficará lá para sempre.

— Melhor não. Não sei o que estou fazendo. — Ela estendeu a mão. — Deixe-me fazer umas árvores.

— Confie em si mesma.

— Não. Eu vou estragar.

Sabia o quanto ele *queria* que ela fizesse, o que partia seu coração ainda mais. Finalmente, Shawn disse:

— Se construir a montanha, deixo você dar o nome que quiser.

Ela pensou um pouco.

— Qualquer nome que eu quiser?

— Qualquer nome.

— Tem certeza?

— Chame-a do que quiser.

Isso a fez sentir uma pequena descarga de entusiasmo, ser convidada a participar da ficção. Talvez fosse por isso que sempre amara ler e a razão pela qual havia mergulhado completamente em seus livros após o velório. Há uma certa alegria nisso. Cada mínimo detalhe é criado do zero.

Cada centímetro.

Cada prédio, cada moita, e cada textura de rochas convincente (ou não).

— Certo — decidiu. — Vou fazer.

E fez. Sem dúvidas, sem medo. Naquela noite, Shawn ativou uma locomotiva e alguns vagões inaugurais enquanto eles ficavam de mãos dadas bebendo vinho, observando o pequeno trem passar por todas as majestosas colinas de gesso do Monte Vai se Foder.

Ele espirrou Cabernet pelo nariz sobre o colo.

— Sério, Em?

— Você disse *qualquer nome*.

ELA ESCUTA, EM BUSCA DO ASSASSINO, MAS NÃO OUVE NADA.

Não sabe se ele está lá embaixo ou se deixou a casa ou se está esperando do outro lado da porta do quarto. O silêncio se intensifica. Consegue sentir sua pulsação na garganta.

Emma não é uma pessoa religiosa, mas não consegue deixar de imaginar se teria sido uma coincidência o fato de que o autor apareceu pela primeira vez vestindo uma máscara sem boca e com chifres.

Um demônio.

Talvez ela já tenha terminado com tudo isso — colocado a mochila verde nas costas e caminhado rumo às ondas. Talvez esteja três metros abaixo da superfície neste momento, com aquelas alças prendendo seus ombros em um abraço fatal enquanto a água salgada congelante preenche seus pulmões. Talvez seu pesadelo recorrente, em que se afoga, seja na verdade a *vida real*, e todo o resto tenha sido o sonho febril da morte, as últimas sinapses famintas por oxigênio em seu cérebro, explodindo como os fogos de artifício de Deek. Talvez o demônio tenha vindo até o Strand para coletar sua alma pessoalmente. Talvez séculos de imagens bíblicas estejam errados e o Satã porte uma espada e vista um fedora ridículo. Quem sabe?

Ela agarra a banheira, os dedos brancos pelo esforço. Encara a porta.

A antecipação é pior do que a realidade.

Confie em si mesma.

— Não estou morta — ela sussurra. — Ainda não.

Por Emma Carpenter já estar morta, é impossível determinar exatamente o que ela pensava enquanto se refugiava dentro do quarto do primeiro andar, protegido por uma barricada, com sua cadela. Sua mente devia estar acelerada. Havia sobrevivido ao ataque no andar de baixo por pouco. Escapar da cozinha fora uma vitória, ainda que por sorte.

Ele não estava preocupado.

Nem um pouco. Conhecia cada centímetro da casa. Cada variável estava sob seu controle. Podia simplesmente reafirmar sua vantagem e atacá-la de novo por um ângulo diferente. E eram apenas 21h51 — ela mal havia sobrevivido por uma hora.

Ele tinha a noite toda.

Sob as luzes fluorescentes da cozinha, rapidamente avaliou se houve danos à espada. Por mais poderosa que uma Katana seja, também é notavelmente frágil se utilizada de forma incorreta. Aquelas lutas de espadas hollywoodianas em que as lâminas do herói e do vilão se bloqueiam e colidem são ficção pura. Samurais de verdade eram cuidadosos com seus armamentos ao ponto da servidão, vez que qualquer coisa mais rígida que carne humana arrisca lascar o aço frágil — ou até mesmo estilhaçá-lo. Enxugou a água da chuva com a manga (ferrugem é outro inimigo), e antes de deixar a cozinha, pegou a bituca do cigarro de Emma sobre a pia e o lambeu. Era o mais perto que havia chegado, até então, de saborear os lábios daquela mulher.

E isso salvou a sua vida.

Se não o tivesse feito, não teria reparado na luz lá fora.

UM ESTRANHO LAMPEJO BRILHA ATRAVÉS DO VIDRO FOSCO SOBRE A banheira, tão surpreendente quanto um disco voador aterrissando no quintal da frente. De início, Emma não acredita ser real. Com sua mão livre, desliza a janela, abrindo-a. Abre apenas alguns centímetros, e é virada para o sul, oposta à luz desconhecida. Mas ela pode escutar.

A chuva gelada escorre para dentro enquanto o lampejo lentamente se intensifica, fazendo as sombras dobrarem pelas gramíneas altas conforme a fonte da luz se move.

Faróis.

Escuta pedriscos sendo esmagados sob pneus. Freios guinchando. Este novo veículo está estacionando na entrada da garagem, bem em frente a casa, fora de seu campo de visão. Ela espera, com sua respiração inflando os pulmões, abaixada sob a janela do banheiro com Laika em seus braços.

Uma porta do carro se abre, rangendo.

Ela se fecha com um baque.

Uma voz irrompe:

— POLÍCIA.

Sim!

Ela despenca na banheira, soltando a respiração com força. Sim, isso confirma tudo. Deek ficou acordado para vigiar, assim como havia prometido, e viu sua mensagem no quadro e chamou a polícia exatamente como ela pediu, graças a Deus, *graças a Deus...*

Escuta movimentos lá fora — um farfalhar suave de relva molhada. Passos em pânico. O autor havia saído da casa e estava correndo, mas não rápido o suficiente...

— EI.

Os passos foram interrompidos.

— É, VOCÊ AÍ. NÃO SE MOVA.

Silêncio.

Emma sente um sorriso maligno contrair suas bochechas. É quase hilário como a noite se virou contra H. G. Kane de forma tão abrupta. Uma gargalhada convulsiona dentro dela, subindo pela garganta, mas ela a reprime. Sabe que o perigo ainda não passou. Nem um pouco.

A polícia está aqui, mas o autor é um cruel assassino de cães. Seu ataque havia sido premeditado por dias. Ele planejara tudo, e com certeza estava preparado para isso.

— NO CHÃO — ordena o policial —, OU EU ATIRO.

Ele soa jovem e nervoso, e deve estar. H. G. Kane pode estar fingindo se render, deixando o pobre novato se aproximar antes de um corte surpresa na carótida. Ou uma decapitação sangrenta. É assim que as coisas se desenrolariam em um romance de H. G. Kane. Isso fica no estômago de Emma como uma úlcera; ela não confia nesse novo desenvolvimento. *Não pode ser assim tão fácil.*

Pode?

Silêncio.

Vira a cabeça em direção à janela, prende a respiração, e escuta — até que finalmente ouve joelhos nos pedriscos. O som de alguém se ajoelhando. Obediência.

— ÓTIMO — o policial também soa aliviado. — MÃOS ATRÁS DA CABEÇA. *Simples assim.*

Tudo aconteceu tão rápido. Em um instante, H. G. Kane é mortal de novo e está despido de toda a mágica e mistério — apenas um humano com uma espada, agora de barriga para baixo com o joelho de um tira pressionado contra suas costas. Eles o pegaram. Acabou.

Deek, *o salvador.*

Agora mais calma, Laika olha para ela. Seus olhos escuros se fixam nos dela.

— Bom trabalho — Emma suspira.

Eu te amo, mãe.

— Eu também te amo, Cadela Espacial.

Em seguida, a golden se contrai em seus braços e abre a mandíbula em um arroto gorgolejante:

— Ah. — Havia se esquecido. — Ah, *merda...*

E aí acontece. Em cima de seu colo.

Emma respira entre dentes e olha para cima, encarando o teto do banheiro, ignorando o odor que a fazia lacrimejar enquanto Laika esvaziava o estômago. Apesar de si mesma, apesar de tudo, sentada na banheira de uma estranha com vômito de cachorro por todo o seu colo, Emma começa a rir de novo. Uma risada boba e estúpida. Ela se defendeu de seu assassino. Salvou a vida de Laika. E agora com autoridades armadas chegando à cena, H. G. Kane é capturado com algemas beliscando seus pulsos. Ele não pode escapar dessa com sua escrita.

— Obrigada, Deek — sussurra ela. — Obrigada.

Quando vir o velho de novo, lhe dará um abraço de urso, esmagando seus ombrinhos ossudos até que se quebrem. Tomarão café ou chá em pessoa. Ela *conversará* com ele, de verdade, cara a cara. Chega de quadros brancos. Chega de desculpas. E Emma está percebendo outra coisa, uma nova sensação que traz aos seus olhos uma onda fresca de lágrimas exaustas: pela primeira vez em meses, a ideia de um dia após o de hoje a encheu de entusiasmo. Ela quer saber o que acontece depois.

Ela *quer* um amanhã.

Com dentes trêmulos, estica o pescoço até a janela e grita uma última coisa ao homem que se autodenomina H. G. Kane, agora sob custódia da polícia.

— Divirta-se escrevendo este capítulo, *cretino.*

14

Ele pressionou o joelho sobre a coluna do homem, forçando-o contra a brita molhada. Havia feito sua voz de polícia mais convincente. Profunda. Autoritária.

E funcionou.

O entregador obedeceu de imediato, caindo de joelhos e se rendendo à voz que lhe dava ordens atrás de si.

Jake Stanford, de 31 anos, havia residido em Washington a vida toda, pai de dois filhos, funcionário do correio há três anos. Sua família descreve o ex-motorista de caminhão da Marinha como naturalmente determinado; um pau para toda obra que se sentia tão à vontade pescando esturjões no fundo do mar quanto sendo voluntário no sopão anual do Grundy's. Tragicamente, a única infração contra a política da empresa naquela noite, na última parada de sua rota, provavelmente contribuiu para a sua captura. Enquanto entregava pacotes a pé, Jake geralmente trocava sua música dos autofalantes do celular para fones de ouvido Bluetooth, para evitar perder o ritmo, e provavelmente isso debilitou sua consciência situacional. Ele não ouviu os passos atrás de si, apenas a voz.

Quando Jake percebeu que a voz estava apenas fingindo ser a voz de um policial, ele já estava deitado na calçada, incapaz de reagir. A Katana já estava sendo

```
erguida para um golpe fatal — até que o aço carbono
brilhou com uma nova fonte de luz.
     A nove metros dali, a porta da frente da casa se abriu.
     A voz de Emma.
     — Pare.
```

LÁ ESTÁ ELE.

Iluminado pelos faróis da van de entregas, em cima de seu novo refém na chuva. Não deveria ser possível. Ele trapaceou de novo, *de alguma forma*, e toda a autoconfiança suada de Emma escorreu para fora de seu corpo. É doloroso, desalentador.

O rosto pálido de H. G. Kane está, enfim, claramente visível.

Seu rosto tem sardas e há barba por fazer em seu pescoço, ruiva e encaracolada. Suas bochechas são rechonchudas, juvenis, caindo sobre uma papada robusta. Sua boca é um orifício pequeno e de aparência suja, tão enrugado quanto um ânus. Atrás de seu fedora, ela consegue ver que o cabelo ruivo do autor é comprido e oleoso. Deve ter pelo menos um metro e noventa de altura e pesar uns cento e quinze quilos, grande de uma forma desajeitada e triste. Seu sobretudo está esturricado para conter a barriga enorme. Suas calças cargo ficam esticadas em lugares estranhos. Nenhuma de suas roupas serve muito bem.

Ela esperava o Jason Voorhees. Ganhou um boneco Chucky em tamanho real.

De alguma forma, isso *ainda* é pior.

Sua vítima, um jovem vestindo um uniforme do correio, se contorce sob o fio da espada e estica o pescoço para vê-la com olhos arregalados. Isso torna o perigo real de um jeito que Emma não consegue descrever — até então, H. G. Kane era seu demônio privativo.

Isso está acontecendo de verdade.

Seu estômago se contrai.

— Solte-o. — Não reconhece a própria voz. — Isso é entre mim e você.

O vento ruge entre os dois.

Ele a mira, e então olha para seu refém. Pode acabar com uma vida humana em um único movimento. Seus óculos reluzem com a luz refletida, tornando seus olhos indecifráveis. Como íris caninas luminescentes. Lentamente, ele aponta uma mão enluvada para a faca de cozinha de Emma.

É uma mensagem clara: *Largue-a.*

— Espere, não. — O motorista do correio balança a cabeça, enquanto Emma desliza sua faca para o quintal escuro. Ela sabe que é inútil aqui.

— Boa garota — diz a figura.

Boa garota. Como se elogiasse um filhote.

Em seguida, ele leva a outra mão ao sobretudo e puxa uma pistola semiautomática. As entranhas de Emma se reviram em horror ao ver aquilo. Como um tumor em um raio-X, como um corpo imóvel dentro de um carro destruído, é a concentração mais pura de "más notícias". E, curiosamente, a arma parece trepidar, vibrando na mão do assassino.

Ele tenta disfarçar.

Mas sua mão está tremendo.

Sua mão está perfeitamente firme.

Seus nervos estão estáveis como uma rocha. Em suas veias flui água gélida. Havia adaptado o plano para a chegada inesperada do entregador, dominando Jake Stanford em segundos. Era um verdadeiro sociopata, uma máquina precisa, imune à empatia.

Com esse novo desenvolvimento, seus planos haviam mudado de forma dramática.

Estava no Strand para assassinar uma pessoa, e agora seriam duas. Por mais estressante que fosse, em seu ponto de vista também seria útil suplementar o número de mortes em *Praia da Morte*. O usuário HGKaneOficial geralmente gostava do fato de que a ficção era, de sua própria maneira, sociopata: um mundo criado onde algumas mortes importam e outras realmente não fazem diferença. Alguém de fato se importou quando Arnie aniquilou o dono da loja de armas no ato de abertura de *O Exterminador do Futuro?* Não, ele defendia, porque nos interessamos apenas por Sarah Connor e Kyle Reese, personagens que têm nome. Enquanto leitores e espectadores, somos mais mesquinhos com a nossa empatia do que estamos dispostos a admitir, e naquela noite de dezembro, um jovem pai de dois filhos morreu de joelhos para servir ao papel de coadjuvante na história de outra pessoa.

Ele estudou Emma à clara luz dos faróis.

Não conseguia deixar de admirá-la.

SEUS LÁBIOS SE CURVARAM EM UM SORRISO ATARRACADO.

Mais uma vez, Emma sente como se insetos rastejassem sobre sua pele.

— Você fala enquanto dorme — disse ele. — Disse um nome enquanto se revirava na cama. O mesmo nome, repetidamente.

Ela se prepara para o que viria.

— *Shawn.*

O nome a acerta como um tiro de espingarda no coração. O nome de seu marido soa obsceno, violado, quando vindo daqueles lábios hirsutos. Ele não tinha o direito. Mesmo assim, não responde, sem piscar.

O sorriso gorducho cresce.

— Shawn morreu, é?

Vá à merda, ela pensa.

— Em seu medalhão. — Ele aponta para o seu pescoço. — Aposto que tem uma foto dele, talvez?

Vá-à-merda-vá-à-merda-vá-à-merda...

— Uma viúva de luto, morando sozinha em uma casa na praia? Meio clichê, sinceramente.

Você não me conhece, ela pensa.

Você só acha que conhece...

— Talvez esteja surpresa — diz ele de forma abrupta.

Isso a assusta. Quase consegue sentir suas unhas sujas em seu cérebro, pinçando seus pensamentos. Ela respira fundo.

— Quem é você?

— O diabo.

— Quem é você de verdade?

— Estou aqui para fazer o que você vem tentando há meses, Emma. — Ele levanta a cabeça e a pele de sua garganta lanosa balança, estranhamente como um pássaro. — Na verdade, estou aqui para *ajudá-la*, por mais estranho que isso soe. Sei por que está aqui. Sei com o que está lidando. Vi sua mochila perto da porta, toda cheia de pedras.

Em sua visão periférica, Emma sente uma nova luz.

Vem da casa de Deek. Se o velho estiver na sala de estar, talvez cheque seu telescópio. Ou, melhor ainda, talvez esteja assistindo a este impasse neste exato momento. Ela mantém a luz na beira de seu campo de visão. Não pode virar a cabeça. Se o autor também a vir, pode entrar em pânico e executar seu refém.

Não olhe para ela.

O entregador do correio repara, também. O peito de Emma se agita de pânico quando ele levanta o pescoço...

— *Ei* — rosna o autor, surpreendentemente alto. — Não olhe para cima. Não olhe para a minha cara. — Ele brande em reflexo, seu pulso mal parecendo se mover, a espada não emitindo qualquer som, mas o refém dá um grito agonizante de dor. Emma agarra seu medalhão em um punho fechado logo abaixo da clavícula. Ela precisa espremer algo com a mão.

— Olhe para baixo. — Ele enfia a pistola na nuca do homem e gira com força, um movimento cruel de furadeira. — Não olhe para mim. Entendido?

O refém concorda com a cabeça. De onde está, Emma não consegue ver o ferimento. O sangue corre entre seus dedos trêmulos e se torna rosado ao se misturar com a água da chuva. Por algum motivo, seu sangue não parece exatamente real para ela. Nada parece real. Como poderia H. G. Kane conhecê-la de forma tão íntima?

Em uma história, o autor é Deus.

Ou o diabo.

Ela nota que a mão direita do entregador se move lentamente, sem que o autor a veja. Também tenta não olhar diretamente, ou ele perceberá — mas ela segue a mão do homem passando pela brita molhada. Sua palma pousa em cima de uma pedra decorativa marcando a borda da entrada para carros. Seus dedos ensanguentados se fecham ao redor dela, como uma aranha.

Uma arma.

Emma faz contato visual com ele. *Não*, ela quer sussurrar.

Mas ele agarra a pedra. Ela balança a cabeça agora, mantendo seus movimentos pequenos. Uma súplica desesperada e tácita: *Por favor, espere. Você não faz ideia de como esse homem é perigoso.*

O entregador reconhece seu olhar. Mas mantém a pedra.

Emma sabe que o impasse se aproxima da erupção. H. G. Kane não permitirá que qualquer vítima escape esta noite — especialmente se tiver medo de ser identificado sem sua máscara de demônio. Isso deixa apenas um caminho potencial a ser seguido. É um caminho bem arriscado.

Respiração profunda.

— Você pode me matar — diz ela ao autor. — Mas deixe-o ir embora.

Ele não responde.

Ela dá um passo à frente, mantendo os olhos fixos nos dele em meio à torrente criada pela calha sobrecarregada.

— Ele não viu o seu rosto. — Ela olha para o refém. — Certo?

Silêncio.

— *Certo?*

O homem confirma debilmente. Sua orelha balança também, amputada até a metade.

— E ele não sabe o seu nome. Ou por que está aqui.

Ele confirma de novo.

— Isso é entre mim e você. — Emma alcança a beira da soleira. A cachoeira da calha derrama sobre ela agora, gelada sobre sua pele, empoçando em suas clavículas fundas. Ela reprime um arrepio em sua voz:

— *Você e eu.* Então, por favor, deixe ele ir.

Ele admirava sua tentativa de negociar a vida de Jake
Stanford, mas simplesmente não havia espaço para
negociação. A situação havia se agravado com esse novo
desenvolvimento, e acelerou muito seu próprio prazo.
Sabia que já tinha horas de evidências forenses para
limpar. Precisaria queimar o celular de Emma, seu leitor
digital e seu notebook. Precisaria limpar cada impressão
digital e passar água sanitária em cada superfície para
pegar pelos soltos, resquícios de pele ou fibras. Além dos
segredos dentro das paredes da casa em si. Não poderia
haver testemunhas vivas para o, hoje infame, massacre de
Strand Beach.
Nada de acordos.
Não permitiria que uma alma sequer saísse com vida.

— **ACORDO FECHADO** — **DIZ O AUTOR.** — **VOU DEIXÁ-LO PARTIR.**

Emma solta uma respiração aprisionada.

Fácil demais.

— Você tem razão. — Ele mostra um sorriso pesado, vulgar. — Isso tudo é por você.

Ela não responde.

Ele está mentindo.

Há algo errado, tanto quanto um membro deslocado. Não pode confiar em sua palavra. Suas palavras são mais do que sem valor. No silêncio, ela encara seus óculos indecifráveis e se prepara para a violência. Sabe que está vindo. Sabe que ele está prestes a fazer *algo* com aquele homem inocente bem diante de seus olhos, apenas para provar que pode, que H. G. Kane está no total controle de seu pesadelo.

Nada acontece.

Em vez disso, o boneco Chucky humano enfia a pistola no sobretudo e se afasta, ainda sorrindo, e — mantendo sua palavra — dá espaço para que o refém se levante.

Mas o quê...?

O entregador do correio — com seu uniforme encharcado e manchado de sangue — se ergue a uma posição sentada, ainda segurando a orelha, ainda com medo de ficar de pé. Com medo de ir embora. Está tão abalado e profundamente confuso quanto Emma.

— Corra — sibila ela para ele. — Por favor, corra.

Antes que ele mude de ideia.

Ainda assim, tem certeza de que o autor está mentindo. Está jogando jogos cruéis, saboreando seu poder sobre eles. Por que ele permitiria que uma testemunha partisse? Seu sorriso está sumindo agora, enegrecendo-se, como maionese apodrecida.

— Quero te salvar, Emma.

Silêncio.

Ela hesita.

— O... o quê?

— Eu quero te salvar. — Ele aguarda com expectativa, talvez até com desespero, como se lhe desse uma chance de expressar gratidão. — Ele disse que eu tinha que te matar. E eu a defendi...

Sua boca fica seca no mesmo instante.

— *Quem?*

O autor se interrompe. Como se percebesse que havia falado demais.

— Quem o mandou me matar?

Ele inclina seu fedora em sua direção. Um gesto cavalheiresco: *Milady*.

— Responda.

Ainda sorrindo, ele mira as gramíneas revolvidas pelo vento e a arrebentação mais além. Como se solicitasse a permissão de alguém invisível, alguém que está observando.

Ela se vira, também.

Está escuro demais para enxergar. Apenas chuva e vento.

Ele disse que eu tinha que te matar.

Com sua espinha formigando, recorda-se do Cara de Demônio na câmera com visão noturna de Jules. Todas as vezes em que se tornou H. G. Kane até o momento, ele usava aquele fedora. Mas o Cara de Demônio não usava tal chapéu — e vestia um casaco mais leve, como um corta-vento. E se houvesse dois intrusos?

Um irmão gêmeo?

Um coautor?

Um fã maluco?

— Diga — sibila Emma. — Quem *mais* está aqui?

Antes que o autor possa responder, ela percebe que o entregador jogou o peso de seu corpo para a frente. Seus olhos se endurecendo. Sua mandíbula se contraindo. Seus músculos se retesando.

Ele tomou sua decisão.

Não.

Ela grita — tarde demais — enquanto ele lança sua pedra ao rosto de H. G. Kane.

Dizer que era um espadachim habilidoso seria um rude eufemismo.

Fora de sua escrita prolífica, ele vivia e respirava sua espada. As paredes de seu apartamento eram uma biblioteca de espadas de combate japonesas e chinesas, penduradas cuidadosamente em suportes. Uma Global Gear Makaze. Uma Hanwei Practical Pro. Sobre a prateleira ao lado dos monitores *ultrawide* de seu PC *gamer*, havia uma excelente Cheness Cuttery Kaze. No banheiro, acima do vaso sanitário, uma adaga tantō pequena, porém mortal, guardada em uma caixa de vidro (para protegê-la da umidade).

E na parede do quarto, sobre seu colchão *king size*, ao alcance das mãos para a eventualidade de uma invasão, havia o orgulho e alegria de sua vida: a, agora infame, Katana Thaitsuki Tonbo Sanmai de setenta e um centímetros. Ele tinha espadas mais raras e melhores, mas essa detinha um valor especial. Sua mãe a havia comprado para ele de presente em seu décimo oitavo aniversário, para celebrar seu primeiro romance autopublicado. Consoante ao significado, foi a lâmina que escolheu portar na noite do massacre de Strand Beach.

Sedento por sua primeira "sangria".

Quatro anos antes, ele publicara o vídeo mais popular de seu canal no YouTube (agora desmonetizado e finado). Antes de seu perfil ter sido deletado, o vídeo contava com mais de dois milhões de visualizações. Ele tentara replicar o sucesso diversas vezes.

A um minuto e cinquenta e oito segundos do vídeo, a gravação o mostra enchendo uma garrafa de dois litros de refrigerante com água da mangueira, e colocando-a de pé sobre uma mesa dobrável preta. O ambiente: um subúrbio indeterminado. Ao fundo, há o portão de uma garagem com a tinta descascando. O céu está extremamente azul. Em algum lugar distante, um cortador de grama ronca. Em algum lugar mais perto, um cachorro late incessantemente, fazendo o som no microfone crepitar.

— Cala a boca, rato.

Sempre odiara os cãezinhos nervosos de sua mãe.

Nesse vídeo, ele era dois anos mais novo, seu queixo recém-barbeado mostrava tocos de barba crescendo ruivas. Veste uma camiseta preta com a estampa do Pepe, o Sapo, *short* cargo cáqui e sandálias com meias pretas. E, é claro, seu fedora de feltro — uma afirmação chique de sua força e indisposição a receber "não" como resposta.

Ele se inclina para fora do quadro — assegurando-se de que o iPhone está filmando — e então fica no primeiro plano ao lado da garrafa de dois litros de refrigerante.

Não diz nada.

Apenas olha para a câmera, estreitando os olhos no sol da tarde. Sua mão direita desliza ao quadril, até o *saya* preto pendurado à cintura, que muitos espectadores não notam até este momento. Seu polegar expõe alguns centímetros do punho da Katana com um clique de madeira. Ele olha para a esquerda, e então para a direita. Escolhendo seu momento.

Aguarda.

Nós também devemos aguardar.

Um avião passa pelo céu. O distante cortador de grama muda o tom de seu ronco.

De alguma forma, ainda não estamos prontos para o que vem a seguir quando acontece. Um borrão, um fulgor de luz do sol branca e quente, um sibilar de fricção. Quando o som é registrado pela câmera, ele já completou o movimento e está embainhando sua Katana suavemente de volta ao *saya* encapado para a batalha. À sua direita, como se acertada por uma bala fora do quadro, a garrafa de dois litros explode na metade, dois pedaços diagonais deslizando com bordas perfeitamente cortadas.

Ele olha de novo para a câmera conforme a água pinga da mesa. Não sorri. O sol está em seus olhos, de qualquer forma.

A distância, o cortador de grama do vizinho para. Da mesma forma, também param os latidos do cãozinho. Apenas uma coincidência, mas isso cria uma estranha noção de tranquilidade, um golfo vácuo cheio de expectativa, conforme ele leva a mão de novo à sua arma embainhada. Apresenta a mesma manobra para nós, talvez ainda mais rápido — o fulgor, o borrão, o ruído seco — e, de novo, a lâmina está à sua cintura. Um espectador pode se perguntar se seu golpe chegou a atingir alguma coisa. As metades de plástico da garrafa trepidam em choque, mas permanecem intocadas sobre a mesa.

O resto da água finalmente termina de respingar.

Silêncio aerado.

Então, a própria mesa despenca. Cada metade cortada cai sobre duas pernas, pousando na grama. O cão volta a latir e o cortador de grama distante é ligado de novo, mas ele continua olhando para a câmera com sua palma direita sobre sua bainha de madeira envernizada, pousada delicadamente, quase com carinho, sobre o poder terrível ali contido.

Fora do quadro, alguém aplaude. Tal indivíduo jamais é identificado.

Agora, finalmente, ele sorri.

A LÂMINA SE MOVE RÁPIDO DEMAIS PARA QUE EMMA POSSA DISCERNIR O movimento. Ela não vê nada além de seu efeito. A mão direita do homem — brandindo a pedra agarrada — gira no ar, solta. Em seguida, outro pedaço dele sai voando. E outro. Ele cambaleia a cada golpe da lâmina e Emma consegue sentir cada corte quase silencioso em seus próprios ossos. Um corpo humano sendo desmantelado por sussurros.

Ela vacila para dentro da casa.

Dá um passo em falso. Cai.

Fecha a porta da frente com um chute atrás de si e grita ao chão.

15

ELA VIRA APENAS UMA PESSOA MORRER ANTES.

Cinco meses atrás.

Aquilo a destruiu. O evento construiu uma grande muralha em sua vida dividindo o antes e o depois. Considerava-se dessensibilizada por ter testemunhado milhares de mortes fictícias, mas de alguma forma isso a havia tornado ainda mais despreparada para o acontecimento real. E agora isso — o que acabara de acontecer na calçada — é de revirar o estômago pela velocidade e precisão e pelo silêncio quase absoluto.

Levante-se.

Está na cozinha agora. Apoiada sobre os cotovelos. Não se lembra de ter rastejado até ali. Seu celular está em sua mão direita. Verifica-o de novo, rezando por uma resposta diferente.

Levante-se, Em. Agora.

Enquanto se levanta apoiando-se no piso, algo colide contra a janela da cozinha, com um baque alto. Ela grita de susto. Soa como aquele pássaro morto de alguns dias atrás — mas é mais pesado, úmido e estranhamente carnudo, arremessado da escuridão mais além.

Deixou um borrão no vidro. Asas de borboleta vermelhas.

Ignore.

Vira a cabeça para o outro lado, nauseada. Não pode fazer nada por ele agora. E há algo mais: ela escuta o eco da noite, uma voz masculina, mas deformada no espaço aberto. Um estranho grito seco. Sem sílabas, sem melodia. A intensidade cortante do som traz lágrimas aos olhos de Emma. Não consegue imaginar o pobre homem ainda vivo, nem que tipo de agonia ele possa estar sofrendo, nem por quanto tempo ainda sofrerá.

O grito do homem continua sem parar.

Ignore. É apenas uma distração.

Até que ela percebe que o grito não pertence ao entregador esquartejado. Ele já está morto. E, no urro, ela detecta uma nova emoção com clareza crescente.

Raiva.

O autor não está acostumado a danos colaterais. Talvez estivesse sendo honesto, afinal, e não quisesse matar mais ninguém. Seus romances são situações controladas, pequenos palcos administrados de forma impecável para que o assassino e a vítima dancem sua dança. Quando descrever os eventos desta noite em *Praia da Morte*, provavelmente mentirá e fingirá ter prazer em matar mais do que pretendia e aumentar o número de mortes. Mas ela sabe a verdade: H. G. Kane cometeu um erro.

Ele será ainda mais perigoso agora.

Mais do que nunca, Emma sente falta das estrelas. Queria poder enxergar através das nuvens chuvosas e se assegurar de que Áries e Gêmeos e Andrômeda ainda estão lá em cima. Até as constelações vagam e se distanciam umas das outras; se conseguir viver o bastante para ver acontecer...

Até as estrelas morrerão.

Isso sempre a faz se sentir como aquela adolescente em pânico de novo, fugindo para as paredes cúbicas de um banheiro que cheira a água sanitária, o único espaço em que se sente segura. Onde os olhos ocultos não podem vê-la, onde nenhum colega de classe falará com ela. Onde pode morrer em silêncio e apodrecer em paz. Porque algum dia até o universo será um cemitério, e, como o Shawn Imortal já sabe, há destinos muito piores do que a não existência.

Ela está começando a entender agora: a verdadeira profundidade do que está enfrentando esta noite. Já sabia no fundo de sua alma há horas. Isso não é surpresa, e não deveria chocá-la.

Era tudo real.

A futura psicóloga paralisada por uma bala na espinha. Os intestinos da futura advogada se desenrolando para fora do ventre. Uma cabeça humana guardada em uma bolsa. Um romance que Emma havia avaliado tão casualmente com uma estrela dias atrás, e, do conforto de seu sofá, julgado ser *irrealista*. Tudo tão real e arrepiante quanto o veneno de rato que Laika vomitou, quanto o pedaço indeterminado de um corpo humano que acabou de acertar a janela da cozinha. Assassinatos reais. Pessoas reais, inocentes, reduzidas a carne para suas narrativas.

Tantas delas.

Tenta se recordar, seus pensamentos tornando-se mais pesados com outra onda de terror paralisante: quantos livros H. G. Kane havia autopublicado?

Dezesseis.

Seu primeiro assassinato fora uma colega de classe chamada Laura Birch.

Nenhum romance de H. G. Kane foi escrito para contar a história da morte de Laura. Era real demais, pessoal demais, e suas próprias emoções estavam entrelaçadas ao evento.

Fora amigo de Laura desde o ensino fundamental. Eram da mesma classe, e, além disso, tinham duas matérias na mesma turma. Às sextas-feiras, eles ficavam na escola após as aulas para o clube de jogos, onde jogavam *Magic*, *Pandemic*, e *Colonizadores de Catan*. Nos fins de semana, às vezes se encontravam no museu local (a coisa mais próxima de um *point* jovem em uma cidade pequena). Esse relacionamento nunca se tornou romântico, apesar de seus esforços nesse sentido.

Laura era uma menina inteligente, alta e loira com um sorriso tímido. Era uma estrela das Olimpíadas de Matemática cuja nota do SAT a despacharia para uma faculdade prestigiosa em outro estado. Seus pais se lembravam de seu fascínio especial pela aula de Administração Pública Avançada naquele ano, e ela expressava interesse em ser advogada ou lobista no combate às mudanças climáticas.

Ele a amava.

Durante anos, de uma forma ou de outra, ele a amava. Compartilhara com Laura suas próprias aspirações e seus textos — contos fragmentados, tentativas fracas de criar poesia, e até um *graphic novel* incompleto sobre um samurai contemporâneo —, mas o primeiro ano do ensino médio foi um ano decisivo. Ele havia acabado de completar seu primeiro romance "de verdade". E era um resoluto avanço em relação a *Cabeça de Hélice*.

Intitulado *Semiautomática*, a obra de cento e dez mil palavras era centrada em um massacre escolar em Montana Valley High, um fac-símile mal disfarçado de sua própria escola Monsanto Valley High. Durante todo o romance, reconhecidamente longo demais, o personagem principal — um menino quieto, inteligente e frequente alvo de *bullying* chamado Henry — tenta impedir a violência desenfreada e sanguinolenta de um colega de classe não nomeado com uma AR-15. Em vez de se esconder embaixo de uma mesa, Henry acompanha o atirador conforme se esgueira de sala em sala pelo campus em evacuação, esperando por seu momento de intervir de forma heroica. Ao fazê-lo, Henry observa que a raiva do atirador é concentrada em meia dúzia de colegas por rancores específicos. Cada capítulo recheado de *flashbacks* é intitulado com o nome de um alvo, muitos sendo paralelos a nomes da vida real (o mais preguiçoso sendo o professor de álgebra, sr. Carlson, recriado como sr. Karlson).

Eventualmente, uma reviravolta: Henry e o atirador são a mesma pessoa. Henry é sua própria consciência constrangida.

E Laura Birch tinha um *alter ego*, com demasiada criatividade chamado Liza, cujo maior pecado é trair Henry — e durante o capítulo-clímax de Liza dentro da biblioteca infestada por balas, Henry, o atirador, abaixa sua AR-15 heroicamente e escolhe poupar a vida da garota. Isso é tratado como um momento de redenção. "Posso ser um monstro", diz Henry em seu monólogo, enquanto a equipe da SWAT se aproxima, "mas todos vocês me abandonaram e me atacaram e me ignoraram. O sangue de hoje está nas mãos de todos." A história termina com um tiro ambíguo. Teria Henry se matado? Teria a polícia atirado nele?

Sua mãe, sempre apoiadora, estava animada para ler seu primeiro romance completo.

Ele se recusou.

Em vez disso, imprimiu *Semiautomática* em frente e verso (como um livro de verdade), uniu as páginas com grampos trilho, e o deu de presente para Laura em uma tarde de sexta-feira, no ônibus voltando para casa do clube de jogos. Ela aceitou o manuscrito saturado e concordou em lê-lo.

Ele lhe deu o fim de semana para que o lesse.

E então, a semana toda.

Um mês se passou.

Ele percebeu que Laura parecia evitá-lo. Ela havia parado de falar com ele. Também havia parado de frequentar o clube de jogos ostensivamente para se concentrar em seus deveres de casa. Não se sabe quanto de *Semiautomática* ela realmente leu, ou se sequer passou da primeira página. É provável que tenha cogitado notificar a polícia, mas se sentia dividida a respeito disso.

Finalmente, em uma quarta-feira, nove de novembro de 2011, ele a confrontou em uma tarde chuvosa, durante a sua longa caminhada do ponto de ônibus para casa. Ele havia sido deixado no vácuo, havia aberto o coração para ela, compartilhado partes obscuras e vulneráveis de si mesmo. Seguiu-a pela longa estrada rural e pediu que entrasse no Lincoln preto de sua mãe. Talvez tenha sido seu convite amigável para um passeio. Talvez tenham sido suas súplicas ou sua adulação ou suas ameaças. No fim, não importa a tática que finalmente funcionou.

Ela entrou.

Ninguém jamais viu Laura Birch de novo.

Seu desaparecimento abalou a escola, atravancou a polícia local e deixou a pequena comunidade ansiosa. Não havia testemunhas. Laura não havia contado a nenhum colega ou parente. O manuscrito jamais fora recuperado. Ele falou com os detetives em diversas ocasiões, dando-lhes informações sobre Laura, apenas o suficiente para que parecesse estar sendo útil. Na verdade, era provavelmente mais suspeito do que se dava conta na época. Era um fato bem conhecido por seus colegas de que ele alimentava sentimentos por Laura e que eram quase certamente não correspondidos. Por alguns dias angustiantes, uma prisão parecia quase certa.

Mas o recesso de Natal veio e foi.

E então, o resto do inverno.

E então, a primavera.

Por fim, os dias quentes de verão.

Ele estava começando a se sentir invencível. Logo seria seu último ano do ensino médio, o desaparecimento de Laura Birch ainda não havia sido solucionado, e havia rumores de que alguém em sua equipe das Olimpíadas de Matemática havia conversado com ela em um chat virtual e que ela havia afirmado estar no México, vivendo com um novo namorado. Ele tinha zero envolvimento nisso, mas era uma pista falsa útil. Embora milhares de pessoas desapareçam todos os anos, quando é uma menina branca, bonita e contemplada por uma bolsa escolar, leva um tempo consideravelmente maior para que as brasas se apaguem. Mas, naquele ano, elas finalmente se apagaram, e ele se sentia no topo do mundo. Suas inscrições para faculdades rendiam retornos promissores, e, para a alegria de sua mãe, ele fora aceito na prestigiosa Caltech — o Instituto de Tecnologia da Califórnia.

Por mais que houvesse sonhado em se tornar um escritor, assim como seu ídolo, sua mãe insistiu que escolhesse uma carreira mais estável primeiro. Sendo naturalmente talentoso com números, aprendeu a escrever códigos de software. Um ano após ter se formado na universidade, ele tinha um emprego rentável e podia comprar quaisquer espadas, armas de pressão, ou videogames que quisesse. Mesmo assim, jamais desistiu de sua verdadeira paixão, trabalhando duro em seus romances de terror de manhã, à noite e aos fins de semana.

Não se sentia particularmente orgulhoso de *Semiautomática* — na verdade, suas obras da adolescência o envergonhavam agora —, mas ele jamais a reescreveria. Não acreditava na reescrita.

Enquanto isso, em seu lar de infância, sem que sua mãe soubesse, ele mantinha guardada uma pilha secreta de textos de uma década atrás. Dentro da cavidade de uma parede oca atrás de um pôster, mantinha trinta e seis fotografias Polaroid, uma mecha de cabelo de Laura, um frasco de pílulas transparente contendo dentes e brincos, e a espada longa que utilizou para desmembrar o corpo de Laura antes de despejá-la no mar, pedaço por pedaço — uma espada japonesa wakizashi de trinta centímetros.

Embrulhada em plástico.

Corroída pela ferrugem.

Ainda amarronzada com o sangue seco de Laura.

DEEK ESTÁ ACORDADO.

Graças a Deus.

Mesmo sem o telescópio, Emma consegue ver a pequenina figura do vizinho se afastando da janela de sua própria sala de estar a meio quilômetro de distância, perturbado, esbarrando em uma pilha de seus próprios livros e quase caindo. Ele havia testemunhado tudo.

Agora ele recupera o equilíbrio.

— Vai — sibila ela. — Chame a polícia.

E do outro lado da sala de estar abarrotada, desaparecendo de uma janela e reaparecendo em outra, passando pela porta de um armário e abrindo-o com um esbarrão...

— Vai, vai, *vai*...

O homenzinho arranca o telefone do gancho na parede. Atrás dele, a porta se abre — o coração de Emma se agita em espanto —, mas ainda está balançando por causa do esbarrão. Revelando a escuridão dentro do armário; uma massa quase invisível de caixas de papelão amassadas e casacos malcheirosos pendurados. É impossível que H. G. Kane esteja se escondendo lá dentro, mas a ideia ainda dá uma pontada em seu estômago; uma horrível certeza de que algo perigoso está à espreita, fora de vista.

Segurando o telefone, de costas para a porta aberta, Deek bate as teclas da polícia.

Um.

Nove.

Zero.

ELA O VÊ GRITAR EM SILÊNCIO AO TELEFONE, ELE VERIFICA O FIO DA TOMADA, e disca de novo uma, duas vezes, antes de lançá-lo pelos ares, ao outro lado da sala de estar. Uma montanha de livros e cadernos com páginas dobradas despencou. Ela sabia que era bom demais para ser verdade.

Mesmo assim, é desalentador.

CORTOU MEU TELEFONE, ele escreve no quadro.

Bem-vindo ao clube.

Escreve mais: EMMA, VOCÊ PRECISA CORRER

Quem dera.

Aquela espada pode ser a arma primária de H. G. Kane, mas ele tem uma arma de fogo também. Por mais relutante que seja em dispará-la, no instante em que sair correndo pelas dunas abertas, ele não terá outra escolha. Pelo menos a futura advogada tinha árvores e pedregulhos atrás dos quais podia se esconder — a essa altura no Strand, não há esconderijo algum. Apenas acres de relva à altura da cintura.

Deek está enganado. Correr *não* é uma opção. São dezesseis quilômetros até a cidade, e, mesmo se sobreviver à longa jornada — mesmo se o autor errar milagrosamente cada cartucho em seu carregador, e ela correr mais que ele —, ainda deixaria Laika para trás no quarto do andar de cima. Ele retornará a casa furioso. Encontrará Laika. E sem outros meios de finalizar *Praia da Morte*, marcará o último ponto possível.

Você ama aquela cachorra demais, disse ele em seu sermão.

Não é saudável.

Mas... ela se lembra do revólver prateado que Deek sempre mantinha sobre a lareira. Agora seria uma bela oportunidade de tirar a poeira daquilo. À vista do vizinho, aponta e faz uma arma com o polegar e o indicador. *Bangue?*

Ele balança a cabeça.

SEM BALAS

— É claro.

Tudo bom demais para ser verdade. A noite está apenas começando. Coisas desconhecidas e preocupantes arranham o fundo de sua mente. As próximas palavras do autor a ela, segundos antes de esquartejar um homem inocente: *Eu quero te salvar.*

Ele disse que eu tinha que te matar.

O vento ruge lá fora. A tempestade se intensifica.

Talvez H. G. Kane seja um pseudônimo compartilhado por diversos escritores? Talvez um escreve o livro enquanto o outro comete as atrocidades. Se for o caso, qual deles ela conheceu? Qual deles é o Cara de Demônio? Talvez ele tenha um irmão gêmeo, e sempre houve dois bonecos Chucky em tamanho real espreitando e observando-a da relva alta lá fora.

Ela mantém a possibilidade mais perturbadora enterrada dentro de si. Tenta pelo menos cogitar a ideia. Pois já concluiu que Deek é pequeno demais para ser o Cara de Demônio. A figura fotografada pela câmera da campainha de Jules, várias noites atrás, era grande demais, o peito largo demais para ser o frágil velho usando uma máscara de borracha.

Certo?

Certo?

Reza a Deus para que possa confiar em seu parceiro de forca. Neste momento, Deacon Cowl pode ser seu último amigo vivo na terra: um homem cuja voz ela sequer jamais ouviu.

16

ONDE ELE ESTÁ?

A CANETA VERDE TREME EM SUAS MÃOS ENQUANTO ESCREVE. ELA MAL OLHA para o quadro; seus olhos escaneiam a escuridão lá fora. Em seguida, inclina-se sobre o telescópio, ainda direcionado à janela de Deek. Pressionar o rosto contra a lente faz com que se sinta dolorosamente vulnerável. Odeia sacrificar sua visão periférica.

Na lente convexa, encontra Deek. Ele vira seu próprio telescópio para examinar à esquerda, e então à direita. Uma longa varredura, procurando na relva. Isso a preocupa.

Onde raios ele está?

Os pelos de seus braços se arrepiam. Olha sobre seu próprio ombro — nada na sala com ela. Apenas o vento e a chuva torrencial, claramente audíveis através da janela quebrada.

A janela quebrada.

Movendo-se depressa, Emma tomba o sofá e o empurra — ofegando com o esforço — para bloquear a esquadria vazia da janela. O tapete de pele de urso se enruga embaixo do sofá. É mais uma inconveniência do que um obstáculo. Quando o autor atacar de novo, ele o empurrará para o lado com facilidade. Mas isso fará barulho. Emma escutará. Ela saberá de onde o ataque vem e terá alguns segundos para reagir.

É uma vantagem fina feito uma navalha, mas é alguma coisa.

Na janela distante, consegue ver que Deek interrompeu sua busca. Ele apanha a caneta.

GARAGEM, ele escreve.

De alguma forma, é mais assustador saber apenas a área geral do autor. Como se ele fosse imaterial, onisciente. Ela se pergunta como ele descreverá os eventos desta noite em *Praia da Morte*. Descreverá a si mesmo como um predador perfeito, infalível? Omitirá as pequenas vitórias de Emma?

Agora Deek aponta à esquerda.

QUINTAL DOS FUNDOS

Está se movimentando. Dando a volta na casa.

Emma odeia se comunicar dessa forma, mas é a única opção que lhe resta. O assassino pode ler o quadro branco, também. Pode já estar espionando.

Sente que as motivações do autor mudaram. Há mais em jogo agora. O desaparecimento do entregador morto logo será reportado. H. G. Kane está operando com os segundos contados agora e está sondando a casa em busca de outro ponto de entrada, decidindo seu próximo ângulo de ataque. Isso significa que agora, enquanto está concentrado em Emma, é a melhor chance de Deek escapar. Quando ele perceber que há outra testemunha envolvida (se já não tiver percebido), será forçado a matar de novo.

PEGUE O SEU JEEP, Emma escreve ao vizinho. DIRIJA, BUSQUE AJUDA.

Ele já havia assegurado que ambos os veículos estivessem inutilizáveis.

ELA APAGA E ESCREVE: FUJA A PÉ.

Emma devia saber que era impossível que um homem desarmado, com artrite, do alto dos seus sessenta anos não conseguiria correr mais que um assassino em meio a um manguezal de areia molhada e relva grossa. Isso sem falar no simples problema geográfico oferecido pelo próprio Strand — a cidade e as poucas casas de veraneio ainda ocupadas no fim de dezembro eram todas ao sul.

Qualquer rota direta de fuga passaria diretamente pela casa de Emma, à vista do assassino.

— **QUE DROGA. — ELA HAVIA SE ESQUECIDO DISSO.**

Mas... também há casas ao norte da de Deek. Umas poucas dúzias, praia acima, rumo ao quebra-mar rochoso. Ela sabe que as casas estão todas desocupadas, sim. Mas ainda poderiam ser úteis.

Apaga a mensagem — de novo — e escreve: FUJA PARA O NORTE, ARROMBE
UMA CASA, USE O TELEFONE.

```
Não é uma opção.
Quando cavou as linhas telefônicas da vizinhança
enterradas ao longo da Wave Drive, não sabia qual cabo
preto estava conectado à casa de Emma. Não estavam
etiquetados e pareciam se entrelaçar de uma forma para a
qual sua pesquisa preliminar no Google não o havia
preparado. Então tomou a decisão de cortar todos eles,
simplesmente quebrando a comunicação por telefonia fixa
de todas as residências ao norte.
```

— MERDA. — ELA QUER JOGAR SUA CANETA PARA LONGE. CORRER EM QUALQUER
direção é arriscado demais, e Deek não terá chance se for visto.

O velho escreveu uma nova mensagem. Ele a encara através do golfo com olhos
sérios.

PRECISAMOS LUTAR COM ELE

— Sim, eu sei.

Ele sublinha: LUTAR COM ELE

— Concordo.

Ele adiciona: TEM ARMAS?

Sua melhor faca de cozinha se foi. As outras ou estão cegas demais ou bambas
demais. O que mais? Ela abre as gavetas tiritando com facas de manteiga, colheres,
xícaras medidoras. Nada afiado o suficiente para perfurar ou sólido o bastante para
golpear. Mas ela tem uma ideia. No armário inferior — cuja porta fora arrancada
pela espada do autor — apanha a maior panela de Jules, deixa-a na pia, e gira a vál-
vula da torneira ao máximo.

Através da janela da cozinha marcada com sangue esparramado, analisa a escuridão lá fora. Apenas chuva grossa e gramíneas revolvidas pelo vento.

ESTOU INDO AÍ, Deek escreve. POSSO AJUDAR

Não. Ela balança a cabeça. Não permitirá que outro espectador morra esta noite.
Deek é um homem idoso. Talvez esteja um pouco bêbado. Não aguenta uma briga.
E se vier, sacrificará sua única vantagem: sua vista telescópica da casa de Emma.

FIQUE AÍ, ela escreve. ME DIGA QUANDO ELE ANDAR

Deek concorda. Relutante.

Emma tem medo de escrever mais. Precisa presumir que cada palavra que escreve também está sendo lida pelo assassino. Precisa tomar cuidado.

Resignado ao seu papel coadjuvante, Deek responde: AJUDAREI O QUANTO PUDER

— Valeu.

VAMOS PENSAR EM ALGUMA COISA

— Adoro seu otimismo.

Duas pessoas presas dentro de casa, comunicando-se via quadro branco enquanto um assassino circula em meio à relva alta. Sem carros. Sem armas. Sem telefones.

Emma passou semanas visualizando sua própria morte, e não a surpreende o fato de que quase certamente morrerá esta noite. Não adianta amenizar a situação. E as chances de Deek também não são grandes. Mas outra vantagem fina feito uma navalha emerge em sua mente: o autor pode monitorar suas mensagens, mas não pode atacar Deek sem baixar a guarda em relação à casa de Emma. E vice-versa. Por mais poderoso que H. G. Kane seja, só pode estar em um lugar de cada vez.

Presumindo-se que seja apenas um dele.

Isso também.

Enquanto a panela enche sob a torneira da cozinha, Emma corre para o porão. Odeia quebrar contato visual com Deek, mas é um risco necessário. No fim da escada, lá embaixo, encontra o interruptor em sua primeira tentativa e procura a caixa de ferramentas de Jules, em busca de armas.

Aqui no porão úmido, ela percebe como se sente zonza. Aérea. Sua mente passa sem tração, como um barato desconfortável. Há semanas tem sobrevivido com novecentas calorias por dia, e, mesmo em sua melhor forma, encarar um espadachim de cento e quinze quilos parecia estar além de qualquer esperança. E está longe de estar em sua melhor forma.

Emma tem um pensamento alarmante.

Ocorre-lhe sem ser convidado, rastejando sob a porta sobre pequeninas patas de aranha, sussurrando em seu ouvido. Ela podia ir lá fora, enfrentar o assassino, e acabar com tudo.

Agora.

Seria tão fácil. Mais fácil que colocar uma mochila pesada e caminhar em direção às ondas, forçando seu corpo a dar cada passo gelado e miserável. Estaria completamente fora de seu controle. Tem medo do quão reconfortante isso soa. Quão *bom*, até.

Mas... estaria abandonando Laika.

E Deek.

Se eu morrer, eles também morrem.

Da caixa de ferramentas corroída pela ferrugem, Emma tira as duas melhores armas que consegue encontrar: uma chave de fenda e um martelo.

QUANDO SOBE DE NOVO, A PANELA ESTÁ TRANSBORDANDO. FECHA A torneira e carrega a panela — pelo menos quatro litros — até o fogão e o liga em fogo alto. As chamas queimam vermelhas. Jogar água escaldante na cara do assassino é um ótimo começo.

Mas leva minutos para ferver. Minutos que talvez ela não tenha.

Atualização do Deek: o autor se movimentou de novo.

ENTRADA DA GARAGEM, rabisca. ESTÁ NA VAN

A van do correio.

Ele adiciona: FAZENDO ALGUMA COISA

Mais uma coisa desconhecida perturbadora.

A entrega tarde fora uma surpresa para ambos os lados. Ela não esperava nenhum pacote esta noite ou esta semana. Não havia comprado nada nos últimos tempos. Tem certeza. Mas alguns dias atrás, apesar de seus protestos, recorda-se com um lampejo de adrenalina... Jules comprou.

Cinco estrelas na Amazon, escrevera por mensagem, alegremente. Baterias inclusas.

Um item de autodefesa para Emma.

Uma arma de choque.

Ele analisou o pacote de um quilo da Amazon endereçado a EMMA CARPENTER sob a luz interna do Ford Transit.

Em seguida, jogou-o para o lado.

Não sabia o que era, nem se importava. Vasculhou o porta-luvas do veículo, e então o console central, e finalmente debaixo do banco. Precisava ter certeza de que não havia armas de fogo. Às vezes, ele leu na internet, os entregadores operando em áreas rurais portavam armas. Por sorte, Jake Stanford não portava.

Então inseriu a chave roubada do Ford, ainda pegajosa com o sangue de Jake, e deu uma acelerada gutural ao motor. Mudou o câmbio para "D" e tirou a van da entrada de cascalho, esmagando flores do canteiro e o gramado irregular. A suspensão batia e quicava enquanto ele puxava o veículo lentamente para trás da garagem e lá estacionava. Escondendo-o de vista.

Para o caso de mais alguma visita inesperada descer a entrada para carros.

LÁ FORA, ELA ESCUTA O RUGIDO DO MOTOR PARAR.

Uma porta se fecha.

Silêncio.

Conclui que ele estacionou a van a menos de quinze metros da casa, logo atrás da garagem. Mas mesmo que pudesse correr até o veículo sem levar um tiro, quebrar uma janela e rasgar o pacote, a caixa de uma arma de choque demandaria algum tempo para ser aberta. Montar. Ler o manual. As pilhas talvez nem viessem pré-carregadas. Coisas que ela não terá tempo de fazer enquanto ele se aproxima.

— Merda.

E não pode contar a Deek — com certeza o autor está monitorando os quadros. Não pode arriscar tentar avisá-lo. Enquanto espera a água ferver no fogão, percebe que seu vizinho está acenando com urgência, tentando chamar sua atenção. Ele escreveu uma nova mensagem.

Algo mudou.

ESTOU INDO AÍ

PRECISO TENTAR FALAR COM ELE

Não. Péssima ideia.

Ela balança a cabeça.

— Fique em casa, Deek. Por favor...

Ele insiste: ELE ME ADMIRA, TALVEZ ME OUÇA

Isso a faz prender a respiração.

— *O quê?*

No telescópio, ele ainda está escrevendo: EU O RECONHEÇO

ELE ESCREVEU AQUELE LIVRO TERRÍVEL

Sim. O livro terrível que o próprio Deek *recomendou* há duas semanas. De brincadeira.

A CULPA É MINHA
ME PERDOE

Mas Emma mal registra seu pedido de desculpas. Sua mente está acelerada, lutando para processar essa nova coincidência de cair o queixo.

O assassino não apenas conhece Deacon Cowl; Deek *conhece* o assassino pessoalmente, também, de alguma forma. Pode confiar em seu vizinho? Algo nessa nova revelação a espanta. Não consegue identificar exatamente o quê.

O velho ainda está escrevendo freneticamente. No silêncio desconfortável, no vão entre as mensagens, ela se lembra da voz fina de H. G. Kane. Seu desespero silencioso. A raiva crescendo sob suas palavras, fervente e incandescente.

Pareço a porra de um amador, Emma?

Tudo devia ser uma piada. Pessoas morrendo por uma avaliação na Amazon, por estrelas douradas imaginárias na internet. Até a aparência do assassino dá vontade de rir. Seu fedora. Suas botas militares e luvas. A vergonhosa visão de um sujeito branco, pálido, com barba no pescoço, andando por aí com uma espada de samurai japonesa em uma bainha historicamente precisa.

Até que um homem inocente foi esquartejado bem diante dos olhos de Emma.

Até que uma parte de um corpo foi lançada, em um baque molhado, contra a janela da cozinha.

SEU NOME VERDADEIRO É

Deek termina sua mensagem, e, quando finalmente se afasta do quadro, o nome completo do homem que se conjurou no quarto de Emma aparece, palavra por palavra. A verdadeira identidade de H. G. Kane parece uma maldição escrita.

HOWARD
GROSVENOR
KLINE

TODO ESCRITOR TEM UM OU DOIS FÃS DESCOMPENSADOS.

Mas o primeiro encontro de Deacon Cowl com Howard Grosvenor Kline, anos atrás, fora perturbador sob qualquer parâmetro. O jovem Howard, pelo visto, era um fã de carteirinha de *Gritos Silenciosos* e estava determinado a pedir que seu herói o orientasse em sua própria carreira literária. Quando seu e-mail de fã perfeitamente normal não recebeu uma resposta, ele deu o próximo passo perfeitamente normal e apareceu à porta de Deek.

ME PERSEGUIU + MINHAS FILHAS, ele escreve. POR ANOS

Considerando o que Emma sabe sobre Howard até aqui, parece certo. Seu sorriso carente. Sua vitimização perpétua. Seu espantoso talento para encontrar pessoas.

NÃO PARAVA DE ME MANDAR LIVROS RUINS
ME IMPLORANDO PARA LER

E... aqueles manuscritos que não paravam de chegar na caixa de correio de Deek eram provavelmente os livros terríveis que precederam *Montanha da Morte*. Como o velho reagirá quando souber a verdade? Os manuscritos amadores que estava ignorando, desdenhando... todos eles continham assassinatos reais. Vítimas reais.

Não sabe se tem coragem de lhe contar.

CONSEGUI UMA MEDIDA PROTETIVA, Deek escreve. ACHEI QUE TINHA ACABADO

Quem dera, ela pensa.

AGORA VOLTOU, ele escreve. MAIS VELHO

MAIS ESPERTO
MAIS FURIOSO

A distância, o estrondo sônico de um trovão corre sobre o mar. A tempestade está se aproximando. O som atinge os ossos de Emma, a premissa de que coisas ruins vão acontecer.

E, ele escreve.

AINDA É A PORRA DO PIOR ESCRITOR QUE JÁ LI

Ele sempre fora um escritor talentoso.

Mesmo quando criança, suas habilidades eram indiscutíveis. *Cabeça de Hélice* era um *tour de force*, e *Semiautomática*, com toda a sua raiva adolescente, foi criado com uma destreza inegável.

Desde cedo, Howard escrevia com um senso de urgência. Em seu primeiro ano do ensino médio, aprendeu que S. E. Hinton havia escrito seu célebre romance *Vidas Sem Rumo*, em 1967, enquanto ainda cursava o ensino médio, e isso desencadeou uma corrida contra o tempo em sua mente. Se S. E. Hinton podia ser publicado aos dezenove anos, por que não ele? E como qualquer aspirante a escritor sabe, é uma indústria notavelmente carnívora. Menos de 1% dos romances escritos chegam a ser publicados pela via tradicional, e ainda menos dão lucros — então concluiu que precisava das orientações de um profissional para se destacar das sardinhas. Quem melhor que o autor de seu livro de *true crime* favorito?

Suas mensagens não foram respondidas. O manuscrito que enviou não foi lido. Então, em uma tarde chuvosa em Strand Beach, Washington, ele chegou a pé. Arrombou a porta com sua espada wakizashi e encontrou a casa vazia. Não sabia que a família Cowl havia partido de férias por cinco dias ao lago Crater, e que voltaria naquela noite.

Então esperou.

Não se importava.

Conforme o céu escurecia, passou horas vasculhando itens pessoais. Estudando fotos emolduradas de entrevistas no *The Tonight Show* e *Dateline*. Folheou as edições suíça e alemã de *Gritos Silenciosos*. Explorou os quartos das crianças. Serviu-se de duas cervejas que estavam na geladeira. Brincou com o revólver descarregado Smith & Wesson calibre .38, que estava pendurado na parede — um presente do Departamento de Polícia de Fort Worth "com eterna gratidão, em reconhecimento ao papel essencial de Deacon R. Cowl na apreensão do Maníaco do Curral".

Seu único erro: ter deixado o abajur da sala de estar aceso enquanto esperava. Essa luz era visível da rua e resultou em uma ligação para a polícia às 21h31, graças aos olhos atentos de Karen Cowl.

Sua prisão fora uma experiência humilhante.

Pego de surpresa portando sua espada wakizashi quando a polícia chegou, por um triz Howard não levou um tiro fatal do policial que o prendeu (sua mãe mais tarde apresentou uma reclamação formal sobre isso). As algemas se cravavam em sua pele. Suas fotos na delegacia eram humilhantes. A cela preventiva de tijolos brancos era sufocante. Esse foi um momento formativo, assim como seu quase lapso com os detetives de homicídio, a respeito do desaparecimento de Laura Birch muitos meses mais tarde. Qualquer um pode avaliar sua vida e identificar momentos-chave de oportunidades perdidas para corrigir a rota. Ele seria mais esperto. Mais silencioso. Mais letal. Chega de erros. Não era um amador.

Ele entraria em casas como uma sombra. Treinaria seus músculos para se manterem imóveis por horas, para não deixar qualquer evidência física. Suas vítimas se perguntariam se realmente o viram em seu quarto, ou se fora um mero sonho meio esquecido e um truque da luz da lua. Seria visto apenas quando escolhesse ser visto.

Retornaria ao Strand, sim.

Mas retornaria como uma pessoa completamente diferente.

ELA ESCREVE: ONDE ELE ESTÁ AGORA?

O medo a corroía.

Na janela distante, Deek examina o telescópio para a direita, e então para a esquerda em direção ao oceano. Procurando. Não é um bom sinal. O momento parece durar uma eternidade, até que finalmente o velho ergue a cabeça, olha para ela e balança a cabeça.

— Merda.

Ela escreve: ONDE VC VIU ELE DA ÚLTIMA VEZ?

Ele aponta.

Na *entrada da garagem*? Isso é informação velha. Desatualizada há um minuto, pelo menos. O autor pode estar em qualquer lugar agora, espreitando abaixado na escuridão.

— Você tinha *uma* tarefa, Deek — murmura ela, frustrada.

Ele ainda está procurando freneticamente.

Inclinado sobre seu telescópio, seu equilíbrio vacila visivelmente. Ela devia ter considerado que ele tinha bebido esta noite. Deacon Cowl tem uma mente brilhante, e, como muitas outras mentes brilhantes, sente a necessidade de matá-la com toda substância que puder encontrar.

— Uma *maldita* tarefa.

Ela faz uma lista mental da casa. Laika está em segurança no andar de cima. As duas portas estão bloqueadas com barricadas, as janelas do andar principal estão todas fechadas, e a janela quebrada está bloqueada com um sofá tombado. Nada é impenetrável. Mas se H. G. Kane — não, *Howard Grosvenor Kline* — entrar por qualquer uma dessas rotas, ela o escutará entrando.

Certo?

Sente que está se esquecendo de algo. Isso a cutuca. Na cozinha, a boca do fogão estala. A temperatura da água está subindo lentamente.

Sua cabeça dói.

— *Onde* raios ele está?

DESCULPE, o velho escreve. ME DESCULPE, EU O PERDI.

Mas Emma não se concentra mais em suas palavras — porque quando Deek se inclina para escrever mais, revela uma figura sombria, de pé atrás dele.

Howard saiu das sombras, tomando cuidado para não fazer som algum. A tábua do piso rangeu sob a sola de sua bota militar. Ele jogou o peso para o calcanhar, delicadamente, seus movimentos praticados e deliberados para evitar mexer seu sobretudo.

Soltou uma meia respiração.

Em seguida, imóvel como uma pedra no vão da porta, ergue sua Katana com as duas mãos enluvadas. O fio da lâmina estava vermelho com o sangue de Jake Stanford. Com uma posição elevada jōdan—no-kamae, mirou seu golpe de decapitação.

EMMA PÔDE APENAS ASSISTIR.

— Não.

Enquanto a tempestade se intensifica, mal consegue enxergar através do vidro embaçado pela chuva — uma silhueta de pé atrás de Deek no vão da porta aberta. Ela reconhece os ombros largos. A aba indicativa de seu fedora.

Aquele chapéu *horroroso*.

Deek volta a se inclinar sobre o telescópio, cobrindo o vão da porta de novo. Ela move os lábios:

— Atrás de você.

O velho apenas estreita os olhos para ela através do vidro molhado. Não consegue ler os lábios de Emma, mas sabe que há algo errado. Logo atrás de seu ombro ela tem um vislumbre do fedora de novo — a sombra humana que apareceu primeiro em seu quarto. Observando, imóvel como um réptil.

O truque favorito de Howard.

E, como ela agora sabe, uma fraqueza. Ele gosta de permanecer indetectável e estudar sua presa de perto, talvez para absorver melhor todos os detalhes sensoriais que escreverá mais tarde. Se não souber que foi visto, permanecerá parado. Uma vez que sua presença for percebida, ele atacará.

Pense, insiste a si mesma. *Pense.*

Em seu quadro branco, Deek desenha um ponto de interrogação impaciente. Ergue ambas as mãos em um movimento exagerado. Não faz ideia de que seu fã de carteirinha está na sala com ele, respirando o mesmo ar. A segundos de atacá-lo, cortá-lo *em pedaços* como o pobre entregador...

Pense.

Ela inspira uma respiração que lhe dá arrepios. Ergue sua caneta.

NÃO OLHE PARA TRÁS, escreve. ELE ESTÁ ATRÁS DE VC.

Ele ficou parado como uma estátua com sua Katana erguida, expirando silenciosamente pelo nariz. Estreitou os olhos para analisar o quadro branco de Emma, perguntando-se o que exatamente ela escrevia com tanta urgência para o telescópio do vizinho.

Uma oferta?

Um pedido?

Instruções?

De onde estava, não conseguia ler a escrita de Emma.

DEEK SE INCLINA SOBRE A LENTE OCULAR DO TELESCÓPIO PARA LER A SUA mensagem.

Silêncio.

Rapidamente, Emma adiciona: NÃO SE MOVA

OU ELE VAI ATACAR

O silêncio se arrasta enquanto ele lê, e então relê. Cinco segundos. Dez. Ela espera com a respiração presa, até que o velho finalmente se inclina de volta, afastando-se do telescópio. De alguma forma, através de meio quilômetro de chuva e escuridão, eles fazem um contato visual severo.

Sim. Ele entendeu.

Através de sua lente, percebe a mão de Deek se abaixando em direção à escrivaninha. Mantendo os movimentos sutis, despercebidos pelo assassino atrás dele, ele ergue um pequeno instrumento prateado à vista. O objeto brilha, extremamente pontiagudo.

Um abridor de cartas.

Não. Emma quer gritar. *Não tente lutar com ele.*

Ele vai matá-lo, também.

O velho gira o instrumento devagar em sua mão, escondido como o canivete de um presidiário. Inspira uma respiração ansiosa, seus olhos fixos nos dela. Ela balança a cabeça, agora com urgência — *Fique comigo, Deek, e pensaremos em algo, qualquer outra coisa —*, mas ele já está escrevendo sua última palavra.

CORRA

— Não.

Em seguida, Deek se levanta ("Não, não, *não...*") com seu abridor de cartas em um punho fechado, lâmina exposta, virando-se de frente para a porta atrás de si.

18

DEEK BATE NO INTERRUPTOR DE LUZ. SUA SALA DE ESTAR DISTANTE EXPLODE com iluminação, e Emma agora pode ver a figura com clareza.

Apenas um casaco pendurado.

E um chapéu preto.

Como a pele descartada de um réptil, a silhueta é apenas a forma desinflada de Howard Grosvenor Kline pendurada na lateral de um armário. Ele não está no vão da porta atrás de seu vizinho. Nunca esteve.

Deek olha para suas próprias roupas penduradas. E então para ela.

Mas que raios, Emma?

Ela se engasga com uma risada amarga e solta uma respiração presa. Odeia a si mesma por literalmente ter medo da própria sombra. Seu vizinho está seguro. Por enquanto.

Deek também procura na cozinha. E então em seu quarto. Ainda empunhando aquele abridor de cartas minúsculo para se defender. Acendendo mais luzes, e mais, até cada janela abarrotada estar iluminada. O velho bêbado está paranoico agora, checando cada centímetro quadrado de sua casa.

Então, uma nova brisa sopra sobre a pele nua de Emma, e ela sente o cheiro de algo próximo. Está na sala junto com ela. Esperando em silêncio atrás de si.

Refrigerante.

Odor corporal.

E, pungente e inconfundível: manteiga.

Ele agarrou o cabelo de Emma com uma mão enluvada.

Em seguida, puxou sua cabeça para trás com força — ela gritou com um berro rouco animalesco — e com a outra mão levou sua lâmina à garganta dela.

19

ELA SE CONTORCE PARA SE SOLTAR.

Com força.

Seu couro cabeludo se rasga. Ela escuta o som antes que a dor lancinante a atinja — um estralo nauseante, como um carpete sendo removido — e joga o corpo para a frente, fora de alcance. Seus dedos enluvados se engancham no medalhão de prata de Shawn. A corrente arrebenta.

Ao longe, Deek assiste, gritando, batendo em sua janela.

Ela cai no chão. Uma mão enluvada agarra seu tornozelo, dedos grossos como salsichas se estreitando — mas ela chuta e se arrasta para longe dele, derrubando o tripé do telescópio com um estrondo metálico. A lente se estilhaça. Suas costas batem contra a janela. Encurralada pelo vidro.

O enorme boneco Chuck se aproxima, seus olhos de porco fixos nos dela, ainda com um tufo de seu cabelo na mão. Com a mão direita, ele move sua Katana. A lâmina de noventa centímetros golpeia como uma serpente, rápida demais para ser vista a olho nu, esparramando uma bruma fina de sangue no chão aos seus pés.

Em uma defesa desesperada, ela levanta sua única arma.

Um *martelo*.

E então, há uma supernova de luz. Tão clara como luzes de palco em um show, enchendo a sala com mil watts de uma selva de verde vívido.

O som chega, tão avassalador quanto um tiro de artilharia. Contra seu cóccix, ela sente a placa de vidro vibrando na esquadria da janela.

O assassino interrompe seu golpe. Está surpreso, instável. Olhando janela afora sobre o ombro dela, em direção ao clarão repentino e dramático.

Está desconcertado.

Emma não.

Ela sabe exatamente o que é.

Um segundo clarão explode sobre a casa de Deek: laranja em chamas. A luz perfura o céu noturno, desenhando acres de relva nas dunas em perfeitos detalhes enquanto brasas fumegantes caem ao chão junto com a chuva.

É o suficiente.

Obrigada, Deek...

Howard Grosvenor Kline se recupera rapidamente e ataca de novo, mas ela já aproveitou o momento e saiu correndo, sua lâmina atrasada apenas meio segundo. Ela corre para a cozinha.

Obrigada, obrigada, obrigada...

Fogos de artifício desabrochavam lá fora enquanto ele a perseguia até a cozinha. Uma explosão retumbante após a outra, um caleidoscópio de sombras passando.

Mesmo na adrenalina do momento, reconhecia a rápida sagacidade de Emma. Ela sabia que tentar alcançar a porta da frente, bloqueada pela barricada, seria um erro fatal; que mover a mesa e soltar a trava custaria um tempo que ela não tinha. Suas opções eram escassas. Em vez disso, derrapou na curva da cozinha, virando com tudo, e desceu correndo para o porão. Ele a seguiu, entrando na cova de escuridão úmida, embora sem pressa. Não havia saída do porão.

Ela havia encurralado a si mesma.

Os degraus estavam podres, úmidos sob os pés. No fim das escadas, ele sabia exatamente onde se abaixar para evitar bater a cabeça no cano de cobre baixo. Esse andar de baixo desaconselhável tinha quase cento e cinquenta metros quadrados, mas estava atulhado de caixas de papelão e gerações de mobílias mumificadas em plástico-bolha. Relíquias envoltas em sacos, comidas por mariposas. As paredes das fundações pareciam suar uma água odorosa, gotejando em um piso de cimento embolorado.

Ali embaixo estava escuro como breu. Impossível enxergar. Ele sabia que sua presa podia estar se escondendo em qualquer lugar naquele espaço nauseabundo e úmido.

E… sabia que o porão tinha um interruptor na parede imediatamente à sua esquerda. A meio metro de onde estava. À altura de sua cintura. Não precisava tatear para encontrá-lo; a localização já estava impressa em sua memória muscular quando estendeu uma mão confiante.

EMMA BRANDE O MARTELO COM TODA A SUA FORÇA.
Mesmo na escuridão total, ela se lembra exatamente onde fica o interruptor. O que significa que sabe exatamente onde Howard deve estar. E, o mais crucial: exatamente onde deve colocar a mão para acender as luzes.

Um golpe direto.

Ela jura que consegue sentir os ossos de seus dedos enluvados sendo esmagados como gravetos. As luzes do porão lampejam como um relâmpago. Ele grita entre dentes cerrados, um grito de menina.

Mal sentiu dor.
Sequer gritou ou grunhiu. Howard sempre fora um lutador musculoso e habilidoso no corpo a corpo, com uma tolerância excepcional à dor. Mesmo sendo pego em uma emboscada no porão, já estava contra-atacando tranquilamente. Ela acertou sua mão direita, sim, mas a um preço fatal: se esqueceu de sua mão esquerda. Com ela, ele brandia sua Katana.
Diretamente no rosto de Emma.

A ESPADA PARA A CENTÍMETROS DE SUA BOCHECHA. SEU TÍMPANO TINIU COM o impacto. A lâmina de aço vibra, enterrada pelo menos um centímetro no pilar estrutural ao seu lado.

Parece sorte.

Não é.

Emma não fugiu para o porão por desespero. Ela *escolheu* o porão. Bem aqui, neste lugar abarrotado onde a espada de Howard tem pouco espaço para um golpe ininterrupto. Sabe que não tem chances em uma luta de verdade: ele é maior, mais forte e está armado. Então o atraiu para um ambiente onde ela tem vantagem, onde pode atacar das sombras. Golpear e fugir.

Howard urra em agonia, os ossos em sua mão direita esperançosamente estraçalhados. Sua mão boa solta o cabo da espada — ainda profundamente enterrada na coluna de sustentação — e tira sua pistola preta do sobretudo.

Mas ela já quebrou o contato e está correndo para o andar de cima.

Ataque.

Esconda-se.

Repita.

Escuta o grito ferido ressoando pela escada escura atrás de si. Humilhado. Furioso. Tudo aconteceu em segundos. Ele sabe que perdeu esta rodada, apesar de todas as vantagens, e Emma já está lá em cima, preparando sua próxima emboscada.

```
      Com sua mão esquerda ferida, girou sua Katana,
libertando-a do pilar. A lâmina de aço rangeu e se soltou.
Em anos de treinamento em caça, havia praticado inúmeros
golpes fatais utilizando sua mão não dominante. Agora, ele
começaria a usar essas habilidades.
      Com dentes cerrados, removeu a luva de látex de sua
mão direita. Seus dedos já começavam a inchar. Mais tarde,
um exame médico determinaria que a falange proximal de seu
dedo médio estava fraturada, assim como dois metacarpos.
Apesar de Howard ter uma excepcional tolerância à dor, foi
indiscutivelmente um baita golpe. Talvez dê a Emma
Carpenter alguma satisfação póstuma saber que, apesar de
ter morrido, seu golpe com o martelo naquele porão escuro
não poderia ter sido mais perfeito.
      No andar de cima, a batalha continuaria.
```

A SALA DE ESTAR.

É onde o atacará em seguida.

O topo das escadas é um lugar óbvio demais. A cozinha, com a água que ainda esquenta no fogão, será seu próximo destino. Quando ele tiver procurado em ambas essas áreas, começará a se preocupar, perguntando-se se ela já está lá fora, correndo para a casa de Deek para pedir ajuda. No caminho para a sala de estar, ele estará focado nas janelas. Estará vulnerável a um ataque vindo desta curva cega.

É perfeito.

Emma se espreme contra a parede, controlando suas respirações. Em sua mão agora: a chave de fenda enferrujada de Jules. Quando Howard dobrar a quina, ela o perfurará com uma facada no rosto e encerrará a noite para sempre.

Pensa na futura advogada. E na futura psicóloga.

Sejam lá quais fossem seus nomes verdadeiros. É uma mera ilusão, mas espera que em algum lugar as duas mulheres a estejam observando e sorrindo. E que talvez, de alguma forma, todas as vítimas anteriores de Howard estejam torcendo por ela esta noite, celebrando suas vitórias, amargurando suas derrotas. Ela deve ser a primeira vítima a quebrar um de seus ossos, pelo menos. Na pior das hipóteses: tornará *Praia da Morte* um grande romance de H. G. Kane. Na melhor das hipóteses: ele não viverá para sequer escrevê-lo.

Vamos ver se consegue se sair melhor, dissera ele, do outro lado da porta.

De fato.

Vamos ver.

Outro golpe de artilharia vindo da casa de Deek: o velho deve estar acendendo todo o seu estoque, um atrás do outro. Qualquer coisa para interferir na caçada do assassino, confundir seus sentidos, dar a Emma uma chance de revidar. A sala se enche de luz — azul-marinho agora. Sombras vertiginosas correm pelo chão, sobem pelas paredes. Tudo parece um sonho febril.

Seu coração bate forte. Suas bochechas estão muito quentes.

De pé, em silêncio, ela considera correr para fora e fugir para a casa de Deek — talvez tenha ganhado uma vantagem suficiente —, mas então escuta botas molhadas no piso. Ele já emergiu do porão. Logo estará perto o suficiente para que ela sinta o seu cheiro, de novo.

Outro lampejo de luz roxa descendente. Em seguida, escuridão de novo. Ela escuta as botas do autor guinchando pela cozinha, até a sala de jantar. Está a apenas alguns passos de distância. Virando a quina da parede. Ela sente o peso de sua chave de fenda, com a ponta para fora. Sabe que precisará perfurar *com força*. Com sua outra mão apoiada por trás.

Meio quilômetro ao norte, Deek detona mais um fogo de artifício.

Vermelho-sangue.

Em um lampejo de luz arterial, consegue ver a sombra preta de Howard se estendendo pelo piso de madeira aos seus pés. É espantosamente clara. Consegue ver que ele caminha com cuidado, portando a pistola na mão esquerda. Isso é bom. Sua mão dominante está incapacitada. Sua precisão será menor.

Ela prende a respiração.

Você consegue, Shawn sussurra em seu ouvido.

Predador e presa estão separados apenas por uma curva cega agora. Ela escuta o clique metálico, espantosamente próximo. É o cão da pistola sendo engatilhado. Chega de brincar com espadas. Ele matou o entregador, está ferido e está desesperado. Ela o desafiou, com certeza.

Contrai a mão ao redor da chave de fenda.

Não tenha medo. Você consegue, Em.

É como pintar uma montanha de gesso. Confie em seus instintos.

Eu sei que consegue.

Mas, como sempre, a realidade é mais complicada. O ferromodelo havia desaparecido de suas vidas lentamente conforme a luta mensal para engravidar dominou suas noites e discussões. Não se lembra da última vez em que viu Shawn ligar seus trens. Pouco a pouco, partes pequeninas se quebraram e não foram remendadas. Quando o encanamento do banheiro do primeiro andar estourou em abril, os trilhos se enferrujaram e a montanha que ela havia ajudado a construir desmoronou, danificada pela água. Nenhum deles ousou examinar o dano total. É mais fácil não olhar.

As últimas brasas vermelhas se apagam.

A casa afunda na escuridão. Mas consegue ouvir as botas do autor, espreitando e se aproximando nas tábuas ásperas do piso. Ela terá uma chance de acertar seu rosto. Não pode errar.

Não vai errar, diz seu marido.

A sala mergulha no silêncio.

Apenas escuridão.

Os fogos de Deek devem ter finalmente acabado. Isso significa que ela terá que atacar Howard no escuro. Tudo bem. Não é o ideal, mas tudo bem. Agora ele dá um passo final em direção à borda da quina e para.

Nos veremos de novo, sussurra Shawn. *Te encontro lá.*

Fechado, promete ela.

É silencioso, mas ainda assim surpreendente, quando a forma preta de Howard Grosvenor Kline aparece espreitando na curva. A centímetros de distância. Procurando na vasta sala de estar, examinando montes de sombras em busca de sua presa. Seja lá o que espera ver, com certeza não é isso.

Ela finca a chave de fenda direto em seu rosto.

— Isso é pela futura advogada e pela futura psicóloga, *seu cretino.*

20

SUA CHAVE DE FENDA MERGULHA NA CARNE MALEÁVEL. ELE BERRA, UM gemido arquejado. Sua pistola cai no chão e rola para longe.

No céu noturno, um último lampejo. Havia um último fogo de artifício, afinal. Esse queima em branco. Impiedoso. Um clarão nuclear. Na forte explosão de luz, ela encara olhos surpresos, vasos sinuosos como trepadeiras, a centímetros dos seus. A chave de fenda havia se desviado de sua mandíbula e descido, perfurando profundamente a carne macia logo abaixo de sua garganta. Entre os dedos, ela sente os batimentos cardíacos dele. Seus olhos se suavizam em algo que parece tristeza.

Ele gorgoleja. Ela sente sua voz fazendo a chave de fenda vibrar.

— *Emma?*

Ela sussurra de volta, não reconhecendo sua própria voz abalada.

— Deek.

PARTE TRÊS

21

— VOCÊ VAI ACABAR MATANDO ALGUÉM — DIZ SHAWN.

— Não tem problema.

— É sério, Em.

Teria sido mais simples voar, mas o aeroporto de Salt Lake City fica saturado durante o feriado. Ela nem queria ir a esse maldito churrasco. Ama Shawn de coração, mas sua família em Denver sempre a esgotava.

— Olhos na estrada — a voz do marido se eriça. Ele aponta para o seu celular sobre o joelho dela enquanto ela dirige. — Você está dirigindo. Deixa que eu vejo a rota.

Não precisa. Sempre preferiu ver a rota sozinha, e, neste momento, nem o Waze de Emma ou o Apple Maps de Shawn tinham uma vantagem, de qualquer forma. Seis horas de rodovia Interestadual 80 se tornam sete horas de Rota 40, e depois voltar de novo. Até os satélites estão confusos. A estrada está engarrafada com quilômetros de carros atulhados com tendas, caixas térmicas e crianças brigando. A onda de calor é sufocante, a fumaça do incêndio florestal de Yellowstone torna o ar mais denso.

— Concentre-se na estrada.

Ela está concentrada.

Há um acidente em algum lugar bloqueando as duas pistas da direita. Ela ainda está se movendo a cento e dez, mas o trânsito ao seu lado está completamente parado. Metal, vidro e retrovisores passam em lampejos de luz do sol refletida. Ela ignora as buzinas berrantes, o sabor áspero de fogueira e escapamento, a enxaqueca dando pontadas em seus pensamentos.

Seu aplicativo apitou de novo. Manter o curso? Ou redirecionar para a Rota 40?

— Fique na interestadual — diz ele. — Ainda é mais rápido.

Não é que os pais de Shawn não gostem de Emma. Mas como uma arquiteta e um advogado morando em uma casa que deve ser visivelmente confortável, eles também têm extrema consciência de que Emma se formou em física teórica e dá aula de matemática no ensino fundamental. Eles sempre lhe perguntam do trabalho — as mesmas perguntas vagas sobre os alunos e métodos de ensino, com seus sorrisos grandes demais —, mas algum dia um deles bebe uma taça a mais de vinho perfeitamente envelhecido, e faz a pergunta real: qual é o seu plano *de verdade?* Porque este salário estadual não pode ser o seu plano. Certamente o filho deles não *acabou* de se casar com uma professora de ensino fundamental.

— Eles gostam de você. — Shawn sempre tentava confortá-la. — Eles só queriam que você falasse mais.

Ela sabe que ele está mentindo.

— Queria que você conversasse com a minha família.

Ela tenta.

— Queria que você tentasse mais.

Ela sabe que deveria. Mas seu lado egoísta detesta cada viagem nos feriados. Seria mais fácil se seus familiares fossem um bando de cretinos, mas não são. Apenas têm vidas dolorosamente fantásticas. Os dois irmãos de Shawn também são iterações mais ousadas e impetuosas dele mesmo, e cada um sempre traz uma versão mais deslumbrante de Emma ao seu lado. Certo ano, era uma atriz de verdade com sua própria série na Netflix. Sempre que gente rica descobre que você é professora, eles suspiram o mesmo suspiro precioso, como se você tivesse dito que o seu cachorro morreu.

E Shawn não percebe, mas ela não está realmente prestando atenção no mapa de seu celular. É seu aplicativo de e-mail que ela observa em segredo. Toda vez que a voz mecânica da Siri recalcula a rota, é uma desculpa para atualizar o e-mail e checar de novo.

— Em, por favor pare de olhar para o celular.

Porque se Crystal, sua colega de trabalho, responder que não pode cobrir o plano de aulas de Emma na próxima sexta (e ela tem 80% de certeza de que não vai poder), eles não terão escolha senão encurtar a exaustiva visita de seis dias a Denver com a família de Shawn para três dias, muito mais toleráveis. Salva pelo gongo.

Emma arrasta a tela e atualiza a página de novo.

Aí está.

Um novo e-mail de Crystal.

Começa com: Oi, Emma — acho que consigo

— Em...

Seu marido levanta a voz em pânico.

Quando levanta o olhar, uma carreta de nove eixos havia saído da pista engarrafada, entrando diretamente na dela, a porta do reboque do caminhão vindo a cento e dez por hora.

— **SINTO MUITO.**

Deek pisca. Ela não sabe se ele consegue escutar.

— Ai, meu Deus. Me *perdoe*.

Ela solta a chave de fenda. Parece pairar ali, empalada logo abaixo de sua garganta. Seus olhos se embaçam com lágrimas, fixos nos dele, enquanto Deacon Caowl dá um passo cambaleante para trás e bate contra uma parede. Uma foto enquadrada cai e se quebra.

— Deek, eu não sabia que era você...

Ele escorrega pela parede. Ela tenta segurá-lo ereto, mas perde o equilíbrio e cai com ele, machucando os joelhos no piso de madeira. Ele apalpa cegamente em busca da chave de fenda, envolvendo os dedos ao redor do cabo...

— Não. — Ela tenta impedir. — Não, não puxe...

Tarde demais. Uma enxurrada de sangue fresco escorre pela capa de chuva fechada pela metade de Deek, e Emma pressiona a mão contra seu pescoço. Líquido quente jorra entre seus dedos. Consegue sentir a vida escorrendo dele, e *ela* fez isso. Não Howard. A culpa não é de ninguém mais.

A culpa é minha.

Como naquele dia quente de julho. A cento e dez por hora com seu celular sobre o joelho.

Ai, Deus, eu fiz isso...

— Pressão. Mantenha pressionado. — Ela guia a mão dele à clavícula. Seus dedos estão fracos. Está escuro demais para enxergar o ferimento. Teria cortado sua carótida? Sua traqueia? Será que ele sequer consegue respirar?

O peso de tudo cai sobre ela, esmagando seus pulmões e expulsando todo o ar. Cometera um erro terrível, irreversível. Deek entrou na casa para *ajudá-la*.

Isso é homicídio culposo.

Ele é menor do que parecia ao telescópio. Pequeno demais para sua cabeça de George Clooney. É um homenzinho compacto, quase como um duende, encolhido pelas mangas de sua capa de chuva. Devastadoramente frágil. A mente brilhante que adivinhou todas as suas palavras na forca com uma precisão absurda, que em uma vida passada ajudou a polícia do Texas a pegar o Maníaco do Curral, agora estava ali deitado, sangrando, morrendo em seus braços.

Ela tira seu moletom e o pressiona contra o peito dele. Não é o suficiente. Vasculha as gavetas em uma escrivaninha próxima. Canetas. Tesouras. Carimbos. E, revirando a primeira gaveta, o melhor item que consegue encontrar: um rolo de fita adesiva.

Ela o apanha.

— Me desculpe. Vai doer.

Deek afasta as mãos, dando espaço para que Emma aplique a fita em puxadas crepitantes. Com dedos ensanguentados, ele aponta furiosamente para o outro lado da sala. Sobre seu ombro, em direção ao relógio de pêndulo. Ele luta para falar, movendo os lábios sem emitir sons, duas sílabas pesadas: *Corra*.

Em outra parte da casa, a porta do porão se abre com um baque.

Howard está vindo.

Ela ignora tudo e morde outro pedaço da fita adesiva transparente. O plástico brilhante prende bolhas de ar contra sangue e pele. Deek ainda aponta com urgência, arquejando.

Corra.

Corra.

Corra, seus olhos desvanecentes imploram. *Deixe-me e corra.*

Não consegue. Não vai. E já é tarde demais de qualquer jeito, pois escuta as botas militares entrando na sala atrás dela. Howard Grosvenor Kline está aqui.

Não importa. Nada importa.

Emma queria estar debaixo d'água. Agora. Na escuridão frígida, com seus pulmões se enchendo de água salgada e sua mochila puxando seus ombros com o peso de todos os seus erros. Esse sempre fora seu destino. Assim como sua mãe, a autodestruição está em seu sangue. Só que Emma se afogará na água do mar em vez de vinho de caixinha.

Queria que tudo simplesmente acabasse, que essa sensação agonizante terminasse, que a dor imensa desaparecesse. Daria qualquer coisa para que a dor desaparecesse.

Fecha os olhos.

— Me desculpe — sussurra ela. — Eu sinto *muito*.

Por Deek.

Por Shawn.

Por todos.

22

Até este momento, Howard Grosvenor Kline havia mantido um controle excepcional sobre os eventos da noite. Todos os veículos foram desabilitados. Todos os meios de comunicação foram cortados. Todas as testemunhas foram despachadas violentamente. Seu impasse com Emma Carpenter — não obstante alguns desdobramentos inesperados — estava perfeitamente contido naquela praia isolada.

Até agora.

É aqui que *Praia da Morte* evolui além da imaginação de seu criador; o ponto decisivo em que a situação se transformou em algo além do controle até de Howard.

Às 22h08, dois guardas da polícia de Strand Beach chegaram ao endereço de Emma. Cabo Eric Grayson (um veterano de trinta anos) confirmou a chegada com uma mensagem pelo rádio, e o agente Greg Hall (um recém--contratado em seu período de experiência) saiu do veículo primeiro e examinou a escuridão. Conforme avançavam pela entrada da garagem, os policiais provavelmente passaram a menos de dezoito metros do corpo de Jake Stanford, escondido na relva. A chuva forte era uma bênção; já havia lavado qualquer traço perceptível de sangue da brita aos seus pés.

Ao se aproximarem, os policiais notaram algo suspeito.

Cabo Grayson subiu as escadas da soleira, tentou apertar a campainha primeiro — encontrando-a intacta, mas curiosamente sem funcionar —, e então bateu à porta com a mão fechada.

— **POLÍCIA.**

A voz ecoa pela casa escura.

Emma abre a boca para gritar, mas um círculo metálico é pressionado contra a base de seu crânio e torcido com força, obrigando-a a se deitar de barriga para baixo. Já sabe exatamente o que é. Segurando seu ferimento coberto de fita adesiva, Deek observa com olhos arregalados em terror.

Os três permanecem em silêncio.

A voz do segundo policial, mais jovem:

— Emma? Está tudo bem?

O cano da arma de Howard pressiona um anel doloroso em sua pele, seus dedos talvez a dez gramas de disparar o gatilho e acabar com a sua vida. O ar se pressuriza com sons crescentes — a arrebentação de ondas tempestuosas, o martelar da chuva, o sibilar contínuo da panela de água esquecida por Emma na cozinha, agora começando a ferver.

Os policiais tentam de novo:

— Emma?

Deek leva um dedo ensanguentado aos lábios: *Shh.*

Ela confirma — devagar, com uma arma à sua cabeça —, mas sabe que o impasse é mais complexo do que isso. A ameaça é mútua e é uma faca de dois gumes.

Ela não pode falar — ou Howard atirará.

Howard não pode atirar — ou a polícia ouvirá.

Ninguém está no controle.

— Último aviso — brada a voz mais velha.

A maçaneta da porta é sacudida — estão testando a fechadura — e em seguida, passos na varanda lá fora. Com as palavras entaladas em sua garganta, ela percebe que os policiais estão tomando posição para arrombar a porta. Agora. Estão vindo.

Finalmente, o assassino fala. Sussurra ao seu ouvido, fazendo os pelos de sua nuca se eriçarem:

— Emma, atenda a porta.

De início, pensa que ouviu errado.

— Diga a eles... — Ele afasta a arma de seu crânio, dando-lhe espaço para se levantar. Ela espera que ele se resigne a se entregar à polícia, que escreve o livro desta noite em uma cela na prisão e que *Praia da Morte* seja o primeiro conto de H. G. Kane em que a vítima potencial sobrevive...

Então, sua voz se endurece.

— Vou escutar cada palavra que disser. Vai dizer aos policiais que está tudo bem por aqui esta noite, que você está sozinha, e fará eles irem embora.

Howard puxa o cão da pistola com o polegar — um clique metálico faminto — e pressiona o cano à testa de Deek.

O velho ferido estremece, cerrando os dentes ensanguentados.

— Ou eu terminarei o que você começou.

23

ELA ABRE A PORTA EXATAMENTE ATÉ A METADE.

Inclina-se contra o batente de uma forma que espera parecer natural. Tenta não pensar demais em suas palavras.

Olá? Não.

Boa noite? Não.

Qual é o problema, policiais? Credo, não.

Deviam estar a segundos de derrubar a porta aos chutes. Ambos os policiais se afastam, dando-lhe espaço — um velho, um novo. O telhado da varanda é exatamente estreito o suficiente para que os dois fiquem desconfortavelmente próximos. O policial velho começa a falar:

— Emma Carpenter, certo?

Ela confirma com a cabeça.

— Está tudo bem?

Não há tempo para se autocorrigir. Agora não.

— Está. — Ela esconde as mãos molhadas atrás do batente. No caminho, passou pela cozinha e lavou rapidamente o sangue de Deek das mãos, mas sabe que ainda é visível sob suas unhas.

— Algum sinal daquele estranho?

— Não.

— Há mais alguém em casa com você?

— Não. — Os faróis são cegantes, iluminando-a pela fresta da porta aberta como se ela estivesse sobre um palco. Sua nuca ainda dói pelo cano da pistola de Howard.

— Tem certeza de que está sozinha? — O policial mais velho tem um brilho debochado nos olhos. Ele olha para dentro, sobre o ombro dela. — Pensei ter escutado uma voz de homem.

Merda, ela pensa.

Na sala ao lado, sabe que Howard Grosvenor Kline está ouvindo cada palavra em silêncio, com as palmas suadas e uma arma apontada para a testa de Deek. Seu dedo pressionado contra o gatilho. Seu refém sangrando lentamente até a morte — ai, *Deus*, ela espera que a fita permaneça grudada.

Ela pensa rápido.

— A TV está ligada.

— Não a escuto.

— Coloquei no mudo.

A casa de Jules não tem uma televisão, mas os policiais não têm como saber disso. Para preencher a pausa desconfortável, ela sorri.

Na cozinha, escuta um borbulhar. A água ferveu por completo. Finalmente, o policial velho olha para o policial novo. Suspira, pega o rádio e murmura algo — jargão de polícia, misturado com números —, e então volta a olhar para Emma.

— Desculpe incomodá-la tão tarde. Estamos aqui para uma inspeção de segurança.

Impossível. Deek tentou ligar para a polícia, sim, mas seu telefone também havia sido cortado.

Certo?

E... por que o velho correu até aqui para confrontar Howard, pensando bem? Isso foi inconsequente. Quase suicida. Não faz sentido. Ele não poderia ter planejado confrontar seu fã desequilibrado apenas com palavras. Uma pessoa já morreu esta noite.

Então, lembra-se da forma como Deek apontou para o outro lado da sala com um dedo ensanguentado. Arquejando uma palavra sufocada, com a boca cheia de sangue e lágrimas em seus olhos inchados, enquanto o assassino se aproximava, sem parar.

Ele não dizia *corra.*

Tem certeza disso. Um milhão por cento de certeza. Pois minutos antes, enquanto se escondia atrás da parede com a chave de fenda em mãos sob lampejos de cores vívidas, ela ouviu o cão de uma arma sendo engatilhado. E ouviu uma arma caindo sobre o piso de madeira no instante em que atacou, um objeto metálico deslizando pelo chão escuro em direção ao relógio de pêndulo, exatamente para onde ele apontava de forma tão urgente.

Deacon Cowl viera preparado, afinal.

Ele estava dizendo *arma.*

ELA ESTAVA EM SILÊNCIO HÁ TEMPO DEMAIS.

Os policiais começaram a suspeitar.

Ela tenta não pensar na arma carregada repousando em algum lugar na sala escura junto com o assassino e o refém. Precisa avisar os policiais do perigo, para que ajam em sua defesa. De alguma forma. Sem fazer com que Deek seja assassinado. Howard escuta suas palavras, mas não consegue ver seus lábios. Precisa escolher seu momento com cuidado.

Para preencher o silêncio, ela pergunta:

— Foi o Deek que chamou vocês?

— Deacon Cowl? — O policial velho mira o norte. — Não. Não foi ele.

O policial novo estreita o olhar através da chuva, examinando as planícies.

— É o cara do *true crime*, não é? Que disparava fogos de artifício mais cedo?

O policial velho volta a olhar para Emma.

— Você o conhece?

— Somos amigos. Mais ou menos.

— Deek não é para qualquer gosto. Eu e ele temos muita história.

Ela sorri por educação. Tentando agir como se o pobre homem não estivesse na outra sala com um ferimento grave no pescoço e uma arma apontada à cabeça.

— Algumas dicas que aprendi com ele — o policial velho conta nos dedos —: não converse sobre política com ele. Se já passar das três, não o deixe dirigir. E não fale do fã maluco que invadiu a casa dele há alguns anos.

O sorriso falso de Emma aumenta.

Se você soubesse...

Consegue ouvir a água borbulhando furiosamente agora. Transbordando.

Fingindo calma, olha em direção à casa de Deek, para as janelas distantes, aquecidas com a luz interior. Não consegue ler o quadro do velho sem o telescópio, e, por sorte, os policiais também não. Mas dentro da sala de estar abarrotada do velho, ela consegue ver com dificuldade a cornija sobre a lareira. E um espaço vazio na parede, onde antes havia um revólver pendurado.

Isso confirma tudo. Ele *havia* trazido sua arma.

Mas uma hora atrás, Deek lhe dissera que não havia balas. Teria ele mentido? Ou estaria blefando agora? A incerteza se retorce em sua mente. Tenta navegar por essa situação instável, tenta ir devagar, um problema de cada vez.

Então não foi Deek quem chamou a polícia.

Quem, então?

Ela pergunta de forma direta:

— Quem pediu esta inspeção de segurança?

A única pessoa que ela sabia que estava em perigo esta noite não havia conseguido chamar a polícia. Então, quem resta? Não consegue pensar em ninguém mais. Havia se isolado no Strand junto com Laika. Está perfeitamente sozinha, por escolha própria.

Na entrada para carros, a porta de um carro se fecha com um baque repentino. Emma espia sobre o ombro do policial novo — ele dá um passo para o lado, virando-se e revelando um novo veículo estacionado ao lado da viatura. Um Lincoln preto. Elegante e imperial.

— Falando no diabo... — diz o policial novo.

— *Ela* pediu.

O policial velho aponta para a mulher que se aproxima da soleira, protegendo o rosto da chuva. Embora nunca tivessem conversado pessoalmente, Emma reconhece a proprietária pelas fotos dos porta-retratos.

Jules.

24

— EMMA. — ELA SE APRESSA SUBINDO OS DEGRAUS. — É TÃO BOM CONHECÊ-LA em pessoa, finalmente.

Ah, pelo *amor de Deus*.

Emma sorri educadamente, tentando não se retrair, enterrando as unhas na maçaneta. Segurando a porta aberta exatamente até a metade. Nem um centímetro a mais.

O sangue cuprífero de Deek sob suas unhas. Esconde a mão.

Ela consegue.

— Desculpe por tudo isso. — *Tudo isso* parece significar os tiras, por quem Jules passa às cotoveladas. Ela é baixinha, atarracada, com um corte de cabelo grisalho estilo "Karen" e uma jaqueta justa da Burberry que deve ter custado mais do que o carro de Emma. Dispara um sorriso dentuço.

— Você não atendia às minhas ligações e não respondia às mensagens. Estava em Ocean Shores esta noite e quis garantir que você estava bem por aqui.

— Desculpe — diz Emma —, a internet caiu...

— O quintal está tão escuro — Jules diz. — Por que as luzes dos sensores de movimento não estão acesas?

Deus do céu, ela muda de assunto rápido.

É o suficiente para desestabilizar Emma. Ela gagueja, em busca de uma resposta, enquanto ambos os policiais a examinam com uma atenção renovada.

Consegue sentir a situação fugindo de seu controle.

Ela imagina Howard Grosvenor Kline abaixado na sala de estar com sua arma pressionada contra a testa de Deek. Ouvindo cada palavra que diziam. Então se pergunta: quão boa seria sua audição? Ele a caçou com uma precisão incrível esta noite. Mas conseguiria escutar um sussurro?

Se estiver errada, ela sabe, *Deek morrerá.*

Não apenas Deek.

Talvez *todos eles.*

— Emma? — Jules a encara agora.

E essa mulher era um elemento inesperado. Como as crianças nas aulas de Emma que secretamente a aterrorizavam — inocentes, aceleradas e imprevisíveis. É impossível se preparar para elas. É preciso improvisar para acompanhar o ritmo delas. Jules tem exatamente o tipo de personalidade que faz Emma se arrepiar toda, parada na varanda ao lado de dois policiais armados e cada vez mais desconfiados.

Escuta a água silvando na cozinha. Incontrolada e agora transbordando, sibilando sobre a boca de nicromo em brasa no fogão.

Tudo, transbordando.

— Eu desliguei os sensores — mente Emma. — O vento na grama os ativava toda hora, e a luz estava me dando dor de cabeça enquanto lia...

— Sua arma de choque chegou?

Novo assunto.

Deus do céu, dona.

Tenta pensar: seria mais seguro mentir e dizer que está com a arma de choque? Jules talvez peça para entrar e vê-la. Ou dizer a verdade, que não a recebeu? E outra semente de preocupação: o entregador do correio estava morto já há uma hora; sua van estacionada atrás da garagem. Quanto tempo haveria até que seu supervisor relatasse o desaparecimento?

— A arma de choque que comprei para você — repete Jules. — Lembra?

Emma tira cara ou coroa em sua mente.

— Recebi.

— Perfeito. Se o Cara de Demônio voltar, dê um choque bem nas bolas.

— Pode deixar.

Jules olha para os policiais.

— Vocês têm Tasers, certo?

O policial velho confirma.

— Podem mirar nas bolas?

— Bem, é uma corrente elétrica, então não funciona bem assim. — O policial velho coça o bigode, claramente desconfortável. — Ela desajusta seu controle muscular, então não importa exatamente onde as pinças estabelecem o contato...

— Mas as bolas são provavelmente o lugar mais doloroso, certo? De todos os lugares do corpo?

Silêncio.

— Eu... eu diria que sim.

— Provavelmente — concorda o policial jovem.

Jules volta a olhar para Emma.

— Eu disse. Nas bolas. — E volta aos policiais. — Estou dizendo há anos que a população sem-teto no Strand é inaceitável. Na parte sul, a praia é basicamente uma cidade de tendas. A cada inverno, aparecem mais...

— Pois é. — O policial velho mal dá ouvidos. — Estamos cientes.

— E esse mendigo com máscara de demônio não é novo. Meu filho ficou *apavorado* com esse maluco no inverno passado. Latindo como um cachorro. Espreitando na relva, testando as fechaduras da casa. E agora esse ano ele aparece na câmera da minha campainha e dá um *puta* susto na minha caseira.

Uma frieza indesejada desliza pela espinha de Emma. *Cara de Demônio esteve aqui no ano passado, muito antes de eu ter dado uma estrela para o livro de Howard.*

O que significa... *Aquele não era o Howard.*

Lembra-se de Howard insistindo que havia tentado salvar sua vida contra *outra* pessoa. Outro ser. Talvez o maior perigo ainda esteja solto, observando em meio à relva alta. Sua mente está acelerada; mentiras e erros de cálculo e veneno de rato e armas carregadas e curativos rudes de fita adesiva sobre bolhas de ar sanguinolento, lutando para segurar um lacre precário.

É vertiginoso.

— Mantenha as portas trancadas — aconselha o policial velho.

Emma expira, escondendo o arrepio em sua respiração. Chega de esperar. Abaixará a voz e sussurrará que está em cativeiro, que há um homem com uma arma na sala de estar, com um refém. Os policiais fingirão se despedir de forma amigável, deixarão a casa e chamarão reforços pelo rádio. Talvez, *talvez,* surpreenderão Howard quando entrarem na casa. Se forem rápidos e tiverem sorte, atirarão nele antes que ele puxe o gatilho e mate Deek...

— Emma?

Ficou sem palavras de novo. Os policiais perceberam. Jules também.

— Tudo bem com você?

Está bem ali. Na ponta de sua língua. Apenas ar. Um sussurro: *Ele está dentro da casa. Está prestes a matar Deek, agora.*

Diga.

Na varanda, à sua esquerda, o policial novo mira a janela e suas sobrancelhas se contraem com preocupação. O estômago de Emma afunda... ele percebeu a cortina se mexendo atrás do vidro, tocada por uma brisa suave que não deveria existir.

Ele espia dentro.

Howard estava parado feito uma estátua atrás da cortina. Ao ir monitorar mais de perto a conversa de Emma com a polícia, cometera um erro. Havia movido levemente o tecido pendurado.

Do outro lado da janela, o agente Hall estava a centímetros de distância.

Howard conseguia ver a sombra do jovem contra a cortina floral, causada pelos faróis, e sabia exatamente onde mirar para dar um tiro fatal pelo vidro. Mas atacar seria um último recurso. Precisava evitar iniciar um tiroteio a todo custo, pois sabia que esses dois policiais de Strand Beach na varanda eram muito mais perigosos do que Jake Stanford. Estavam armados. Eram treinados. E o mais importante, tinham rádios.

No silêncio delicado, Howard esperou. A única coisa que mantinha o agente Greg Hall, de vinte e três anos, vivo, era uma camada fina de tecido e vidro.

E as palavras de Emma Carpenter.

Tudo dependia do que ela dissesse a seguir.

— **EU...**

O policial velho a encara.

— Algum problema?

Consegue sentir os olhos de Howard ao seu lado. Seu dedo no gatilho, a um espasmo muscular de disparar. O policial novo não faz ideia.

Todos a observam.

Seu plano agora é impossível. Não pode sussurrar para os policiais com Howard *logo ali*, à sua esquerda. A menos de dois metros de distância. Ele ouvirá. Detectará qualquer gesto, qualquer sinal dissimulado que tentar enviar, e não terá escolha senão abrir fogo.

— Emma?

Nenhuma palavra sai. *Diga algo, caramba.*

Tudo está desmoronando, saindo de seu controle. Consegue ver o massacre agora. Howard atira. A janela se estilhaça. O policial novo cai, segurando um buraco em seu peito. O policial velho levanta o braço pouco antes de a bala de aço de Howard atingir seu pulso. E Jules, pobre Jules, presa na linha de fogo sangrenta...

— Emma. — O policial velho se inclina, mais perto. — Há alguém dentro de casa?

Ela escuta Howard inspirar um arquejo pequeno, surpreso. Consegue sentir sua ansiedade aumentando junto com a dela.

Ainda assim, não consegue falar. Como sempre acontece.

Diga algo.

O policial velho desliza a mão até a pistola e abre o botão do coldre. Ela sente um movimento à sua esquerda — Howard se prepara para atirar primeiro —, então ela engole e diz algo, *qualquer coisa* para ganhar mais um segundo:

— Eu... não sou boa em falar com pessoas.

Silêncio.

— Estou bem. Quero dizer, não estou, mas está tudo bem por aqui esta noite. — Exala entre os dentes, ignorando o assassino ao seu lado. — Sempre fui assim, eu acho. Fico me autocorrigindo. Não digo o que quero dizer. As pessoas me estressam, mesmo quando têm boas intenções.

O policial novo a mira, desviando o olhar da janela.

O policial velho pausa, sua pistola sacada até a metade.

— Então... eu me escondo. Eu afasto as pessoas, e afasto e afasto até que elas desistam. Ajo como minha mãe quando ela bebia até morrer. Ignoro ligações. Só me comunico pela internet, por escrito. Forço as pessoas a se comunicarem comigo por mensagens de texto ou e-mails ou quadro branco. Meu vizinho vem tentando se encontrar comigo pessoalmente há semanas, com o único objetivo de ser meu amigo. É *difícil me conhecer*, meu marido costumava dizer. Sou difícil para as pessoas que se importam comigo. Mas a partir de agora, vou tentar melhorar isso.

Ela inspira.

— Eu nunca te respondi — diz voltada diretamente a Jules. — Depois que a avaliação dos meus antecedentes foi concluída, você me perguntou por que uma mulher casada de vinte e poucos anos deixaria seu contrato de ensino em Utah e aceitaria um trabalho solitário como caseira por esses lados.

Jules concorda.

Sem autocorreção, ela pensa. Como Shawn sempre dizia.

Um.

Dois.

Três.

— A verdade é que eu perdi alguém. Há cinco meses. E foi culpa minha. Eu estava dirigindo, e olhei para o meu celular no segundo errado.

Aí está.

Está à solta.

— Isso me destruiu — diz ela. — Ainda estou processando o que aconteceu.

Ela se sente nua, ali iluminada pelos faróis no vão da porta perante três estranhos. E um assassino armado à sua esquerda.

O policial velho concorda gentilmente.

— A praia pode ser um bom lugar para isso.

— Emma, eu sinto muito. — Jules pousa a palma sobre o batente, a centímetros das unhas de Emma, manchadas com o sangue de Deek. — Se precisar conversar, eu... — Ela consegue forçar um sorriso autodepreciativo. — Bem, já me disseram que *eu* gosto de falar. Bastante. E seria uma honra para mim.

Caso sobreviva a esta noite, fará muitas coisas diferentes. Vai parar de se esconder. Vai jogar as pedras de sua mochila verde e tomará o prometido chá de gengibre com Deek... se ele sobreviver também. Talvez, apenas talvez, ela se libertará de seu isolamento, e voltará ao lar em Salt Lake City com Laika, e tentará se reconciliar com o passado. As coisas que fez. Tudo.

Talvez.

Porque Howard Grosvenor Kline não é uma força onisciente, e *Praia da Morte* não está escrito no destino. Suas decisões não estão escritas. Não há narrador. Apenas um homem suado e acima do peso com um fetiche por espadas medievais. Em uma história, o autor pode até ser Deus.

Mas esta não é a sua história, Howard.

É como acender as luzes em uma casa escura. Retomar o controle, cômodo por cômodo.

Você está na minha *história.*

Ela concorda educadamente quando o policial velho recomenda conselheiros de luto locais e uma enxurrada de recursos de saúde mental, mas ela não está escutando.

Está pensando em seu lar, nas madrugadas observando as estrelas naquele telhado minúsculo com Shawn ao seu lado. Está pensando em uma noite em particular, depois que seu obstetra lhes deu a avaliação mais desoladora até então — que era provável que as chances de conceberem fossem menores que um em cem — e Shawn a encontrou sozinha naquele telhado com olhos vermelhos e cheios de lágrimas e um cigarro aceso em sua mão. Ainda não havia tocado sua boca. Era seu primeiro cigarro em mais de um ano, desde que haviam começado a tentar engravidar.

Ele engatinhou através da janela do quarto e se sentou em silêncio ao seu lado na beira do telhado. Admitiu que, para tentar animá-la, entrou na internet e fez algo idiota. Nomeou uma estrela em homenagem a ela.

Estrela da Emma.

Em algum lugar no Messier 31, na Galáxia de Andrômeda. Sua favorita.

Ela não tem coragem de dizer que a maioria desses sites é enganação, que cinquenta dólares e um certificado não significam que a comunidade científica reconhece sua estrela particular. Mas a pureza do gesto a emocionou. Só ficou ali sentada com seus pés balançando sobre a garagem, lutando contra as lágrimas com seu cigarro da derrota na mão, com medo de deixá-lo tocar seus lábios. Apesar de toda a decepção daquele dia, ela se lembra de se sentir tão profundamente grata por ter Shawn ao seu lado, disposto a comprar uma estrela para ela sem fazer sequer uma pesquisa superficial.

Eles lutaram contra a infertilidade juntos.

Mas esta noite, Emma deve lutar contra Howard sozinha.

Com um último adeus, os policiais retornam à viatura, estando a inspeção de segurança mais ou menos finalizada. Em segundos, estará sozinha de novo. Sente movimentos em seus arredores — Howard puxa a cortina com os dedos para observar os policiais indo embora. Ele está distraído.

É a sua chance.

Jules também já está se virando, mas Emma coloca a mão sobre a dela no batente da porta. Prendendo seus dedos. Impedindo-a.

Mantendo o contato visual, Emma movimenta a boca, três palavras.

Howard.

Grosvenor.

Kline.

Como um feitiço sombrio. Todo o calor some dos olhos de Jules. Ela olha de novo para os policiais — seus lábios começam a se mover, quase murmurando sua própria sentença de morte —, mas ela muda de ideia.

Armado, adiciona Emma, com urgência. *Refém.*

Jules confirma.

Mensagem recebida.

É um movimento de cabeça óbvio — Jules seria uma péssima agente secreta — e os nervos de Emma se retesam de medo. Tem certeza de que Howard voltou a atenção a elas, que percebeu o sinal telegrafado abertamente há apenas alguns metros de distância. Mas nada acontece.

— Tenha uma boa noite — sussurra Jules em uma saudação tensa.

— Você também.

A mulher mais velha mantém o contato visual por um microssegundo a mais. Para confirmar: *Direi a eles. Aguente firme, Emma.*

Em seguida, Jules vira e segue os dois policiais pela calçada, sem se incomodar em proteger o rosto da chuva. Está em um silêncio severo.

Emma segura a porta no lugar enquanto observa os três partirem. Se Jules for inteligente, esperará que os dois veículos tenham saído da entrada antes para alertar os policiais. E então eles retornarão com as armas em mãos. Certo? Talvez acionem negociadores de reféns? Ou atiradores de elite? O que for necessário para encerrar *Praia da Morte* com um estrondo adequadamente violento. Só não o estrondo que Howard espera...

O policial velho para com a porta do carro meio aberta.

— Espere.

Emma para.

— Há... algo que deve saber.

Ela espera.

Ondas tempestuosas quebram à distância.

— Minha esposa morreu no ano passado. — Ele força um sorriso apático. — Por um tempo, tive uns momentos terríveis.

Ela sente um arrepio na espinha.

Vem outra torrente de chuva, correndo pela calçada e açoitando a relva revolvida pelo vento. Ele levanta a voz:

— Isso também me deixou arrasado. Tinha pensamentos ruins quando ficava sozinho. Tinha medo de mim mesmo. Como imagino que você talvez tenha. Qualquer coisa para fazer a dor sumir. E meu capelão... ele me disse que eu precisava de TLC. Tempo. Lágrimas. Comunicação. Isso a ajudará a vencer isso tudo. Confie em mim. Confie nesse método. Custe o que custar, não desista.

— Pode deixar.

O policial velho dá um sorriso forçado, como se aquilo tivesse sido difícil de dizer. Dá um pequeno aceno modesto com a mão e entra no carro com o policial novo. Mais atrás, Jules continua caminhando até o seu Lincoln, ainda perdida em seu próprio horror particular. O estopim está aceso e queimando.

Não pode ser parado. A ajuda está a caminho.

Tempo. Lágrimas. Comunicação.

Emma expira.

Custe o que custar, não desista.

Em seguida, ambos os veículos deixam a entrada, as luzes de freio vermelhas sumindo a distância, e Emma empurra a porta da frente e a fecha, virando-se para enfrentar seu assassino.

25

— **DEEK ESTÁ VIVO?**

Ela precisa saber.

Howard Grosvenor Kline não diz nada enquanto o som dos dois motores diminui ao longe. Um impasse tenso paira no ar — por mais alguns momentos, os policiais ainda estão perto o suficiente para ouvir um grito ou um tiro. Com seu tempo diminuindo, ela pergunta de novo:

— Ele está morto?

Silêncio.

Ela teme a resposta. Por qual outra razão um atirador deixaria seu refém na sala de estar, sem vigilância? Ela sabe, em sua alma, que há duas razões possíveis: ou Deek perdeu a consciência ou sangrou até a morte.

E a culpa é minha.

Os lábios do boneco Chucky humano se contorcem em um sorriso. O som — de carne úmida se contraindo — faz seu estômago se revirar.

— Sempre fui um lobo solitário, também. — O sorriso é melancólico, vulnerável. — Sou... eu sei que não sou um macho alfa. Você não me encontrará em um bar assistindo a esportes, liderando um bando de betas e caçando fêmeas. Sou outra coisa, um novo arquétipo descoberto recentemente: o macho sigma. Tão poderoso e carismático quanto o alfa, mas solitário.

Ela observa as luzes traseiras vermelhas desaparecendo em meio às rajadas de chuva. Uma contagem regressiva tácita.

Indo.

Indo.

— Assim como você, Emma, eu não pertenço a um bando. Um macho sigma é um verdadeiro lobo solitário.

As luzes traseiras agora desapareceram por completo.

Sozinhos de novo. Os nervos de Emma efervescem com adrenalina, mas ela vislumbra um movimento na bochecha do atirador. Logo abaixo de seus óculos, reluzente em meio à barba encaracolada.

Uma lágrima.

Ele está... *chorando?*

Ele não chorou.

Howard Grosvenor Kline raramente chorava, mesmo quando era criança. Conforme a casa afundava novamente na escuridão, ele empunhou sua Katana ensanguentada com a determinação de um samurai. Um massacre na varanda havia sido evitado por pouco, mas a mensagem dissimulada de Emma para Jules não havia passado despercebida. Viu seus lábios se mexendo. Sabia que a polícia voltaria com força. Naquele momento, poderes além de seu controle estavam convergindo, e o massacre que tornaria Strand Beach famosa era agora inevitável.

Com uma calma de gelar os ossos, Howard explicou seus planos a ela.

— **EU NÃO... EU NÃO QUERIA — ELE SOLUÇA.**

Emma só pode assistir em silêncio, uma angústia gélida crescendo dentro dela. É desconcertante. Isso não pode estar certo. A estrela do pesadelo desta noite está desmoronando diante dela, seus lábios tremendo, sua pele vermelha, esfregando olhos molhados.

O que está acontecendo?

O que está acontecendo aqui realmente*?*

Ele limpa o nariz — uma fungada molhada — e ergue sua espada. Desta distância, Emma vê o sangue diluído pela chuva, em um tom róseo nauseante, preenchendo as fissuras do aço. O fio da lâmina está danificado pelos golpes desta noite, enfraquecido pela madeira, vidro e ossos.

— Eu não queria — gagueja sua voz. — Eu não *queria* que ninguém mais morresse esta noite.

        Ele havia planejado tirar tantas vidas quanto
possível naquela noite.

        O corpo de Jake Stanford — escondido em meio à relva
alta com ambas as mãos dilaceradas, e a face tão
desfigurada por cortes que seria necessário um
reconhecimento *post mortem* por registros dentários — seria
apenas a primeira alma colhida no massacre desta noite.

— *NÃO.*

Ele dá um murro na parede, deixando uma cratera cheia de farpas.

— Não. Por favor. — Com o rosto vermelho, ele agarra as têmporas e enterra as unhas em sua pele macia, como se discutisse com uma voz que ela não consegue ouvir. Emma dá um passo cauteloso para trás, em direção à cozinha. Ele está se transformando diante de seus olhos, mudando, uma reação química volátil.

— Aquele maldito entregador. — Howard funga. — Ele só *apareceu.*

Emma se lembra do olhar tenso no rosto do entregador. A pedra molhada entre seus dedos, um golpe desfocado...

— *Ele* que me atacou. E depois que cortei sua mão fora, tive que continuar. Eu precisava. Não consegui parar. E... não estava preparado para aquilo. Achava que estava. Mas é diferente quando estão vivos. Ele parecia tão aterrorizado enquanto acontecia, balançando a cabeça, implorando para que eu parasse. — Sua voz rompe, mais um pranto engasgado. — Enquanto ele... enquanto era *cortado em pedaços.*

Ela ainda consegue sentir o grito de Howard em seus ossos. Cem decibéis de choque, asco e culpa. Na nova luz, consegue ver o sangue em suas roupas, espalhado por seu sobretudo de couro e calças cargo. Há até uma gotícula no canto de seus lábios hirsutos, perto o suficiente para sentir o sabor com a língua se quisesse. Mas ele não quer.

A polícia está voltando, Emma sabe. A qualquer segundo.

Só preciso sobreviver até lá.

Mas aqui, agora, algo está muito errado.

— Não entendo — sussurra ela. — Você... já fez isso dezesseis vezes.

Ele pisca.

— Seus outros dezesseis livros. *Montanha da Morte. Geleira da Morte. Floresta da Morte.* Todas aquelas pessoas que você matou para os seus livros, todos aqueles lugares...

— São ficção — diz ele.

Silêncio.

— *Sério?*

Ele confirma.

Ela se recusa a acreditar. Está mentindo. *Tem que estar mentindo.*

— Todos eles?

Ele confirma de novo.

— Você... você presumiu que meus livros eram reais? — A boca de Emma está seca feito papel.

O mundo parecia se mover em silêncio sob seus pés, uma mudança tectônica. Então... o pesadelo apalache da futura advogada e da futura psicóloga nunca aconteceu. As jovens nunca existiram. Tampouco o assassino experiente e capaz que as caçava. O sangue e a violência e o romance lésbico de salto alto pareciam uma fantasia masturbatória porque *eram*. O próprio Howard não é um assassino em série. Mesmo que queira ser, mesmo que escreva seu personagem assim.

Ele é algo pior. Um *aspirante*.

Um garoto colérico e odioso com nitroglicerina correndo em suas veias. Um atirador perambulando pelos corredores de sua escola com um rifle estilo militar o qual mal consegue operar. Invejoso e carente. Ruborizado e suado. Ela consegue sentir o calor irradiando de sua pele, calor corporal preso em um exoesqueleto de couro úmido. Ele dá um passo lento em sua direção.

Ela dá um passo para trás, mas se recusa a desviar o olhar de seus óculos embaçados. Como se encarasse um cão raivoso. Se desviar o olhar, ele atacará.

Mantenha-o falando.

— E... — Ela estabiliza a voz. — E *Praia da Morte*?

Ele pisca de novo.

— O quê?

— O livro que está escrevendo sobre mim. Sobre esta noite. Sobre me assassinar...

— Não existe *Praia da Morte*.

— Está mentindo.

— Por que eu escreveria e publicaria um livro detalhando um assassinato real que cometi? — Seu nariz se contorce, como se estivesse ofendido. — E se eu... e se tivesse feito isso dezesseis vezes, por anos e anos, não acha que já teria sido pego? Realmente é isso que achou que estava acontecendo esta noite?

Ela não diz nada.

— Por favor, Emma. Um assassino em série que escreve livros sobre as pessoas que mata? Isso seria muito estúpido.

Mal pode acreditar em tudo isso. Essa figura com cara de bebê está brincando com ela, manipulando-a, alimentando-a com falsidades e analisando suas reações. É um contador de histórias, e todas as histórias são construídas a partir de mentiras. Quem sabe quantas máscaras ele usa?

— Eu nem matei Laura Birch — ele soluça. — Tecnicamente, não.

Ela dá outro passo para trás.

Sem movimentos bruscos.

Ele a segue. Imitando seus movimentos, um píton prestes a dar o bote.

— Guardei os dentes de Laura e seus brincos e a espada que usei para esquartejá-la atrás de uma tábua solta na parede do meu quarto. Acima da minha cama. Está lá até hoje. Eu chupo os dentes dela de vez em quando e olho minhas Polaroids e tento fingir que fiz de propósito. Mas quer saber a verdade? O que realmente aconteceu com Laura?

Sua voz ressoa de uma forma desconfortável no espaço fechado.

— Eu *a amarrei forte demais*. E ela morreu sufocada. — Ele força um sorriso amarelo. — Só isso. Foi tudo o que fiz. Sou praticamente inocente. Precisava que ela ficasse em meu porão. Sequer havia tocado nela ainda. Mas quando saí para ir para a escola, Laura tentou virar sua cadeira e fugir, e a estúpida cadeira antiga da minha mãe deve ter caído da forma mais desgraçada e improvável, e obstruído suas vias aéreas. E ela se asfixiou no chão enquanto eu estava na aula. Ela se matou, praticamente.

Emma não diz nada.

Está mentindo. Tudo. Não tem razões para acreditar em uma única palavra que ele diz. Dá mais um passo para trás, devagar — entrando agora na sala de estar — e ele a segue.

— Laura tornou tudo um problema meu, sabe? — Ele expõe um sorriso rançoso. — É como se tivesse rido por último. Mas eu também aproveitei a situação. Você aprende muito sobre o corpo feminino ao esquartejá-lo.

Ele hesita, como se percebesse que falou demais.

Emma pensa no revólver de Deek. Onde deve ter ido parar na sala escura. Ela se visualiza encontrando-o, virando-se, e estourando os miolos de Howard Grosvenor Kline. Puxando o gatilho, esparramando seu cérebro de inseto pela parede.

Se conseguir *chegar até o revólver.*

— Ficar perto de você foi legal. Enquanto durou. — Sua voz se abaixa e seus óculos opacos a miram, uma mudança sutilmente espantosa. Ele sorri e ajusta seu fedora. — Eu gosto... gosto do cheiro que você trazia a casa, Emma. Gosto do jeito como falava com a sua cachorra, como se ela pudesse responder. Gostava do jeito como você se sentava e lia por horas todos os dias com seu chá de gengibre e jogava jogos no quadro com seu vizinho. Gostava de seu corpo pequenino. Você era o meu tipo de garota, sabia? Era solitária, quieta. Inteligente. Introspectiva. Não era como as outras femoides. Você me lembrava da Laura em muitos aspectos.

Uma onda de repulsa sobe pela garganta dela como uma massa de larvas frias se retorcendo. Ela sente uma contração visceral em seu estômago e quer vomitar.

Meu tipo de garota.

— E aí você escreveu aquela avaliação — ele funga. — E partiu meu coração.

Não. *Errado.*

Impossível.

Deu uma estrela para aquele livro de terror de merda *antes* de suas vidas se cruzarem. Não *depois.* Não há outra explicação possível. Está encarando uma criatura odiosa que envenena cães e viola cadáveres, uma mente desconectada do tempo e espaço...

— Mas eu... ainda quero salvá-la — diz ele, encolhendo os ombros de forma miserável. — Mesmo depois de tudo o que me fez. Acho que sujeitos legais realmente terminam por último, não é?

Seus olhos lacrimosos dançam. É sutil, mas arrepiante.

— Você está presa em seu passado, Emma. Você ama aquela cachorra demais. Tem que aprender a esquecer as coisas que a afogam. Então, eis aqui minha proposta: pouparei sua vida se vier comigo. Agora.

Silêncio.

Ele estende uma mão enluvada. Sua arma está no coldre, sua espada embainhada. Como se todo o sangue e terror da noite não tivesse acontecido e ele fosse apenas um cavalheiro oferecendo sua mão a ela em um baile de época. Em seguida, sua palma se abre e ela sente calafrios.

Uma corda.

— É para a minha segurança — esclarece ele. — Vamos... vamos viver juntos na estrada. Você e eu. Tenho mais de cento e vinte mil dólares em minha conta bancária. Vamos para o sul, para o México, talvez. — Seu sorriso carente aumenta, os olhos subindo e descendo por seu corpo. — Eu... eu posso *salvá-la*, Emma. Sou o único que pode salvá-la de si mesma. Você entende isso, certo? Está destruída por dentro e não consegue se recuperar desse luto sozinha. Não é forte o bastante. Então, venha comigo e seja minha.

Silêncio.

Sua. Algo a que ele tem direito. Como as partes do corpo de Laura Birch em seu porão, úteis pelo tempo que durarem.

E tudo isso é tão *errado.* Outra virada vertiginosa, um pesadelo que acelera, mas a esperança está ao seu alcance. A arma de Deek está em algum lugar no escuro atrás dela. Se ela se virar e correr agora... *será que consigo encontrá-la antes que Howard atire pelas minhas costas?*

— Agora ou nunca, Emma. — Sua voz fica mais afiada. — O que me diz?

ANTES QUE CONSIGA RESPONDER, ELA OUVE UM *CLIQUE* METÁLICO ATRÁS DE *SI*.

O sangue congela em suas veias.

Lentamente, ela se vira.

Do outro lado da sala, Deacon Cowl, de sessenta e seis anos de idade — ferido, porém vivo —, havia se rastejado e sentado contra a lareira como um cadáver desleixado. Usando os tijolos para apoiar sua mira, segurando o revólver em suas mãos ensanguentadas. Está aqui, de fato, exatamente como Emma havia concluído, mas ele o recuperou primeiro.

E está apontada diretamente para *ela*.

A garganta de Emma se contrai.

Em um instante, Deek se torna um estranho de novo. O olho em seu telescópio que fazia sua pele se arrepiar; a mente sagaz que sabia seu nome mesmo antes de tê-lo dito. Agora, somadas, as coincidências são avassaladoras: o fato de que Deek conhecia Howard antes de tudo isso, o fato de ele resolver intervir apenas quando a morte de Emma parecia certa, o fato conveniente demais de que ele tinha um *fedora* preto pendurado em seu armário, idêntico ao de Howard. Quais eram as chances? Dois autores na mesma praia?

Não, quer sussurrar. *Você era meu único amigo aqui. Você também, não...*

Com Howard às suas costas e uma arma apontada para seu peito, ela está encurralada. Não tem para onde correr. Deek parece saber disso, também.

Os olhos do velho endurecem.

Seu dedo envolve o gatilho.

26

— *CUIDADO* — **SHAWN LEVANTA A VOZ.**

O caminhão já está entrando em sua pista. Levantando o olhar de seu celular, ela o vê chegando a cento e dez por hora. Pisa fundo no freio, por reflexo, tarde demais.

Cuidado. Cuidado...

Os dedos de Shawn apertam seu bíceps, a respiração quente em sua orelha. A traseira da carreta preenche o para-brisas por completo, uma sombra poeirenta prateada engole o sol de julho e escurece o interior ao redor de Emma, enquanto ela vira o volante para a direita, uma última esperança desesperada, desviando em direção ao acostamento com as rodas travadas...

É tarde demais para desviar.

Impacto.

Um choque surdo do lado do passageiro. Um baque metálico decisivo. O mundo é lançado para a esquerda — seu cinto de segurança afunda em seu ombro, refrigerante quente se espalha sobre seu colo, o celular bate na porta do motorista — enquanto os dois veículos recuam de seu beijo metálico.

Mas não é tão violento quanto receava. Não é tão ruim.

Agora derrapando no silêncio. No acostamento. Virados para o lado errado. Um redemoinho de poeira grossa os alcança e passa por eles. O odor pungente de borracha e discos de freio queimados, palha e merda de vaca. O caminhão ainda bloqueia a luz do sol, mas lampejos entram pelos dutos enquanto o gado irritado pisa e funga lá dentro.

Ambos os veículos — o seu e o caminhão — terminaram seu encontro lado a lado, mas virados para direções opostas, como parceiros de dança confusos.

A colisão não fora grave.

Praticamente uma batidinha.

A porta de uma cabine se abre, rangendo. Uma voz masculina brada:

— Você está bem?

O mundo está leve, quase como um sonho. A sombra da carreta de transporte bovino é surpreendentemente fria. Palhas soltas flutuam no ar. Emma sente sabor de cobre em seus dentes, e percebe que mordeu a língua. E seu celular — com o aplicativo de e-mail ainda aberto — aterrissou confortavelmente em seu colo. Vê seu próprio rosto refletido na tela, sangue em seus lábios.

O e-mail de Crystal carregou.

Oi, Emma — acho que consigo dar conta do recado. Divirta-se em Denver! H

Seis dias, então.

Grave ou não, tem um terrível pressentimento a respeito desses últimos segundos. De alguma forma já sabe que seu mundo mudou de uma forma irreversível, que uma vida humana deixou o veículo. A angústia faz seu estômago se contrair.

E então, uma mão toca seu ombro.

É o Shawn.

Não está ferido. Está vivo. Seus olhos estão arregalados com adrenalina.

— Puta merda — ele arqueja —, foi por pouco.

— EMMA — SIBILA DEEK SOBRE A MIRA —, ABAIXE-SE.

Ela pisca.

Ah, *graças a Deus*.

Em seguida, mergulha ao chão. Atrás dela, Howard Grosvenor Kline congela sob a mira da arma. Agora que Emma saiu do caminho, Deek tem o campo livre para atirar no assassino.

— Surpresa, Howard.

Emma se afasta, observando os dois.

Com o revólver apontado em seus dedos pegajosos de sangue, o velho inclina a cabeça em direção a Emma — o curativo de fita adesiva se dobra — e pisca, cansado.

— Ainda está nessa?

— Estou. — Ela recupera o fôlego. — Fico feliz que esteja do meu lado.

Mais do que imagina.

Seus nervos se preparam para um tiro. Espera que Deek puxe o gatilho, mas as mãos de Howard agora estão erguidas em rendição. Não será legítima defesa. Será mais como uma execução, e Deek parece saber disso. Ele suspira, profundamente dividido.

— Armas no chão.

O assassino não diz nada.

— A espada primeiro.

— Não é uma espada. É uma *Katana*...

— Eu realmente, sinceramente, não estou nem aí, Howard.

Com os olhos fixos na arma de Deek, Howard se ajoelha e abaixa a espada. Deve ser preciosa demais para ser jogada no chão. A lâmina toca o piso de madeira com um tilintar baixo de aço.

— Agora a arma — instrui Deek. — Remova-a devagar.

Esta, Emma sabe, é a parte perigosa.

Ela se prepara de novo enquanto Howard desliza a mão para dentro do sobretudo. Deek fica tenso novamente, pronto para disparar. Ela prende a respiração enquanto aquela pistola semiautomática familiar aparece à vista, com o cano virado para baixo. Em seguida, com um olhar intenso, Howard largou-a no chão.

— Emma. — Deek aponta. — Pegue a arma e...

Ela já se adiantou. Já está apanhando a arma do chão e agora a aponta para o rosto suado de Howard. Ela se levante e se afasta, tomando uma posição de disparo com as duas mãos.

Deek sorri em aprovação.

— Você já fez isso antes.

— Uma ou duas vezes — mente Emma.

Não ousa deixar que Howard saiba que esta é a primeira vez que segura uma arma na vida. Ele observa os dois, ajoelhado e imóvel como uma estátua, agora com duas armas apontadas para ele. Há algo enervante em sua imobilidade. Ele a viu dormir em seu quarto. Perseguiu-a por dias, uma sombra senciente espreitando, cômodo a cômodo. Como um réptil de sangue frio conservando sua energia, ele se move apenas quando necessário.

O revólver treme na mão de Deek.

Howard percebe.

Por favor fique consciente, Emma pensa. Ele perdeu muito sangue.

— Dei um sinal para Jules — sussurra ela. — Ela já deve ter avisado os policiais. Eles voltarão a qualquer minuto. A qualquer segundo.

Deek cerra os dentes.

— Esperta.

Emma não pode deixar de notar o quão obviamente leve a pistola de Howard parece em suas mãos, como se fosse de plástico. Ela tem medo de examinar a arma mais de perto. Não pode deixar que Howard veja sua dúvida. Eles têm a vantagem, mas é pouca.

— Howard, caso minha resposta já não esteja clara — diz ela —, vou ter que *recusar* a oferta de ser sua namorada.

Ele não diz nada.

Mas baixa o olhar ao chão e pisca — uma, duas vezes, e então mais rápido — e ela sabe que o feriu. Em algum lugar naquele cérebro juvenil, Howard deve realmente acreditar que suas ações são compreensíveis. Todas elas. A asfixia de Laura Birch fora um acidente trágico. A carnificina daquele pobre entregador do correio fora legítima defesa. Mesmo seu plano de matar Emma vinha com uma desculpa pré-instalada. Ela estava prestes a tirar a própria vida aqui — então o que sua vida valia, de fato? O mal trabalha duro para se justificar.

Deek percebe a mão sem luva de Howard.

— Você esmagou a mão dele, também?

— Com certeza.

— Com o quê?

— Um martelo.

— Boa. — O velho faz uma pausa. — Então por que eu ganhei a porra da chave de fenda?

— Porque você não se anunciou.

— Estava entrando em uma casa escura para te salvar de um assassino que podia estar escondido em qualquer lugar. Por que raios eu me *anunciaria?* — Ele solta uma respiração e se apoia contra os tijolos, sua mira vacilando, claramente aéreo. — De nada, aliás.

Howard cospe no chão, um monte surpreendente e molhado. Assustada, Emma quase puxa o gatilho. Algo pequeno quica pelo piso de madeira, parando aos seus pés e girando devagar até parar. Tem um formato longo como um inseto, cinza e calcificado.

Um dente humano.

Eu chupo os dentes dela de vez em quando.

Ela engole um calafrio nauseabundo.

Lambendo os lábios de forma desleixada, Howard se volta a Deek.

— Devia ter ficado em casa e cuidado da sua vida. Acabou de cometer o pior erro de sua existência.

— Sinceramente — diz Deek —, este nem deve entrar no top dez.

— Tudo bem. Já decidi como você vai terminar. — As palavras de Howard têm um tom equilibrado e suave, como se ele soubesse algo que eles não sabem. — A polícia vai encontrar seu corpo bem aqui. Quer saber como vai morrer?

— Na verdade, não, Howard.

— Um samurai em desgraça que tenha sido traído por sua ordem ainda pode recobrar a honra por meio do suicídio. O ritual se chama *seppuku*. Primeiro, você se senta na companhia daqueles por quem nutre respeito e em quem confia para que observem sua morte. Em seguida, afunda uma adaga em sua própria barriga e a desliza da esquerda para a direita para estripar a si mesmo. Você não gritará ou se agitará. Seus músculos vão queimar, sua mente vai acelerar com adrenalina, mas você permanecerá estoico enquanto seus intestinos deslizam para fora, sobre seu colo. Até que, finalmente — e este é o ritual pré-Edo, pois sempre acreditei que uma simples decapitação é indolor demais —, você retirará a adaga de sua barriga, segurará a ponta exatamente contra o coração, e se deixará cair para a frente, encerrando a própria vida com honra.

Silêncio.

— Pois é, não vou fazer isso.

— Eu sei. — Howard mostra um sorriso, caloroso e venenoso. — Vou fazer para você.

Deek retribui o sorriso.

Mas está apenas blefando. Sem dificuldade, Emma percebe a provocação do velho. Ele está com medo. De alguma forma, mesmo desarmado e ajoelhado sob a mira, Howard Grosvenor Kline controla o ambiente com uma voz equilibrada e ofegante.

— Emma. — Deek mantém a visão fixa no assassino. — Se a polícia está voltando, você deve ficar lá fora e esperar por eles. Diga-lhes que o pegamos. Vou manter Howard aqui e...

— Péssima ideia.

— Por favor, faça isso. Aqui não é seguro.

Antes que Emma consiga responder, ela escuta um rangido vindo do outro lado da casa. Uma porta acaba de ser aberta. Uma corrente de ar frio sopra pela estrutura e ela consegue sentir a mudança de temperatura em sua pele coberta por suor.

Deek lhe lança um olhar.

— A porta da frente não estava trancada? — Ela balança a cabeça. Não está mais. — Então *quem é*?

A polícia, ela espera. Voltando com armas em punho depois que Jules passou sua mensagem. Mas uma equipe da SWAT não teria chegado aqui tão rápido. E policiais normais devem se identificar, certo?

Passos molhados se aproximam.

É apenas uma pessoa.

Pensa no Cara de Demônio, a aparição que ficou lá fora em frente à câmera da campainha vestindo uma máscara de halloween sem boca, desafiando-a a abrir a porta. O homem desconhecido que perambulou pelo Strand no ano passado e aterrorizou o inquilino anterior.

E as exatas palavras de Howard: *Ele disse que eu tinha que te matar.*
E eu a defendi.

Emma volta o olhar para Howard — temendo ver um sorriso cruel aparecer em sua face gorda —, mas ele está tão surpreso quanto eles. Também não esperava por isso.

— Quem é? — Deek pergunta de novo.

Os passos se aproximam.

Passando pela cozinha.

E, finalmente, entrando na sala. Emma reconhece o indivíduo de imediato. A estrutura atarracada. A jaqueta Burberry. O cabelo repicado grisalho.

Jules.

A mulher para, petrificada ao ver o impasse em sua própria sala de estar. Em seguida, seu olhar baixa à forma escura de Howard, ajoelhado sob a mira de duas armas, ao lado de sua espada ensanguentada. Ela balança a cabeça em um horror lento e profético.

— Onde está a polícia? — sussurra Emma.

Jules não está ouvindo. Ela ainda balança a cabeça. Com lábios secos, sussurra:

— *Howie?*

Howard fica emburrado. Não ousa olhar diretamente para ela.

— Mãe.

27

— HOWIE, O QUE VOCÊ ESTÁ *FAZENDO AQUI*?

Ele ignora a mãe e encara o chão.

— Você... ai, meu Deus, já deu. Você vai se entregar agora. Entendido? Agora. — A voz de Jules vacila com o sofrimento. — Mas me escute. Isso é importante. Está ouvindo? A polícia... eles vão *atirar em você* se virem sua Katana.

Ela chuta a espada para longe de seu alcance.

— Suas facas. As armas de pressão também. Qualquer coisa que pareça uma arma. Apenas mantenha a calma, vou chamar a polícia de volta, e vamos te entregar em segurança e resolver isso tudo. Está bem?

A ansiedade revira o estômago de Emma.

Ela ainda não contou à polícia.

— Eu... Eu sinto muito — Jules se dirige a ela. — Eu sabia que havia um invasor. Sabia que minha internet estava fora do ar. Mas não sabia que era *você*, Howie.

Até que a polícia fez a inspeção de segurança.

Até a conversa na varanda.

Até que Emma olhou nos olhos de Jules e sussurrou o nome de seu filho.

Howard entendia o terror de sua mãe.

Era perfeitamente justificável.

Jules Phelps, nascida Kline, estava diante de um dilema devastador naquela noite. Nas declarações dadas mais tarde, tanto o cabo Grayson quanto o agente Hall se lembrariam de seu comportamento incomum depois da inspeção de segurança de Emma. Depois de desviar abruptamente na frente de seu veículo para chamar a atenção dos policiais, Jules saiu de seu Lincoln e se aproximou com uma mão levantada, mostrando o que o cabo Grayson mais tarde descreveria como um olhar "assombrado e distante".

— Deixei algo em casa — disse-lhes ela. — Vou voltar.

Em seguida, disse sobre o ombro:

— Caso precise de alguma coisa, chamo vocês de novo.

— EMMA, SINTO MUITO POR ISSO TUDO, MEU FILHO... ELE É UM ESCRITOR. ESTÁ sempre pesquisando para seus livros de terror. Ele é tão gentil, eu juro. É tão, tão doce. Mas também tem problemas. Tem dificuldade em compreender limites pessoais...

— Não *me diga* — diz Emma.

— Ele cuidava desta casa antes de você. Mas se mudou há alguns meses.

Emma permanece impassível.

Parece apocalíptico, quase a derrubando de joelhos.

Esta é a casa dele.

Howard Grosvenor Kline cresceu aqui, em Strand Beach. O quintal é seu. Os brinquedos velhos no porão são seus. O quarto do adolescente, aquele espaço estranho e sufocante com o odor fétido da adolescência, o lugar em que a própria Emma temia entrar. Tudo era de Howard. O pôster do samurai não era coincidência. Não havia coincidências esta noite.

Ele havia se infiltrado na casa com tanta facilidade porque tem uma chave. Sabia como evitar cada tábua que range porque tem *anos* de prática. E como encontrou seu endereço tão rápido no Strand? Não havia magia negra envolvida.

Passara sua vida adulta remoendo avaliações negativas na internet, desejando poder revidar contra seus críticos anônimos. E agora, pela primeira vez na vida, descobriu uma crítica em sua casa. Em seu lar de infância. Sozinha. Vulnerável. Como um ego tão frágil como o de Howard poderia resistir à vingança? *É por isso que a minha avaliação era tão especial,* Emma percebe.

Não eram as minhas palavras.

Era eu.

— Por favor — implora Jules —, vocês dois. Abaixem as armas.

— Não — diz Deek.

— Ele se rendeu. Não oferece perigo.

Ainda é perigoso, Emma sabe. Ele envenena cães e chupa dentes humanos. Já esquartejou um homem esta noite.

E algo que Jules disse ao filho momentos atrás — *suas facas, as armas de pressão também* — gruda na mente de Emma. Sem falar, ela aponta a pistola estranhamente leve para a janela, em direção ao oceano. Deek percebe.

— Emma, o que está fazendo?

E puxa o gatilho. A arma dispara com um clique seco. É o mesmo clique de horas atrás quando Howard atirou nas luzes dos sensores de movimento.

Ela suspira.

— É uma arma de pressão.

— *É óbvio* que é uma arma de pressão — diz Jules. — Howie tem sofrido de transtorno esquizoafetivo durante toda a vida adulta. Ele não pode ter uma arma de fogo legalmente.

É claro.

— Que otário *da porra* — ri Deek.

Emma está feliz que o revólver antigo de Deek é de verdade, pelo menos. Agora é a única ameaça mantendo o assassino de joelhos. Mas ainda se preocupa: e se seu vizinho não tivesse *encontrado* sua munição, afinal? E se a arma de Deek estiver descarregada, ainda? E se Howard perceber, e o frágil blefe explodir em violência?

Mesmo de joelhos, segurando dedos quebrados, Howard é a maior pessoa na sala. A mais pesada. A mais forte. Ela já viu sua Katana decepar membros humanos e talhar madeira compensada sólida. Howard Grosvenor Kline não será preso. Não esta noite.

Ele tem algo mais em sua manga.

— Aliás... — Deek consegue forçar um sorriso atordoado. — É bom vê-la de novo, Julie.

Ela se recusa a olhar para ele.

— Vá para o inferno.

— Não podia ter contado aos policiais, como Emma pediu?

— A culpa é sua — rosna Jules. — Todos aqueles anos, meu filho o idolatrava...

— Seu filho invadiu a porra da minha casa. Perseguiu minhas filhas. Eu estava tão cheio de seus manuscritos. Ele continuava deixando-os à minha porta como cocôs em chamas. Toda essa bobagem *slasher* violenta. Não parava de me implorar para conhecer meu agente, meu editor, meu publicitário. E eu perdi a paciência, sim. Disse algo que me arrependo de ter dito. Disse ao seu filho que suas tentativas amadoras, seu chorume de escrita jamais faria sucesso, porque não vinha de um lugar real. Era apenas violência e crueldade. Coisas que ele havia copiado de filmes de terror. Não era *autêntico*.

Então Howard não enviou para Deek incontáveis manuscritos como um superfã descompensado. Ele deixava os manuscritos em pessoa — um superfã descompensado que era *seu vizinho.*

Aqui.

— E... — Deek hesita. — E um dia depois de eu ter falado isso, sua colega de classe desapareceu.

Jules arqueja.

Todos entendem. Ninguém ousa murmurar o nome. E Emma sabe, também.

Laura Birch.

O desaparecimento não resolvido em Strand Beach há uma década.

Deek engole em seco. Esta próxima parte seria difícil de dizer:

— Eu o *inspirei* a sequestrar a garota, eu acho. Como pesquisa ou prática ou pior. — Ele contrai sua mira trêmula. — E carregarei essa culpa para sempre. O que quer que tenha feito com Laura Birch dez anos atrás é culpa minha, em parte. E jamais consegui provar que foi o Howard que a sequestrou, e cobrei todos os favores do chefe de polícia na tentativa de provar, pois sabia no fundo da minha alma que ele havia assassinado a pobre garota. E meu alcoolismo saiu do controle, e meu casamento desmoronou, e minhas filhas não falam mais comigo, e meu publicitário parou de aceitar minhas propostas de publicação. Então não me venha com sermões sobre culpa, Julie.

Emma entende agora.

Ela quer apertar o ombro do velho. Sabe como é se sentir responsável pelo impensável.

Sinto muito, Deek.

— Meu filho... ele não teve nada a ver com aquilo — sibila Jules. — Eles o descartaram como suspeito.

— Eles nunca o descartaram. Só não tinham evidências o suficiente para...

— Ele matou uma pessoa hoje — interrompe Emma. — Na minha frente.

Todos ficam em silêncio.

O vento ruge lá fora e a chuva se intensifica.

Jules pisca furiosamente, como se tivesse sido golpeada entre os olhos. Olha para cada um deles, e então mira seu filho emburrado.

— Isso... isso é verdade?

Ele não responde.

— Howie?

Nenhuma resposta. O assassino olha para baixo, seu rosto hirsuto, impassível.

— Howie, eu sou sua *mãe*. — Sua voz vacila, e então endurece. — É verdade?

    Ele não queria que sua mãe testemunhasse isso.

    Não era para ela sequer estar na mesma região. A noite cuidadosamente coreografada por Howard tinha dado uma guinada desastrosa para fora dos trilhos. Ela havia resistido aos seus esforços desde o começo — primeiro uma entrega inesperada do correio; e então o contra-ataque surpresa de Emma no porão. E agora, Howard se encontrava na mira de suas vítimas na própria sala de estar onde costumava abrir os presentes debaixo da árvore de Natal.

Acredita-se amplamente que esta sala tenha sido o local do massacre.

Mas, como grande parte da matança de Howard naquela noite, a verdade é um pouco mais complexa. Com certeza as fotografias forenses tiradas nesta sala são as mais horripilantes. Jules ainda não sabia, mas naquele momento estava exatamente onde seu corpo seria encontrado — na extremidade adjacente à sala de jantar, ao pé de seu próprio relógio de pêndulo. A polícia a encontraria fria, com o rosto azul e o delineador borrado, o terror deprimente desenhado em sua expressão para sempre. E sua morte fora, provavelmente, a mais piedosa da noite.

Durante o impasse, Howard permaneceu concentrado em Emma.

Apenas Emma.

A inteligente e corajosa Emma Carpenter, que devia ter morrido horas atrás, que desafiou seu destino planejado e lutou com unhas e dentes por uma vantagem ínfima. Salvou sua cadela. Salvou seu vizinho. E estava até começando a relaxar, esfregando os braços arrepiados.

Ninguém sabia.

Howard havia esperado pacientemente por este momento.

EMMA TEM UM MAU PRESSENTIMENTO.
Em relação a tudo.

Mesmo com o assassino encurralado perante a própria mãe desolada, sendo o monstro desmascarado um virgem solitário e suado, com uma doença mental. A trágica *realidade* de tudo isso. Sem poderes demoníacos. Nada de Michael Myers caminhando lentamente com uma espada. Apenas loucura, sofrimento e desespero.

E ainda assim, a angústia permanece. De alguma forma, a história de Howard já está escrita em papel em algum lugar. *Nós vamos morrer*. Sente isso em sua alma. *Esta noite.*

Todos nós.

Algo mais a incomoda. Agora que teve um momento para pensar nisso — quais são as chances de ela ter lido um livro ruim que por acaso havia sido escrito por um psicopata que cresceu nesta mesma casa? Das centenas de milhares, não, *milhões* de livros no mundo?

Mais uma coincidência.

Há outra camada mais sombria nisso tudo. Ninguém nesta sala está seguro.

— Julie, ouça. — Deek abaixa o tom da voz. — Precisamos chamar a polícia de volta.

A mulher limpa os olhos.

— Pode fazer isso?

Ela confirma em meio às lágrimas. Mexe na bolsa procurando o celular.

— Não vai funcionar — diz Emma. — Ele cortou a internet.

— Esvazie os bolsos — Deek aponta.

Obediente, o assassino enfia a mão nos bolsos do casaco e coloca os itens no chão. Binóculos com visão noturna. Um cigarro eletrônico preto. Fita adesiva. Corda. Com uma agitação no coração, Emma reconhece seu próprio medalhão, que ganhou de Shawn, a corrente arrebentada quando Howard a arrancou de seu pescoço. Sente uma pontada de ódio por ele. E, por cima, ele coloca uma máscara de borracha amassada, pálida, com chifres e sem boca.

Seu estômago se enche de gelo. *Cara de Demônio.*

Último item... um molho de chaves tilintante.

— Dê aqui — Deek indica.

Taciturno, ele joga o molho de chaves no chão, aos pés de Deek.

— Emma. — Ele chuta as chaves para ela. — Alguém precisa dirigir até a cidade e chamar a polícia. — Ele encara Jules. — De novo.

Ela examina as chaves. Reconhece as chaves da casa — e a chave de um Honda, que presume ser do veículo pessoal de Howard. Por fim, uma chave de um Ford, suja de sangue.

O empregado morto do correio. Um jovem com família, relacionamentos e sonhos, desmembrado em pedaços na calçada encharcada pela chuva.

— Pensando bem — reconsidera Deek, olhando de novo para Jules —, você vai com Emma também.

— Não vou deixar meu filho sozinho com você.

— Levará dez minutos.

— Não confio em você. Você vai atirar nele.

— Eu prometo, Julie...

— Você vai *atirar no meu Howie* e dizer à polícia que ele o atacou, que foi legítima defesa. — Jules se recusa a dar o braço a torcer. — Eu fico. Para servir de testemunha.

Deek não diz nada. Seu dedo está no gatilho.

Emma pode sentir a eletricidade ansiosa no ambiente. Não pode deixar de se perguntar: será que Jules está certa? Se for deixado a sós com "Howie", o velho usaria a oportunidade para se vingar?

E... no final das contas, Jules está do lado de quem, afinal?

Com um calafrio, Emma percebe que já ouviu o nome *Howie* antes: o usuário HowieGK_TopFã. Dias atrás. Seu palpite deve estar exatamente correto. Aquela avaliação de cinco estrelas *realmente* veio da própria mãe do autor.

— Certo. — Após uma pausa, Deek funga. — Fique aqui se quiser ser minha babá. Mas dê a Emma suas chaves também. Aquele enorme monte de bosta preto que você dirige. Se Howard nos atacar e se libertar, não quero que ele fuja do Strand. Isso termina esta noite. Ninguém mais vai morrer.

Jules revira os olhos cheios de lágrimas.

— Só me *dê as chaves*. E então amarre seu filho.

Emma está impressionada pela forma como Deek tomou o controle de uma situação perigosa com tanta habilidade. Mesmo com um ferimento grave. Deacon Cowl com certeza é um homem de muitos talentos — e, é preciso lembrar, Howard não será o primeiro assassino que ele ajudou a prender.

Com relutância, Jules pressiona suas chaves na mão de Emma.

Howard observa.

— Em, está tudo sob controle. — Deek mantém sua vista atenta. — Pegue o carro dela, dirija até ter sinal de celular, e vamos colocar toda essa bagunça em um boletim de ocorrência.

Ela fecha as chaves em um punho.

— Consegue sobreviver até lá?

— Vou ficar bem.

— Você perdeu muito sangue.

O velho sorri debilmente.

— Então dirija rápido.

Ela examina o revólver nas mãos de Deek, sujas de sangue seco, mas está escuro demais para ver os cartuchos no tambor. Queria poder perguntar de forma direta ao seu vizinho ferido: *Seja honesto comigo. Você tem balas mesmo?* Se esse revólver for realmente um blefe, não pode deixar que Howard perceba. E não pode deixar Deek desarmado. Não após ele ter salvado a sua vida esta noite — e ela quase tê-lo matado em troca.

Não pode dizer em voz alta sem quebrar o impasse. Mas, com a ponta de seu sapato, Emma empurra a Katana no chão em direção a Deek, mantendo contato visual. *Caso precise.*

Ele não toca nela.

Apenas acena com gratidão.

— Eu... — Ela não sabe bem como dizer, mas um buraco vai ser aberto em seu coração se não tentar. — Nem sempre confiei em você, Deek. Suspeitava que você trabalhasse com Howard de alguma forma. Eu não fazia ideia. Me desculpe.

Uma sombra desolada cai sobre o rosto dele.

— Por quê?

— Algo que Howard disse.

Dói, mas é a verdade. Ela tem vergonha de ter desconfiado do homem que salvou a sua vida duas vezes esta noite.

— E... sinto muito por tudo o que passou.

Ele sorri gentilmente.

— Também sinto muito pela sua perda.

— Eu vou ficar bem. — Ela toca seu ombro frágil. — Quando tudo isso acabar, vou aceitar seu convite.

— Chá de gengibre em pessoa?

— Fechado.

Ela pede a Deus que tenham essa chance. Que o impasse tenso e o curativo improvisado ao redor do pescoço de Deek fiquem onde estão.

Que *tudo* fique onde está.

— Quando tudo isso acabar — sussurra Deek, — vou ligar para as minhas filhas. Eu juro.

Ela concorda.

Todo esse tempo, havia presumido que as filhas de Deacon Cowl estavam mortas — ele *perdeu as duas*, em suas próprias palavras no quadro —, mas há muitas formas de morrer, certo? É possível estragar tudo de formas que transcendem a morte, matar-se sem se matar. Sendo outro fantasma no Strand, Emma compreende. Ela sente empatia, talvez mais do que Deek imagine.

Queria ter se aberto com ele antes.

— Obrigada, Deek. Por tudo.

Quando ela se vira com as chaves de Jules, Howard sussurra algo às suas costas. Sua voz é um murmúrio suave, mas desliza sob suas costelas como uma adaga.

— Você mentiu, Emma.

Ela para.

O quê?

A distância, um raio atinge o oceano. O lampejo ilumina a sala.

— Você mentiu para a polícia, na porta. — Howard se endireita devagar, encarando-a. — Sobre a razão de ter se escondido no Strand. Sobre o que realmente fez.

— Ei. — A mira de Deek o segue. — Não se mexa.

— Howie, *fique sentado* — implora Jules.

Mas aqueles olhos permanecem fixos em Emma, sem piscar, enquanto ele atinge sua altura montanhosa. Preenchendo o ambiente.

— Você não é como Laura Birch — sussurra ele. — Você é *pior*.

— Howie, pare...

— Deixe-a em paz — diz Deek. — Fale comigo. Não com ela...

— Eu sei seu segredo. — Os lábios do boneco Chucky humano se dobram em um sorriso odioso. — O que você *realmente* fez com o seu marido, Shawn. Não foi sincera com a sua historinha de acidente de carro.

Como ele sabe isso?

Seu coração encolhe. Ela dá um passo para trás.

— Último aviso — grita Deek. — Howard, eu *vou atirar*...

Tarde demais.

Howard avança sobre ela.

DEEK MIRA O PEITO DE HOWARD E PUXA O GATILHO... MAS JULES AGARRA SEU pulso.

— *Não!*

A arma dispara em direção ao teto.

29

EMMA ERGUE OS BRAÇOS, MAS HOWARD JÁ A AGARROU, EMPURRANDO-A SOB uma chuva de vidro — uma lâmpada explodiu no teto —, e ela foi jogada contra a parede. Seu crânio estala. Cores lúgubres perfuram sua visão enquanto ele rosna na cara dela:

— Você me avaliou? Tudo bem. Posso avaliar você também...

Os dedos de látex dele agarram sua traqueia e a apertam. Não consegue respirar. Ela se debate, chuta, agarra seus óculos, mas ele a prendeu.

— Você é uma fracassada de merda, Emma Carpenter... — Ela tem consciência de Jules e Deek disputando pelo domínio da arma em algum lugar à direita, lutando e grunhindo, mas Howard Grosvenor Kline é o seu mundo agora. Seu aperto robusto, seu hálito quente pingando saliva:

— Devia ter entrado no mar e terminado com tudo. Você é apenas uma crítica. Você se esconde do mundo. E acha que pode *me* julgar? Mal consegue reconhecer algo bom quando está bem na sua frente. — Seu polegar torce dolorosamente sob sua mandíbula, esmagando seus linfonodos. — Você não cria coisas, como eu. Sou um criador. O que você cria? A única coisa que já criou em toda a sua vida, você matou...

Ela não consegue respirar.

A pressão aumenta em seu cérebro. Seus olhos vão explodir.

E ela está afundando. Caindo, caindo em algum lugar escuro, um lugar além até do alcance de Howard, observando as estrelas desaparecendo sob uma superfície ondulante. Sua mochila pesada agarra seus ombros, suas narinas ardendo, seus pulmões inflando com água salgada fria...

— *Uma estrela* — grita ele na cara dela. — Como se sente sendo avaliada, sua escrota?

Um tiro de arrebentar os tímpanos.

A parede explode ao lado do ouvido de Emma e farpas grossas cortam sua pele. Seu tímpano chia enquanto ela processa o que acabou de acontecer — livrando-se das mãos de Jules, Deek pressionou outro disparo em direção a Howard. Errou. Mas ajudou.

A mão de Howard relaxa.

Emma se contorce com força, afastando-se, tenta correr e cai atordoada na lavanderia. Rola de costas para baixo e fecha a porta com um chute.

O ambiente todo gira loucamente, um borrão aturdido e nauseante. Sua garganta parece uma lixa. Ela tosse e seu nariz sangra, gotículas do tamanho de moedas caindo no chão. O chiado em seu ouvido se intensifica, um coro de gritos sobrenaturais, um rádio quebrado sintonizando os canais do inferno.

— Emma — grita Deek. — *Corra!*

Ela se endireita contra a secadora, mas o botão do painel se quebra. No cômodo ao lado, ouve uma briga. Sapatos rangendo contra o chão. Unhas afundando na carne. E então um raspão metálico longo — um som que assombrará seus pesadelos, se sobreviver — quando a Katana de Howard é erguida do chão e a voz abafada de Jules berra:

— Espere. Espere, Howie, por favor, não o mate...

A voz de Deek abaixa — ele vê o golpe chegando — e se suaviza em aceitação.

— Emma — diz ele. — Diga à minhas filhas que eu...

Um golpe poderoso o interrompe. Ela consegue *senti-lo* através da porta — um baque nauseante de carne desmembrada e osso quebrado. Jules grita de novo, um novo tom de gelar o sangue, e Emma pede a Deus que a morte do velho tenha sido indolor. Uma decapitação instantânea, suas últimas palavras às filhas enraivecidas ainda em sua garganta cortada, para sempre desconhecidas.

Ele se foi.

Seu único amigo se foi.

E sob o rugido de um trovão, Emma agora sabe: *Howard agora tem a arma.*

— Isso não foi nada, Deek. Você merece um *seppuku* de verdade. — Howard ofega, retomando seu fôlego rouco. — E, depois de tudo isso, você nem a salvou. Ela não pode fugir. Assim como em *Montanha da Morte,* assim como a história que a fez me dar uma estrela. Dá para acreditar? Ela está se escondendo na lavanderia, o único cômodo que não tem uma saída.

Sua voz cresce, uma risada miserável e furiosa.

— A vadia burra *encurralou a si mesma.*

NÃO ME ENCURRALEI, NÃO.

Emma ergue o corpo dolorido e sobe na secadora, abraça os joelhos e sobe pelo duto de roupa suja. Sempre teve quase certeza de que conseguiria fazer seu corpo ossudo passar pelo duto.

Quase certeza.

Escuta a porta ser sacudida atrás de si. Howard está tentando entrar — mas ela já virou a máquina de lavar para bloquear a porta.

Na sala ao lado, uma voz aos prantos:

— Por favor, Howie, *chega...*

— Está tudo bem, mãe. — Ele solta a maçaneta. — Está tudo bem.

Emma se alça e entra naquele espaço apertado, com o chaveiro de Jules preso entre os dentes. A passagem leva diretamente ao quarto do andar de cima. A Laika. Ergue os dois braços para cima e encontra o andar de cima com a ponta dos dedos. Lá está. Apenas alguns metros acima.

— Howie...

— Mãe. Fique parada.

Suas vozes a seguem através do ar úmido, cheirando a naftalina. Teias de aranha fibrosas grudam em seu cabelo e boca. Aranhas fazem cócegas em sua pele. As paredes de alumínio se afunilam em todos os lados e de repente não há espaço para dobrar os cotovelos e subir mais. Isso não está funcionando; isso foi um erro, ela está *presa* dentro das entranhas úmidas e sufocantes da casa...

— Howie. Não consigo... eu não consigo respirar...

— Por favor, por favor, pare de chorar. — A voz de Howard se suaviza em um murmúrio agonizado. — Me desculpe. Não era para nada disso ter acontecido. Mas você não entende. Não posso parar agora. Só mais uma vez, e vou parar para sempre. Tudo bem? Só *mais uma*.

Emma luta com tudo e continua subindo.

Pelo Deek.

```
    Howard amarrou a última volta ao redor de sua mãe,
encerrando sua resistência. Jules agora estava amarrada
com uma corda, o queixo pressionado contra o piso de
madeira, soluçando e com o nariz escorrendo, implorando
que seu filho parasse com a carnificina.
    Ele não ia parar.
    Praia da Morte lhe custaria seu futuro, e Howard
havia aceitado isso. A noite era uma queima de estoque:
ele precisa se livrar de tudo. Sem arrependimentos. Sem
```

meias medidas. Sem deixar nada para uma sequência. Quando ele se levantou, gritou o nome de Emma ao teto, um rugido primitivo e selvagem que preencheu a casa.

Lá fora, a tempestade havia finalmente chegado. O vento chuvoso invadia a casa pela janela quebrada e corria pelas salas escuras. O céu era cortado por raios.

Howard havia previsto a próxima jogada de Emma. Conhecia seu lar de infância por dentro e por fora — cada canto, cada fresta, cada ponto fraco.

Enfiou a Smith & Wesson Special .38 em seu bolso e correu às escadas, suas botas deixando pegadas viscosas de sangue. Alguns degraus acima, parou. Tirou da parede uma fotografia enquadrada — Jules e um Howard de dez anos de idade, sorrindo em tempos mais felizes, segurando casquinhas de um sorvete que derretia, a bordo do cruzeiro Victoria Clipper —, e em seguida, ergueu sua Katana, segurando o cabo encapado para a batalha, e a introduziu diretamente na parede.

A ESPADA PERFURA O DUTO DE ROUPA SUJA, BEM AO LADO DO ROSTO DE Emma.

A lâmina de aço corta a maçã de seu rosto, um longo corte da orelha à narina. Ela grita, mas não há espaço para se mexer. Está presa dentro da passagem estreita, com um braço levantado e um cotovelo desesperadamente esmagado contra o peito.

A voz atravessa a parede, espantosamente próxima:

— Vadia *de merda*.

O sangue corre quente em seu rosto. Ela engole arquejos desesperados, o ar quente e sufocante com dióxido de carbono. Mas está quase chegando ao andar superior. As pontas de seus dedos agarram a borda e ela consegue sentir a língua macia de Laika em seus dedos, lambendo alegremente: *Mãe. Continue subindo. Está quase lá.*

A espada desliza de volta, arranhando sua bochecha uma segunda vez. Centímetro por centímetro. Contorce o rosto pela dor, mas mantém os dentes cerrados, segurando o essencial chaveiro de Jules. Não pode deixá-lo cair. Não vai.

Sabe que Howard vai empalar a parede de novo. Ele a encontrou. Não há espaço para fugir. Ela se contorce e força o corpo para cima, serpenteando para cima, e para cima, e para cima, sabendo que está expondo o peito e a barriga agora.

Não há tempo para temer. Continua, em meio a teias de arranha pegajosas, em meio à escuridão úmida...

Está quase lá, mãe. Quase lá.

Ao ser puxada para fora, a espada do assassino emite um estalo estranho, vítreo — como uma lâmpada fluorescente quebrada —, e, em seguida, um barulho metálico ressoando escada abaixo. Fragmentos caindo.

Ela escuta Howard bradar, descrente:

— Não.

E então, horrorizado.

— *Não.*

Continua sua escalada rastejante para longe da voz. Usando cada músculo em seu corpo. Sabe exatamente o que acabou de acontecer e isso a enche de uma alegria cruel. Perfurar a parede com uma lâmina curva foi um erro crítico, e, em sua fúria, Howard estilhaçou sua preciosa espada.

A voz urra atrás dela, agora infantil:

— Não, não, *não*!

30

— EU TE AMO. — EMMA ABRAÇA O ROSTO BRANCO DE SUA GOLDEN.

Eu também te amo, mãe.

Então, ela se levanta apressada e corre à janela do quarto com vista para o mar. Uma rajada fria de ar salgado sopra para dentro. Arranca a tela de mosquitos com um murro.

Do outro lado da porta bloqueada do quarto, escuta os passos de Howard ainda subindo, sua respiração fungada e ofegante. E, então, um pedaço irregular de aço de quinze centímetros perfura a porta — o que restou de sua Katana partida, agora compacta como o canivete de um presidiário. Mutilada a uma nova forma horrenda.

Perfura de novo.

E de novo.

E de novo.

Ele está atravessando. E Emma não vai ficar aqui.

— Que se foda essa *casa toda*. Vamos embora, Cadela Espacial.

A janela do primeiro andar abre apenas alguns centímetros. É estreita demais. Então, Emma ergue a mesa de cabeceira — deixando que o abajur de Jules se estilhace pelo chão — e a carrega até o outro lado do quarto, segurando-a com as pernas para fora, e as golpeia contra o vidro. Cacos de vidro explodem noite afora. Com um sopro, como ar pressurizado, a tempestade voa para dentro. O vento grita. Ela ergue o corpo de Laika, pesando mais de vinte e sete quilos, sobe no peitoril da janela e sai para fora a passinhos curtos, caminhando sobre o telhado do andar de baixo. Uma perna de cada vez. Seus sapatos escorregam nas telhas molhadas.

Laika se debate em seus braços. *Não estou gostando disso, mãe.*

— Está tudo bem.

A inclinação do telhado é assustadoramente íngreme. A chuva explode sobre as telhas em um *spray* cegante. As gotas fustigam seus ombros como pedras. Seu rosto arde onde a Katana de Howard a cortou — ela ainda não tem noção de quão grave foi o corte.

Em seu primeiro passo para fora, quase perde o equilíbrio — a quase quatro metros dos canteiros de flores cheios de areia prensada. Se quebrar um tornozelo, está morta. Mas se conseguir contornar o telhado escorregadio e pular com Laika do lado norte, os arbustos crescidos de Jules talvez amorteçam sua queda.

Talvez.

Anda com pressa pela borda do telhado, deixando a janela para trás, segurando Laika em um abraço de urso. As chaves ainda estão entre seus dentes. A cadela começa a pesar em seus braços, mas não ousa soltá-la. Raios fragmentados cortam o céu em um estrondo contorcido. Consegue sentir a eletricidade em seus ossos.

Estar no telhado de novo lhe dá uma pontada de tristeza inesperada. Ela se lembra da probabilidade declarada pelo obstetra naquele dia: *uma em cem*. Recorda-se de chorar até sua garganta doer. Recorda-se de se sentar na borda do telhado em Salt Lake City com os olhos vermelhos e um cigarro aceso a centímetros de seus lábios, certa de que nunca, *jamais* seria mãe, até que Shawn engatinhou para fora, para ficar ao seu lado e dizer-lhe que havia nomeado uma estrela em sua homenagem. Porque o obstetra lhes disse que não poderiam criar vida, Shawn criaria algo para ela.

A Estrela de Emma ainda está lá, em algum lugar.

Onde quer que esteja, não consegue vê-la agora.

O céu está preto com o aguaceiro. A chuva escorre em cascatas pelo telhado inclinado, em uma corrente vertiginosa. Emma não consegue manter os passos retos. Seu pé direito escorrega e a calha estala sob seu pé.

— Merda.

Laika se debate de novo, mas Emma a segura firme. A calha quebrada cai sobre os canteiros de flores lá embaixo. Apoiando-se sobre o joelho, ela se endireita e continua andando pelo telhado escorregadio, agora de lado. O vento açoita suas roupas.

No quarto, um baque estridente. A porta foi derrubada.

Ele entrou.

Correndo até a janela, atrás dela.

Emma alcança a borda do telhado. Três metros e meio abaixo, ela vê os arbustos. Não eram remotamente grandes como lembrava. É aqui que deve pular. Ela se abaixa, se sentando, com as pernas balançando sobre a calha que transborda. Um estalo áspero. Com Laika em seus braços, não consegue olhar para baixo. Terá que ser na fé. Tudo. Uma fé estonteante.

Ela beija a cabeça de Laika.

— Confie em mim.

Não confio nem um pouco.

Respira fundo. E salta.

Quando Howard alcançou a janela quebrada e apontou a Smith & Wesson à chuva torrencial, Emma já havia pulado da beira do telhado. Escutou o som de galhos se quebrando como se ela tivesse aterrissado em algum lugar sobre os arbustos lá embaixo, com sua golden nos braços. Ele a perdeu de vista, mas não estava preocupado. Ainda tinha quatro balas.

Não sabia onde ela estava, mas sabia algo melhor.

Onde ela estaria.

Deu meia-volta, retornou pela cratera da porta do quarto e desceu as escadas correndo, dando grandes saltos sobre os degraus. No fim da escada, passou sobre o corpo amarrado de Jules, ignorando seus prantos lamuriosos. Seguiu até a cozinha, e, através da pequena janela sobre a pia, vislumbrou Emma correndo em direção à garagem. Ele mirou e disparou — a janela explodiu —, mas ela já estava fora de vista. Um ganido canino de terror penetrou a noite.

Devagar demais. Ele errou.

Restam três balas.

Seus ouvidos tiniam e a cozinha fedia a pólvora queimada. O gatilho de ação dupla da Smith & Wesson era difícil de controlar e não tinha a precisão de *Call of Duty*. Howard era legalmente impedido de possuir uma arma de fogo, e era lamentavelmente inexperiente. Não podia contar com a sua própria mira. Precisava matar Emma de perto.

Tudo bem.

Ele daria conta.

ASSUSTADA PELO DISPARO, LAIKA SAI CORRENDO. EMMA SE JOGA PARA AGARRAR a coleira da golden — devagar demais — e, em vez disso, agarra sua bandana.

— Laika! — grita ela em meio à tempestade. — Volte aqui.

Ela para na borda da entrada para carros, ainda segurando a bandana velha que Shawn havia comprado muitos anos atrás. Enxuga a chuva de seus olhos enquanto outra rajada de vento cortante açoita a relva alta.

— Laika. Volver.

Está ficando sem tempo. Howard está vindo. O eco de seu disparo desaparece na distância quando grita de novo:

— *Volver.*

Apenas vento, chuva e escuridão. Nenhum sinal de Laika. Mais do que nunca, deseja que sua golden pudesse falar, que não fosse apenas sua própria imaginação solitária.

Corra, mãe, diria ela.

Vou ficar bem.

Te vejo do outro lado.

No caminho para a porta da frente, Howard ouve Emma chamar sua cadela assustada. Isso era bom. Qualquer coisa para desacelerá-la. Não podia deixar que ela alcançasse o carro de sua mãe na entrada. Se chegasse até o Lincoln, seria o fim de tudo.

Ele disparou pelo vestíbulo, baixando o cão da Smith & Wesson com o polegar. Em ação simples, o disparo do gatilho seria mais fácil de controlar.

Lá fora, ouviu um baque metálico.

A porta de um carro se fechando.

Mas estava tudo bem, também. Ele já havia chegado à porta de entrada e a acotovelou com força suficiente para que o batente rachasse. Agora descendo os degraus da soleira até a chuva cegante, ele se apressou pela trilha de pedras em direção ao Lincoln de sua mãe.

EMMA ENFIA A CHAVE NA IGNIÇÃO.

Ignorando os passos ruidosos de Howard, gira a chave. Seus dedos estão escorregadios com a água da chuva. Sua mente está acelerada — esta é a parte da história de terror em que o carro não liga. Assim como a caminhonete em *Montanha da Morte*. Se fosse um romance de merda de H. G. Kane, o motor engasgaria e morreria, e o assassino furioso caminharia a passos firmes até a janela do motorista e enfiaria o revólver em sua têmpora e explodiria seus miolos porque *o autor é Deus...*

O motor dá partida.

Um rugido satisfatório e visceral.

Isso é a vida real.

Howard se aproximou do Lincoln Town Car 2019 de sua mãe pela esquerda, ergueu o revólver, e atirou diretamente na janela onde a cabeça de Emma estaria. Mais um lampejo ofuscante e uma explosão estremecedora. Pedaços de vidro caíram da janela, revelando um banco do motorista vazio.

Emma não estava lá.

O carro estava vazio.

DEZOITO MESES ATRÁS, ENQUANTO EMMA ESTAVA SENTADA COM SHAWN NO telhado de sua casa em Salt Lake City, com as pernas balançando sobre a garagem, ela limpou as lágrimas secas dos olhos e disse algo que surpreendeu o marido:

— Quer saber? Esqueça as probabilidades.

Jogou seu cigarro na calçada lá embaixo.

— Vamos continuar tentando.

Sua guarda estava baixa.

A chuva entrava em seus olhos.

Não viu Emma se aproximando pela esquerda, dentro do Ford Transit do correio, de Jake Stanford, guinchando de trás da garagem com os faróis desligados. A van bateu em Howard a trinta quilômetros por hora e o jogou sobre o capô. Ele quicou com força, arrebentando um espelho lateral enquanto a van raspava a lateral contra o Lincoln de Jules em um estridente arranhar metálico, lançando faíscas em brasas pela noite, em vertiginosos fios de cores.

Em outro segundo, os veículos se separaram e Howard bateu com os dentes sobre a brita da entrada. Ele se esqueceu da van de entregas pertencente ao homem que havia matado. Talvez, em algum lugar, Jake Stanford tenha rido por último, afinal.

E no final das contas, Howard deixou sua arma cair. Quando a encontrou, os faróis vermelhos traseiros de Emma já desapareciam na escuridão, longe demais para ser atingida por um tiro e ainda em movimento, a heroína da história de hoje fugindo noite afora.

PARTE QUATRO

*Todo contador de histórias, tanto de ficção quanto não ficção, tem inspirações.
Contudo, Deacon Cowl é muito mais do que isso. Também o considero um
mentor pessoal. Deacon (ou Deek, como o chamo) reconheceu meu precoce talento
bruto para a escrita, e durante toda a minha vida trabalhou sem descanso para me
ajudar a lapidar minhas habilidades. Confiou seus próprios segredos a mim.
Convidou-me inúmeras vezes para jantar e degustar um Manhattan perfeitamente
preparado em sua casa (mesmo quando eu não tinha idade para beber!). Ele me
deixou testar o disparo de seu revólver calibre .38, o qual ganhou da polícia de Fort
Worth. Leu minhas histórias de terror com voracidade — e sempre me disse que, com
prática contínua, eu entraria para a História.
O fato de o renomado Deacon Cowl também ser meu vizinho é pura coincidência. Embora, no que diz respeito a coincidências, talvez seja algo divino. Como mais
seria possível interpretá-la? Às vezes, à noite, enquanto beberico meu Bourbon
favorito e unto levemente minhas Katanas, penso no passado e examino as muitas
reviravoltas e eventos de sorte em minha vida. Pergunto-me, por vezes, se tudo se
desenrola de acordo com um plano grandioso.
Como se tivesse sido escolhido, exercendo um papel que ainda não compreendo.
Como se tudo fosse destinado a acontecer...
Exatamente.
Desse.
Jeito.*

— H. G. Kane,
Reflexões sobre o Destino, 2021, hgkaneoficial.

Não era para ter acontecido desse jeito.

A heroína da obra-prima de H. G. Kane, *Praia da Morte*, havia quebrado a história e escapado de seu destino. Era para Emma ter sido uma presa fácil! Um espírito tumultuado, ansioso e atormentado que mal comia e mal dormia, vendo sua existência solitária passar no Strand, sem mais nada pelo que viver. Ela venceu as probabilidades, de fato. A verdade realmente é mais estranha do que a ficção. Howard havia recebido uma estrela em seus próprios livros por reviravoltas muito menos "inacreditáveis".

Assim como na vida real.

Como ele sempre dizia. Quem dera seus críticos virtuais pudessem enxergar isso.

E fizera as pazes com suas próprias falhas também. Ele não era o vilão irrefreável que visualizou por tanto tempo. Sua ficção anterior era uma fantasia em comparação a isso, tão tola e leve quanto *Cabeça de Hélice*. Em *Geleira da Morte*, o assassino é um homem mascarado formidável, acertando um tiro na cabeça de um alvo em movimento a mais de cento e oitenta metros de distância. Mas na realidade simples e indiscutível de *Praia da Morte*, ele errou o tiro de perto, com uma arma .38 Special, de baixo calibre, que seus dedos molhados mal conseguiam segurar.

Sua ficha devia estar caindo agora.

Assim. Como. Na vida. Real.

Ele aceitaria.

Emma Carpenter merecia sua vitória. Conquistara seu final feliz. Porque *Praia da Morte* não era uma história de terror de H. G. Kane, afinal. Era um conto de redenção. Tenacidade. Sobrevivência. Uma mulher ferida no fim do mundo que, em seu momento mais sombrio, encontrou algo pelo que lutar. Era inesperado e belo.

Era a sua obra-prima.

Não se sabe exatamente por quanto tempo Howard Grosvenor Kline ficou ali, em choque e machucado, na brita molhada da entrada da garagem, nem a que horas ele voltou, mancando e humilhado, para o seu lar de infância. Não tinha pressa. A polícia chegaria logo, logo.

Entrou pela porta da frente.

— Mãe — gritou ele.

Seu fedora de feltro estava perdido lá fora, mas não importava agora. Despiu seu casaco encharcado e o jogou no chão. Tirou as botas.

— Mãe, não se preocupe. Ela fugiu. Terminei.

Passando pela cozinha, ele passou pela panela d'água que Emma havia deixado no fogão, agora em temperatura ambiente. Isso o incomodava de leve; era uma emboscada incompleta. Na ficção, se um personagem ferve água para se defender, o elemento tem que ser usado de alguma forma. Talvez encontraria um jeito de maquiar a questão. Ele era o narrador, afinal.

Embora com certeza jamais teria imaginado que escreveria a saga daquela noite em uma cela de prisão. Havia planejado completar *Praia da Morte* na estrada, em seu Honda CR-V, enquanto embarcava em sua longa jornada para confrontar outros leitores que haviam deixado avaliações de uma estrela em seus livros na Amazon e no Goodreads. Havia demarcado os endereços de quatro outras vítimas potenciais até então, sendo a mais próxima a cerca de doze horas ao sul, perto de Sacramento. Seus planos exatos eram incertos — talvez arrombasse as fechaduras às três da manhã e espreitasse pelos quartos. Talvez cortasse gargantas de orelha a orelha abafando os gritos com suas luvas de látex e olhando nos olhos de seus ex-críticos. Talvez imprimisse suas avaliações negativas, como fez com Emma, e lesse as palavras odiosas enquanto eles se engasgavam com o próprio sangue. Quais fossem os esboços exatos, Howard estava à beira de uma matança desenfreada pelo país. Emma Carpenter, habitando a casa de sua infância, seria a primeira vítima.

Em vez disso, tornou-se a última.

Howard sabia que havia destinos piores para um escritor que o encarceramento. Haveria uma biblioteca na prisão (embora secretamente se envergonhasse de seu quase total desinteresse por leitura), e o uso supervisionado de uma sala de computação. Mas a sentença e a condenação demorariam muitos meses. E as cadeias? Especialmente aqui? Queria começar a escrever seu manuscrito o mais rápido possível, enquanto as imagens e os sons e os aromas ainda estavam frescos em sua mente. Talvez pedisse um bloco de notas e uma caneta à polícia de Strand Beach. Seria uma condição à sua rendição. Se precisasse, poderia manter Jules como refém — não representando uma ameaça real, é claro. Howard amava muito a mãe. Mas a polícia não sabia disso.

— Acabou, mãe. Eu sinto muito.

Nenhuma resposta.

— Mãe? — chamou ele, de novo.

Apenas o rugido da tempestade. O estrondo da arrebentação na areia.

Pela primeira vez em minutos, sua mãe cativa estava quieta na sala ao lado. Nenhum pranto. Nenhuma súplica para que o filho parasse com essa violência irresponsável.

Quando entrou na sala, descobriu o porquê.

A causa da morte de Jules Phelps, de sessenta e três anos de idade, mais tarde seria determinada pelo perito médico como asfixia posicional. Em sua pressa para conter a mulher perturbada que se debatia, prendera os pulsos e tornozelos e pescoço, contorcendo seu corpo em uma amarração deslocada. Isso, combinado à amarração descuidada de Howard e à estrutura corpulenta de Jules, restringiu suas vias aéreas ao ponto do sufocamento. Era impossível que tivesse feito isso de forma intencional. Os investigadores mais tarde encontrariam marcas de dentes no piso de madeira onde Jules havia se debatido na tentativa de se endireitar e respirar. Havia duas ironias profundas aqui, nenhuma das quais passaram despercebidas a Howard.

A primeira: que Jules havia morrido momentos antes. Quando ele passou por seu corpo enquanto perseguia Emma, ela estava sufocando. Implorando ao filho por ajuda. Ele a ignorou.

E a segunda?

Asfixia posicional também fora a causa da morte de Laura Birch. Por sua própria confissão, ele a havia prendido com fita adesiva em uma cadeira pesada de carvalho em seu porão enquanto ia à escola. Quando retornou naquela noite, encontrou-a fria — a cadeira virada, suas vias aéreas obstruídas.

Seu amor do ensino médio.

Sua mãe.

E um empregado inocente do correio.

Todas essas três vidas foram tomadas por acidente, pela própria incompetência de Howard. Apesar de toda a sua crueldade, ele era um assassino em série tragicamente inapto. E em meio a todos esses danos colaterais, a mulher solitária que escapara da escura noite de terrores era a única vida que tinha a intenção de ceifar.

Ele não chorou.

Não gritou.

Não moveu o corpo de sua mãe. Não precisava fazê-lo. Jules não tinha pulso e seu rosto era de um tom roxo apodrecido, suas pupilas estavam dilatadas. Não havia mais nada a ser feito.

Howard tinha tantas coisas para processar agora. A humilhação de perder o controle de sua própria história. A dor de ter sido atropelado por um carro. O choque de ter quebrado sua Katana mais preciosa. Agora, acima de tudo: a angústia de ter matado a própria mãe, sabendo que este mesmo livro lhe custara a vida.

Lentamente, como tinta que se espalha pela água, seus sentimentos em relação a Emma escureciam.

Ela era uma heroína, sim.

Mas, apesar de tudo, *Praia da Morte* não continuava sendo uma história de terror? No altar de sua criação, Howard sacrificara a própria mãe. Sacrificara o resto de sua vida, sua liberdade. Nunca mais jogaria *Call of Duty: Warzone*. Nunca mais compraria outra Katana ou comeria outra travessa de bacalhau crocante e batatinhas com dois aperitivos de lula frita. Acabou. Daqui em diante, seu futuro seria a comida insossa da cantina e atividades supervisionadas.

Por outro lado, o que Emma havia sacrificado?

Ela havia escapado do massacre de forma justa. Justa demais. As histórias são insatisfatórias se não tiverem consequências. Exceto por um tufo de cabelo arrancado e um corte na bochecha, Emma estava ilesa e imaculada. Pela lógica de Howard, ela também devia perder algo significativo.

Foi quando viu a golden retriever cor de creme.

O animal estava no canto da sala e o encarava, ainda assustado pelo disparo da Smith & Wesson. Mas conforme a tempestade se acalmava, a cachorra retornou para o único lugar que conhecia. A casa velha e barulhenta que abrigava ela e Emma há três meses.

— Laika? — sussurrou Howard.

A golden se retraiu.

Ele a seguiu, lentamente.

— Laika? Aqui.

Na cozinha, tentara apontar sua Smith & Wesson para a cabeça do animal, mas não podia confiar em sua própria mira. Se sua bala passasse de raspão no crânio de Laika e ela fugisse de novo, ele jamais a pegaria. Essa era a sua única chance. Tentou agarrar sua coleira, mas o animal se retraiu, desviando.

— Laika? — Tentava soar amigável. — Não vou te machucar.

A golden o encarava, desconfiada.

Howard escondeu a pistola em seu bolso, caso o cérebro da cadela a reconhecesse. Finalmente, após mais episódios de movimentos delicados frustrantes, mais fingimento e olhadelas tímidas enquanto ela se afastava, ele a encurralou perto da porta da frente, e dando apenas alguns passos adiante poderia tocar seus pelos encharcados pela chuva. Acariciou sua cabeça. Ela ainda estava profundamente desconfiada.

— Você é uma cadela linda. É, é sim.

Sempre odiara cães. Cada um dos chihuahuas de sua mãe.

Coçou o focinho de Laika, bem no meio de seus olhos, em seu ponto cego natural, e ela pareceu gostar. Então, aqueles olhos escuros olharam para ele, como se reconhecesse sua real intenção. Ela se contraiu e tentou se afastar, mas já era tarde demais — ele enganchou o polegar em sua coleira. Faria de perto. Sem balas.

Abaixou a voz.

— Emma te ama muito, não ama?

Laika se contorcia, as unhas arranhando o piso.

— Você é tudo o que restou.

Ganindo, se retorcendo...

— É por isso que tenho que fazer essas coisas. — Com sua mão ilesa, ergueu o que restava de sua amada Katana, um caco de aço deformado de quinze centímetros, contra a garganta de Laika.

32

— NÃO TOQUE NA MINHA CACHORRA, *CARALHO*.

Emma enfia garras elétricas dentro da cavidade ocular de Howard Grosvenor Kline e lhe aplica mil volts no rosto. Sob os estalidos da arma de choque, feito pipoca, ela consegue ouvir a eletricidade pulsando nos gritos do autor: agudos, estridentes, femininos.

Fugir não era o plano.

Não escolheu o veículo do entregador morto para surpreender Howard (embora atropelá-lo com um carro havia sido sua parte favorita da noite até agora). Ela o escolheu por causa do pacote não entregue dentro dele. Tendo dirigido até uma distância segura, abriu a caixa e inseriu a pilha, e voltou com a arma de choque de Jules em mãos.

Pela Cadela Espacial.

Laika se afasta agora, assustada, mas ilesa.

Não foi bem nos testículos, como Jules havia recomendado, mas o rosto ainda parecia bastante doloroso. Emma mantém o dedo no gatilho da arma de choque, enviando cada vez mais e mais e *mais* voltagem fervilhante à bochecha de Howard, sua boca, sua garganta. Sente o cheiro de barba queimada. Os olhos dele estão arregalados, a centímetros dos dela. Ele está teso e rígido, cada músculo e tendão contraídos, duros feito granito sob sua pele. Sua espada cai no chão, fazendo barulho.

Isso é pelo Deek, ela pensa. *E pelo entregador.*

E por Laura Birch.

E por todas as pessoas que você já...

O disparo a pega de surpresa.

Um martelo de meia tonelada golpeia sua coxa. O baque faz seus dentes tremerem, o *flash* a cega, mas acima de tudo sente um peso estranho, como se sua perna tivesse se petrificado instantaneamente. E um calor líquido se espalhando. Nunca havia levado um tiro antes. É assim, aparentemente.

O chiado elétrico cessa.

Sua arma de choque cai no chão.

Howard grita com um poder furioso, o rosto vermelho, enquanto Emma cambaleia para trás, vacilando para se apoiar contra o fogão da cozinha. O sangue corre por sua perna e empoça sob seu pé. Após trocar golpes devastadores, predador e presa fazem contato visual.

Erguendo a arma, ele sorri.

— Te peguei.

Ele a pegou.

É tão trágico — e frustrante, para muitos leitores — que mesmo com mil volts paralisando seu sistema nervoso, Howard Grosvenor Kline ainda conseguiu tirar a arma de seu casaco e atirar em Emma de perto. Talvez fosse a adrenalina, ou a resiliência natural de seu físico robusto. Nenhuma solução não letal é cem por cento eficaz, e há inúmeros casos documentados de suspeitos dominando policiais com os fios dos eletrodos ainda agarrados à sua carne.

Agora Howard mirava sua Smith & Wesson para finalizá-la.

Resta um cartucho.

Emma está encurralada na cozinha, confusa e perdendo sangue rapidamente. Ela se apoiou no fogão atrás de si. Está tateando às cegas em busca da panela em que havia fervido água horas atrás, para encharcar seu assassino com litros de líquido escaldante.

Era esperto, mas inútil. Ele sabia que a água já havia esfriado à temperatura ambiente, completamente inofensiva para…

EMMA LANÇA A PANELA INTEIRA DIRETAMENTE NO ROSTO DE HOWARD. A ÁGUA pode até estar fria, mas a panela em si é de alumínio reforçado. Sente o nariz do homem se quebrar com um baque contundente. Ele grita de dor.

Ataque. Esconda-se. Repita.

Mas manca por apenas dois metros — só até sair da cozinha — antes de seu corpo falhar e ela cair com força de barriga para baixo.

E então, rasteja.

Pelo corredor.

As paredes parecem girar ao seu redor. Sua perna é um peso morto agora, então a arrasta. Tudo abaixo de seu quadril direito pulsa com uma dor profunda, até o osso. Sangue preenche sua calça jeans, empapando o tecido em sua pele e deixando um rastro vermelho pelo chão — e atrás dela, escuta um minúsculo *clique*. Ela conhece o som.

Empurra e abre a porta mais próxima, e entra rolando antes que ele atire. Fecha a porta com um chute. Em seguida, tranca a porta.

Ela se afasta da porta até que suas escápulas batem no estrado de uma cama. A fechadura frágil de um quarto não impedirá Howard. Está presa aqui dentro, gravemente ferida e perdendo sangue depressa. Não consegue correr. Não tem armas, nada para contra-atacar.

Está no quarto do adolescente.

Não. *No quarto de Howard.*

Um lugar oportuno para morrer. O quarto que sempre a perturbou. O fedor denso de odor corporal, a *doença* persistente e indescritível que morava ali. O tempo desacelera e se torna um borrão, e em sua visão periférica, Emma vê o colchão afundado. Alguém está sentado ao seu lado.

Está feliz que ele esteja aqui.

Ela fecha os olhos e sorri.

— Oi, Shawn.

Levante, Em.

— Não consigo.

Você consegue. Levante.

— Desculpe. Não consigo.

Consegue, sim.

Ela balança a cabeça, zonza, perdendo rapidamente a força.

Não desista.

— Me desculpe, Shawn. Minhas armas acabaram.

Por favor, Em, levante-se. Ele agora sacode seus ombros, balançando-a, mas ela ainda se recusa a olhar para ele. *Está tão perto. Confie em mim, está bem? Você chegou até aqui. Foi tão forte por outras pessoas esta noite. Agora, seja forte por* você.

E depois, Em, te encontro lá.

Aquelas palavras sempre a arrepiam.

Te encontro lá.

Seus olhos se enchem de lágrimas quando se lembra do sorriso surpreso e genuíno de um Shawn de vinte e um anos, logo antes que a porta da ambulância se fechasse. Duas transferências, nove horas em três salas de espera. Quando ele recebeu alta, ela se lembra de ter comprado um pacote gigante de balas de goma azedas, porque tinha que comprar *alguma coisa* para ele naquela cantina velha do hospital, mas não sabia do que ele gostava. Ou sequer seu sobrenome.

Te encontro lá.

E toda vez que entrava na correnteza ondulante do Pacífico, fazia o mesmo pedido angustiado. Daria tudo para voltar no tempo com seu marido, antes de tudo mudar. Mas é impossível. Ela sempre soube, e agora é hora de encarar a verdade.

Te encontro...

— Não — diz ela. — Você não vai me encontrar.

Silêncio.

— Eu te amo, Shawn. Tanto. Você era a minha alma gêmea e eu sinto a sua falta, mais do que consigo articular. — Ela reprime o calafrio em sua voz. — Mas você não é real. É apenas a minha imaginação. Não estou falando com você de verdade. Nunca falei.

Abre os olhos. Piscando, derramando as lágrimas, enquanto o quarto vazio entra em foco ao seu redor. O carpete que pinica. O computador empoeirado. O ar fétido.

Sobre o colchão ao seu lado, não há ninguém.

Está sozinha.

— Sou só eu — sussurra ela. — Sempre foi.

Aquela força também sempre fora sua.

E...

Não estou desarmada.

Rola para o lado, agarra o estrado da cama com dedos ensanguentados e se alça para subir no colchão, zonza — agora encarando o Japão feudal. O bambu brilha azulado com a luz da lua. Um guerreiro samurai estoico afia sua Katana.

Atrás dela, a maçaneta trancada torce e balança — Howard está à porta agora — enquanto ela se lembra da própria confissão do assassino, de que guardava a espada que usara para desmembrar o corpo de sua colega atrás de uma tábua solta.

Na parede de seu quarto.

Acima de sua cama.

ELA RASGA O POSTER COM AS UNHAS. O SAMURAI É ARRANCADO E REVELA uma parede vazia. A tábua solta está escondida, mas ela encontra o vão com a ponta dos dedos. Ela puxa, revelando um orifício profundo na parede, e todos os segredos são derramados sobre ela, libertando as entranhas sombrias da casa.

Uma mecha de cabelo loiro.

Óculos empoeirados.

Um frasco transparente de remédios com ossos e dentes, como um chocalho.

E fotografias. Dezenas de Polaroids de horrores indescritíveis, caindo por todo o colchão de Howard e ao seu redor. Não ousa olhar para elas. Estendendo o braço para dentro do buraco, encontra o que procurava: uma espada pequena. Embrulhada em plástico opaco, amarronzada com farelo de ferrugem — provavelmente o sangue de Laura Birch, de uma década —, mas ainda afiada.

Com um estrondo, Howard derruba a porta do quarto com um chute, espalhando farpas. Ela se vira para enfrentar seu assassino, empunhando a nova espada em sua defesa — mas ele levanta sua arma com calma. O coração de Emma afunda. Há dois metros entre eles, e nenhuma possibilidade de atravessar o quarto com sua perna ferida antes de levar um tiro fatal. Com ou sem espada, ele ganhou mesmo assim. Ela sabe. Ele também.

Ele mira em seu rosto.

Ela se prepara.

Não consegue processar por completo o que acontece em seguida — do corredor, um borrão branco em disparada agarra o braço de Howard. Ele geme de dor. Não é uma mordida particularmente poderosa, pois Laika não passa de uma golden retriever agindo por instinto protetor.

Mas isso dá a Emma um momento.

Quando o homem consegue libertar a mão das presas de Laika, Emma já havia atravessado o quarto, cambaleando, e enterrado a lâmina em seu peito.

Até o punho.

— Howard — diz Emma àqueles olhos desvanecentes —, seu livro era *mesmo* uma droga.

33

EMMA RETIRA O CELULAR DE HOWARD DE SEU BOLSO — ÚMIDO PELO SANGUE — e em seguida se arrasta pelo corredor para desabar sobre uma poltrona virada para as janelas quebradas, a ampla praia, as ondas ruidosas no horizonte. A tempestade agora está passando, revelando lampejos milagrosos de um céu imaculado. A Galáxia de Andrômeda espreita através das nuvens, só para ela.

Laika se senta ao seu lado, ainda ofegante.

— Você é uma boa cadela.

É, sou mesmo.

Emma beija sua cabeça peluda.

— A melhor cadela.

Sou eu.

— Obrigada por salvar a minha vida.

Eu também agradeço, mãe.

Conclui que estão mais ou menos quites.

Com pensamentos embaçados, ergue o celular de Howard — conectado à rede de wi-fi de Jules, com sinal forte — e tenta adivinhar a senha algumas vezes antes de lembrar que as chamadas de emergência dispensam senha. Dã.

Ela disca o número da polícia, deixando impressões digitais ensanguentadas em cada tecla. A linha fica silenciosa por um momento de ansiedade. Um chiado de estática.

E, por fim...

DEPARTAMENTO DE POLÍCIA DE STRAND BEACH

Ocorrência No. 001373-12C-2023

11:58 PM PST

— —

Operador: Polícia. Qual é a sua emergência?

Chamador: Mande a polícia à Wave Drive, 937, por favor.

Operador: Tudo bem, senhora. Me conte o que aconteceu.

Chamador: Eu... hum, é difícil de explicar. Apenas mande a polícia vir. E uma ambulância.

Operador: Tudo bem. Pode tentar explicar, por favor?

Chamador: Um... completo *psicopata* me atacou hoje à noite com uma espada ninja. Várias pessoas morreram. Jules Phelps. Deacon Cowl. Sou a única sobrevivente, eu acho. E levei um tiro também. Estou perdendo sangue.

Operador: A senhora está em um lugar seguro? Onde está o agressor agora?

Chamador: Eu o matei.

Operador: A senhora o matou?

Chamador: Sim.

Operador: A senhora... tem certeza de que ele está morto?

Chamador: Bastante certeza.

Operador: Está bem. Fique calma. As viaturas estão se deslocando até o local neste momento, e eu vou lhe dar instruções de primeiros socorros. Pode me dizer onde foi atingida?

... Senhora?

... Senhora, ainda está aí?

— —

EMMA CONGELA. ESCUTOU ALGO.

— Senhora? — repete o atendente.

Ao seu lado, as orelhas de Laika se levantam. Ela também escutou. E, mais uma vez, lá está — o som de movimentos pesados. Está vindo do quarto.

Ele ainda está vivo. De alguma forma.

Por favor, Deus, não.

É impossível. Ela tem certeza de que perfurou o coração de Howard. Mas, mesmo assim, o som inexplicável se aproxima. Pelo corredor. Em passos desarticulados, um gorgolejo molhado e guinchante.

— Senhora? Ainda está aí?

Não, ela pensa. *Eu o matei...*

Ela espera enquanto o som abafado se aproxima. E mais. Até que, endireitando-se aos solavancos, a sombra de Howard Grosvenor Kline dobra a curva com a espada de Emma ainda apunhalada no peito. Seu rosto pálido se vira para ela, de uma forma embriagada. Atropelado por um carro, eletrocutado, esfaqueado, e ainda, de alguma forma, animado com mais alguns minutos de vida odiosa e impossível; uma criatura sinistra com hálito de vape de manteiga e dedos engordurados.

Em uma história, o autor é De...

Emma ergue a arma e atira em seu rosto.

Sua cabeça é jogada para trás, deixando um jato empelotado na parede atrás dele, e ele despenca com um estrondo forte e ruidoso. Ela havia vasculhado os bolsos de Howard minutos atrás, e havia tomado o cuidado de pegar o celular *e* a arma do assassino derrubado. Em *Montanha da Morte*, de H. G. Kane, a futura advogada se esquece desse detalhe e isso resulta em sua morte. Mas Emma, não.

Emma Carpenter não é uma completa imbecil.

Abaixa o revólver. Em seguida, recosta-se na poltrona e descansa os olhos.

DEPARTAMENTO DE POLÍCIA DE STRAND BEACH (CONTIN.)

Ocorrência No. 001373-12C-2023

Operador: Senhora? Isso foi... foi um disparo?

Chamador: Foi. *Agora* tenho certeza absoluta de que está morto.

34

EMMA ACORDA NO HOSPITAL REGIONAL SAGRADA FAMÍLIA COM AGULHAS fixadas sob sua pele e um tubo de plástico em sua garganta. Uma enfermeira lhe explica com uma voz irritante de professora de jardim de infância que a bala de calibre .38 ricocheteou no fêmur e saiu logo acima do joelho, desviando por um triz da artéria femoral. Ela havia perdido cerca de um litro de sangue quando os paramédicos chegaram ao local.

— Legal — ironiza ela.

Passa três noites em tratamento intensivo e depois uma semana em um quarto de recuperação com vista para o centro de Seaview, uma vila de pescadores velha e abandonada que não se compara a Strand Beach — com exceção, aparentemente, do hospital. Pelo canto mais distante da janela, consegue ver uma fileira de armazéns sujos e um fiapo cinza do oceano Pacífico.

— Bom trabalho, Emma.

Não ouviu o policial velho entrar no quarto. Ele veio visitá-la algumas vezes nessa semana para oferecer atualizações a respeito da investigação. Agora, está ao seu lado olhando para ela com um olhar suave, quase paternal. Ela se sente genuinamente péssima por nunca ter perguntado seu nome.

— Não apenas bom — adiciona ele. — Incrível trabalho. A maioria das pessoas não lutaria com tanto vigor.

— Uma pessoa que gosta de cachorros lutaria.

— Talvez. — Ele sorri.

Encontraram o corpo de Howard Grosvenor Kline no chão da sala de estar com uma espada wakizashi no peito e uma bala calibre .38 na testa. Ouviram um dos policiais que chegou ao local exclamar: *Deus do céu.*

Eu nunca, jamais vou invadir a casa dessa moça.

Howard era, em todos os aspectos, um perdedor. Colegas de trabalho e vizinhos o descreviam como um jovem tímido e socialmente esquisito com uma inclinação a videogames (seu apartamento em Portland continha mais de setenta discos de jogos de Xbox, mas menos de uma dúzia de livros). Em sua carreira de dezesseis livros de terror autopublicados sob o pseudônimo H. G. Kane, ele acumulara alguns fãs e inúmeras rixas virtuais com críticos como Emma.

No mundo de Howard, toda e qualquer crítica era um ataque — de forma que sempre que era atingido por uma avaliação negativa, buscava uma forma de revidar mais forte. Denunciava falsamente contas na Amazon e no Goodreads como sendo conteúdo impróprio. Perseguia os detratores nas redes sociais. Espalhava rumores de racismo e pedofilia. Ameaçava seus animais de estimação. Usava o Yelp como uma arma, utilizando a plataforma para bombardear com avaliações negativas as empresas privadas que acreditava serem associadas aos inimigos, com certa precisão, até que advogados foram acionados em 2019, e suas contas em redes sociais foram desativadas permanentemente. De dia, Howard era um engenheiro de *software* para uma influente empresa de planejamento financeiro em Seattle. Trabalhava a distância, equilibrando uma carreira solitária, embora muito bem paga, com os rigores ainda mais solitários da escrita e lançamento de dois a três romances por ano. Passara seus invernos cuidando da casa de sua infância no Strand para a mãe, e se mudara apenas nesta última primavera.

No outono, Emma veio.

E quando ela leu e esculachou seu romance mais recente, Howard ficou muito feliz em finalmente descobrir um crítico de teclado a tão pouca distância. Ele a escalaria como a estrela involuntária de sua nova obra-prima, *Praia da Morte*, tanto como um ato de vingança quanto um golpe desesperado em busca de fama. Como um cidadão da internet, ele compreendia a fama sombria que acompanhava a violência. Se Jeffrey Dahmer tivesse escrito um livro, não seria com certeza um *best-seller*?

Essa é a conclusão oficial.

Mas para Emma algo ainda não se encaixa. O Howard unidimensional que reconstruíram e o Howard com quem havia lutado naquela noite pareciam ser dois homens diferentes. A polícia enxergou um sociopata calculista, habilidoso com números, visando a transformar seu primeiro assassinato (doloso) em sua obra-prima literária. Mas Emma enxergou uma alma ferida, atormentada e volátil, lutando com os próprios sentimentos românticos não correspondidos pela caseira de sua mãe, caloroso em todos os aspectos em que acreditavam ser frio. E a questão não resolvida mais desconcertante: suas próprias palavras.

Não existe Praia da Morte, dissera ele.

Por que mentiria sobre isso? Havia contado a verdade sobre seus romances anteriores, e até sobre a trágica morte de Laura Birch causada por seu próprio erro.

Por fim, o mais perturbador: *Ele disse que eu tinha que te matar.*

Para refutar essa tese, a polícia aponta o exame toxicológico da autópsia, que não encontrou traço algum de medicação antipsicótica no corpo de Howard. Após ter deixado de tomar por vários dias, senão semanas, sua paliperidona prescrita, quase certamente estava sofrendo alucinações e ilusões. Mistério resolvido, certo? Até o Cara de Demônio havia sido uma criação de Howard, concluíram, um conto fabricado em primeira mão há meses e então colocado em ação em frente à câmera da campainha de Jules, em uma tentativa esperta de criar uma pista falsa para a polícia. Provavelmente planejava matar um vagabundo nas redondezas, plantar a máscara de borracha e algumas evidências, e culpar o sujeito morto pelo assassinato de Emma.

No papel, tudo se encaixa.

Mas Emma não consegue deixar de lado a suspeita preocupante de que os investigadores deixaram algo passar. Uma inquietação chata, tão persistente quanto um fiapo de cutícula solta. Sua tão batalhada vitória parece tênue. Em algum lugar, imagina um narrador lutando para reunir as partes de *Praia da Morte* com peças que não se encaixam. Parece-lhe, de alguma forma, que ainda tem seu inimigo — seu verdadeiro inimigo, quem ou o que quer que seja — brevemente ao seu alcance. Nesta ilha, *em algum lugar.*

Se for embora agora, se voltar para sua casa em Salt Lake City com Laika, apenas lhe dará tempo para que se recupere e ataque dali a uma semana, ou um mês, ou um ano. Ela estará vulnerável.

— Precisa parar de remoer o que já passou e seguir em frente — diz o policial velho, no dia de sua alta do hospital. — Você merece isso. Cada minuto. Lutou para ter sua vida de volta, e conseguiu.

Eric Grayson, corrige a si mesma. Não policial velho.

Ele tem um nome.

— *Viva*, Emma. E não olhe para trás. Se o fizer, deixará Howard vencer.

Após a sua recuperação, Emma Carpenter mergulhou em uma depressão profunda.

Recusava-se a falar com veículos de mídia, mesmo quando o massacre levou a cidade adormecida de Strand Beach à proeminência nacional. O autor que virou assassino em série permaneceu nos noticiários por semanas, e em uma reviravolta irônica, vários de seus *e-books* surfaram a consequente atenção até as listas de *best-sellers on-line*, antes que as plataformas os deletassem. Eventualmente, os próprios arquivos-fonte foram craqueados, e até hoje os arquivos em PDF de H. G. Kane circulam na *deep web* como filmes *snuff* — a cínica visão de mundo de Howard vingada pelo menos em parte. Chegou muito perto da fama que tanto desejava, só que *post mortem*.

Os nomes das vítimas desapareceram da memória do público.

Como sempre acontece.

E ainda assim, Emma se afastou de seus contatos no Strand. Seus depoimentos à polícia ficaram cada vez mais vagos e tensos. Fixava-se em teorias da conspiração — de que Howard tinha um cúmplice secreto naquela noite terrível, ou até que estava sendo manipulado por uma mão invisível. Ela se recuperou do tiro de Howard, mas suas verdadeiras feridas eram mais profundas, mais difíceis de ver. A batalha que lutou a havia alterado de alguma forma profunda, tácita, invisível e imperceptível para todos, exceto para Emma.

Essa é a realidade do trauma.

De uma forma um tanto perturbadora, Emma se recusava a entrar em contato com sua família e amigos em Salt Lake City. Suas ligações, mensagens e e-mails não eram respondidos. Apesar da insistência dos enfermeiros, médicos e de seu conselheiro de saúde mental indicado, ela permanecia isolada. Recusava-se a comer. Seus hábitos negativos se intensificaram em uma queda livre. Dias após ter recebido alta do hospital, ela tomou uma decisão preocupante: voltar sozinha à casa da família Kline. O lugar onde tudo ocorreu, onde quatro vidas terminaram de forma violenta.

Em sua mente, não tinha mais para onde ir.

Entrou de novo naquela longa entrada para carros sob um céu de inverno escurecido por nuvens de chuva. A arrebentação quebrava na praia e o vento açoitava as dunas repletas de gramíneas. O primeiro trovão rugiu, anunciando a tempestade que chegava.

A LUZ DO SOL PASSA PELA NÉVOA ENQUANTO ELA RETORNA, UMA IMAGEM rara para janeiro. O céu se abre, inquestionável e claro em um perfeito tom de azul. Emma sente o calor do sol sobre seu rosto através do para-brisa enquanto estaciona na entrada de cascalho. Olha o banco traseiro.

— Está feliz em estar de volta?

Laika funga. *Claro que estou.*

— Mesmo tendo quase morrido aqui?

Ainda é praia, mãe.

Eu amo a praia.

— Pois bem. — Ela olha para cima, para a casa de praia e sente um emaranhado esquisito de emoções. Tristeza e euforia estão conectadas tão profundamente que não consegue separá-las.

A casa dos Kline sofreu um bocado. Três janelas estão fechadas com tábuas e cobertas por lonas. Paredes foram serradas para extrair balas perdidas. Seções do piso foram arrancadas pela equipe forense e de limpeza. Mas Emma suspeita que a inquietação que paira desaparecerá, e talvez o espírito de Laura Birch possa finalmente seguir em frente. Seus dentes e brincos não estão mais presos dentro de paredes, sua família teve uma conclusão e seu assassino está morto.

Emma deixa suas muletas no carro e desce à praia sem ajuda. A trilha arenosa é difícil para seus músculos ainda em recuperação, mas a dor pode ser progresso.

À beira do mar, lança um frisbee e assiste a Laika, de sete anos de idade, disparar e se abaixar e girar em um furacão de pelo branco e areia, com as presas expostas e orelhas balançando, movendo-se como não se movia desde que era um filhote frenético no carpete do primeiro apartamento de Emma e Shawn. É como voltar no tempo. Ela pensa no sorriso tímido de Schmendrick do marido, no odor químico de tinta do ferromodelo, nas madrugadas vendo as estrelas no telhado sob um cobertor e rindo até que suas bochechas doessem, em todos os momentos que agora se permitia revisitar e aproveitar.

Ela percebe: *Estou rindo.*

Estou feliz de verdade.

Ela estava profundamente infeliz.

Esse luto a perseguia como uma sombra. A vida que tirou naquele trágico acidente de carro meses atrás continuava a lhe assombrar. Por mais que tentasse, ninguém que conhecia Emma poderia compreender a profundidade ou imensidão de sua dor íntima ou saber que ela já havia

feito seus preparativos finais para terminar a própria
vida no Strand.

   Ela jamais iria embora.

— AMANHÃ VAMOS EMBORA — INFORMA ELA A LAIKA. — APROVEITE A PRAIA enquanto pode.

Ela aprendeu, após toda uma vida, a ignorar os pensamentos negativos em sua cabeça. Como a voz imaginária de Shawn, como a voz de Laika, como todo o resto, tudo é autogerado.

Esse é o truque.

Ela está no controle de sua vida. Não existe narrador. E ela é muito mais do que a pior coisa que já fez. É tudo ela, tanto a parte boa quanto a parte ruim, pois não podemos escolher as peças de quem somos. E juntas, todas essas peças a trouxeram até aqui. Tornaram-na forte o suficiente para derrotar Howard Grosvenor Kline.

— Quase esqueci. — Ela amarra algo ao redor do pescoço de Laika. — Aí está, Cadela Espacial.

Laika dispara com uma exuberância renovada, um borrão de tecido em sua coleira.

De volta à casa dos Kline, enquanto Emma guarda seus pertences para a longa viagem para Utah de amanhã, chega, por fim, à sua mochila verde. Essa mochila puída já viu o Grand Canyon, os tubos de lava do monte Santa Helena, a primeira vez que fez amor com Shawn. É uma parte dela, uma de suas partes favoritas, e a está reivindicando. Lá fora, abre o zíper das costas, vira-a de ponta cabeça e despeja as pedras. Até a última. Isso dá uma sensação alegre, como se tivesse carregado essas pedras pesadas por meses e agora finalmente está livre desse fardo.

ANTES DE PARTIR, ELA ACEITA O CONVITE ANTIGO DE UM AMIGO.

— Desculpe ter te furado com uma chave de fenda.

Ele dá de ombros.

— Podia ter sido pior.

Ela lhe serve uma caneca de chá de gengibre e eles se sentam à mesa de jantar em um silêncio melancólico, vendo o sol poente desaparecer atrás das ondas avermelhadas.

— Eu nunca te agradeci — adiciona ele. — Por ter salvado a minha vida.

— Achei que Howard tivesse te matado. — Emma dá de ombros. — Voltei para salvar minha cadela.

Ele ri.

Em última instância, Deek havia sobrevivido ao ataque com um crânio rachado e uma concussão grave, cortesia do cabo duro da Katana de Howard. A polícia suspeita que Howard quisesse aplicar apenas um misericordioso golpe de nocaute em seu ídolo de longa data — embora o inchaço encefálico resultante tivesse quase o matado, de qualquer jeito.

Emma odeia se despedir. Suas coisas estão guardadas em seu porta-malas e amanhã ela deixará o Strand para sempre. Mas, tão certo como o fato de que ambos sobreviveram à carnificina de Howard, sente que agora é a hora de cada um enfrentar seus respectivos demônios.

Deek parece sentir isso, também. Ele suspira, puxando uma longa respiração. Não tocou seu chá.

— Vou... vou ligar para as minhas filhas amanhã.

— Que bom.

— Eu... — Ele observa as ondas quebrando sob o sol poente. — Tenho sido um pai terrível.

— Nunca me contou o nome delas.

— Annie e Alexis.

— Quanto anos?

— Gêmeas. Vinte e quatro agora. — Ele pisca, como se ouvisse isso em voz alta pela primeira vez. — Minha ex-esposa... ela as levou para Boston quando ficou claro que eu não ficaria sóbrio. Annie estuda enfermagem lá. Alexis faz algo com animais. E, vou ser honesto, Emma. Despejei minhas garrafas na pia, sabe, tentei uma abordagem direta, e ainda não tenho ideia do que vou dizer a elas. Estou com pavor de amanhã.

— A antecipação é pior do que a realidade — diz Emma.

Ele olha para ela.

— Algo que meu marido costumava dizer — adiciona ela.

— Nem sempre.

— Quase sempre. — Ela sorri sem mostrar os dentes. — Não pense demais. Não duvide de si mesmo. Pode melhorar as palavras no papel o quanto quiser. Mas não o discurso oral. Falar tem uma honestidade especial, espontânea. As falhas tornam mais real.

— É por isso que sou escritor.

Emma termina seu chá e observa a correnteza.

— Malditos *escritores*, cara.

Ele ri com um ronco.

— Somos terríveis.

— Eu nunca o parabenizei. Por seu contrato de publicação.

Ele dá de ombros, modesto.

— Acha que fará sucesso?

— A editora acha. Eles já o compraram.

— Mesmo sem ter escrito ainda?

— Quase terminei o primeiro esboço, que é basicamente o esqueleto do manuscrito. O passado de Howard, as ações dele enquanto a perseguia, a noite do ataque. Tudo tecido. Mas vai precisar de muita pesquisa. Transcrições. Depoimentos. Coisas mais sólidas que meus amigos na delegacia vão revelar aos poucos. E você, se não se importar. — Ele olha diretamente para ela. — Emma, eu... seria uma honra entrevistá-la nos próximos meses. Cada detalhe que puder se lembrar. Se se sentir confortável, é claro.

— Eu me sinto. — Ela sorri. — Estou farta de fugir do passado. — *Mais do que você imagina.*

Deek se inclina e coça as orelhas de Laika.

— O nome dele era Shawn?

— É.

— Parece um homem bom.

Ela assente.

— Eu queria... — Deek suspira. — Queria poder conhecê-lo.

É hora de encarar a verdade, Emma sabe. Chega de negar. Mortais como Howard Grosvenor Kline podem levar tiros na cara. Mas algumas coisas não podem ser eliminadas de forma tão simples. Apenas enfrentadas.

Como se esperasse por uma deixa, seu celular toca sobre a mesa entre eles. Uma vibração repetitiva, de ranger os dentes. Ela se sobressalta, de leve.

Deek percebe.

— Emma?

Ela pousa a caneca vazia sobre a mesa. Olha para o celular, esperando ver um código de área local — a polícia de novo, pedindo seu depoimento pela zilhonésima vez —, mas seu coração afunda ao reconhecer o número que chama. Não é de Washington.

— Emma? Está tudo bem?

Seu estômago se contrai em uma bola. Sua garganta seca. Pois já viu esse número diversas vezes antes.

É o número de Shawn.

Howard havia cometido diversos erros na noite de seu ataque.

Não havia sido capaz de prever a entrega do pacote que sua mãe comprou na Amazon, ou a inspeção de segurança da polícia. Caiu na emboscada de Emma no porão, onde sua Katana era desajeitada demais para ser manuseada, e ela recompensou sua arrogância com dois dedos quebrados. E o erro mais fundamental: interpretou mal a real natureza do passado de Emma. Enquanto estudava a mulher em seu quarto nas noites que antecederam o ataque, escutara-a sussurrando o nome de seu marido durante o sono. Observou que ela ainda usava uma aliança de casamento. E concluiu, logicamente, que seu marido, Shawn, estava morto, talvez no terrível acidente de carro que deixou Emma desolada e consumida pela culpa.

Mas isso não era verdade.

Na verdade, Shawn Carpenter estava bem vivo. Em Salt Lake City.

Emma e Shawn ainda eram casados, embora distanciados. Não se falavam há meses. No momento, Shawn sequer sabia que sua esposa estava em Washington.

E para ser sincero: agonizei muito tentando decidir se deveria incluir esse detalhe. Francamente, isso também não é da conta de ninguém. Mas é fundamental para a compreensão da profundidade da dor de Emma. Não quero que os leitores a julguem.

Emma e Shawn tinham uma filha pequena.

Seu nome era Shelby.

Tinha quatro meses de idade.

E no dia dois de julho, Emma e Shawn estavam dirigindo até Denver para visitar familiares. Shawn estava no banco do passageiro; a cadeirinha de Shelby estava no banco de trás. Quando Emma tirou os olhos da estrada para olhar seu celular, apenas por um momento, uma carreta de nove eixos mudou de pista à sua frente. Seu tempo de reação foi tardio. A cento e dez por hora, Emma pisou nos freios e perdeu o controle.

Mesmo assim, a colisão milagrosamente não fora grave. Ela havia desacelerado significativamente no momento do impacto. Nenhum *airbag* foi acionado. Os danos totais ao veículo de Emma foi um único farol quebrado e um painel dianteiro amassado; tecnicamente uma batidinha. A carreta também saiu quase completamente ilesa.

Emma estava ilesa.

Shawn estava ileso.

No banco de trás, Shelby morreu na hora.

É um fato bem documentado de que bebês enfrentam risco maior de morte em acidentes automotivos, mas esta tragédia em particular tem sido descrita como "uma em um milhão". O fato de que a cabecinha de Shelby estava virada de tal forma, que a cadeirinha estava posicionada de tal forma, que a leve colisão enviaria um choque cinético que se deslocaria pelo veículo exatamente de tal forma que fraturaria cirurgicamente os ossos de seu pescoço que ainda se desenvolvia, tudo isso só pode ser interpretado como um infortúnio inimaginável e cruel.

E, como professora de matemática, Emma precisava compreender, com precisão, que cada elemento desta delicada equação física era diretamente responsável pelo resultado. Mude um elemento, e Shelby teria sobrevivido. A posição do Sol no céu. O peso da gasolina no tanque. A banda dos pneus. A camada fina de pó arenoso sobre o asfalto.

A decisão de Emma de desviar os olhos da estrada para olhar o celular.

Exatamente de tal forma.

DEEK APONTA UMA ARMA PARA O PEITO DE EMMA.

— Não atenda.

Ela para, com a mão estendida. Sobre a mesa, entre os dois, o celular continua a tocar no modo silencioso, vibrando agressivamente contra a madeira.

Sua boca de repente fica seca.

Vrr.

— Sinto muito — sussurra Deek.

Vrr.

— Eu queria... — Sua voz vacila. — Queria que tivesse outra maneira.

Um pavor gelado sobe pela garganta de Emma. Reconhece a arma em sua mão: é a mesma Smith & Wesson Special .38 prateada com a qual matou Howard, a arma que quase lhe tirou a vida. Deveria estar em um saco sob a custódia da polícia. Como pode estar aqui?

Vrr.

Ela pousa a palma da mão sobre a mesa. A quinze centímetros do celular.

— Se relar no celular — sussurra o velho sem piscar —, vou atirar. Juro pela vida das minhas filhas, Emma.

Vrr.

Ela respira fundo e diz:

— Era para o Howard ter me matado, não era?

Deek não responde.

Vrr.

— É por isso que você convenientemente *encontrou* suas balas naquela noite.

E a razão pela qual o velho esperara tanto tempo antes de intervir para "ajudar". Só depois que o assassino com a Katana havia encurralado Emma no porão e sua morte parecia certa...

Vrr.

— Queria que isso não tivesse que acontecer. — Ele respira fundo. — Por favor, acredite em mim, Emma. Juro pela minha alma. Sempre gostei de nossas conversas.

— Eu o considerava um amigo — sussurra ela.

— Ainda sou seu amigo.

— Eu *confiei* em você.

— Não. Não confiou. — Sua expressão se contrai. — Esse é o problema.

Ela não compreende.

— Quatro palavras — diz ele. — Você as disse naquela noite. Não se lembra?

Ela... não consegue se lembrar.

— É por isso que estou aqui. — Ele esfrega os olhos com dedos nodosos. — Não serei preso, Emma, e não vou viver o resto da vida em paranoia. Podíamos ter seguido nossos próprios caminhos, você e eu, como sobreviventes, não fosse por quatro *malditas* palavras.

Agora ela se lembra.

Quando Deek tinha Howard sob sua mira e Emma estava prestes a ir embora com as chaves de Jules, ela havia confessado que nem sempre havia confiado nele: *Suspeitava que você trabalhasse com Howard, de alguma forma.* Lembra-se da sombra lúgubre que caiu sobre os olhos do velho, a profunda mudança sísmica que não compreendia, enquanto ela murmurava as quatro últimas palavras.

Algo que Howard disse.

Agora uma questão em aberto.

Sua própria sentença de morte.

— Você tinha razão. Esse tempo todo. — Ele sorri sombriamente, mantendo a arma apontada para ela. — Devia ter confiado em seu instinto.

— Aí é que está — diz ela. — Eu confiei.

Ele pisca.

Não esperava por isso.

Entre eles, o celular parou de vibrar — a ligação de Shawn foi para a caixa postal. O coração de Emma estremece, e ela sabe que tudo está prestes a terminar. Está tão perto. Ela se enrijece e segmenta tudo o que está sentindo, pois ainda tem mais uma coisa a fazer. Uma última coisa, crucial.

Diga, Em. Não ouse se corrigir.

— Deek, tenho uma pergunta para você.

Silêncio.

Ele está escutando.

— De todos os milhões de *e-books* disponíveis para download no mundo todo, eu *por acaso* li *Montanha da Morte.* E o autor *por acaso* havia crescido nesta mesma casa. Quais são as chances, não é mesmo?

Ele a observa.

— É uma coincidência tremenda. Absolutamente insana. Até distrai a atenção. Eu daria uma avaliação de uma estrela por uma lacuna de verossimilhança deste tamanho. E não me entenda mal: é perfeitamente possível. As pessoas são atingidas por raios e ganham na loteria diversas vezes. E depois do que aconteceu com a minha filha, sei muito bem o quão aleatória, e improvável e sacana, a vida pode ser. E a polícia não liga. Eles o adoram. Você é uma celebridade local, então até recebeu sua arminha chique de volta mais cedo. Eles analisaram cada canto, e me disseram para não pensar demais, que estaria deixando Howard vencer. Mas ainda é uma *coincidência*.

Deek não diz nada.

— Coincidências acontecem na vida real. Mas na ficção, é escrita ruim.

Os olhos dele se estreitam.

— Até que percebi que não era coincidência alguma. — Ela abaixa a voz. — Porque eu não li *Montanha da Morte* por acaso, não é mesmo?

Ainda assim, ele não diz nada.

— Não se recorda? — Ela se inclina para a frente, sua voz em um sussurro áspero. — Você recomendou aquele livro de merda de Howard para mim.

A distância, a arrebentação batia contra a praia, milhares de toneladas de água salgada se quebrando. Para dentro. E então para fora.

Finalmente, Deacon Cowl dá de ombros. Não está acostumado a ser confrontado, mas está se adaptando, inclinando-se para a frente para igualar a posição dela, com o dedo no gatilho. O remorso era apenas fingimento, e agora desaparece, substituído por uma destreza reptiliana. Ele mostra um sorriso repleto de rugas, revelando dentes amarelos, e ela sente cheiro de uísque e café.

— Então, como eu ainda levei a melhor, Emma?

Ela devolve o sorriso.

— Não levou.

Com sua mão esquerda ainda escondida sob a mesa — onde estava todo esse tempo —, ela pressiona as garras da arma de choque contra as bolas do velho e libera quarenta mil volts.

36

DEEK SE CONTORCE E SE DEBATE, COM OS OLHOS VERMELHOS SOBRESSALENTES, caindo de sua cadeira em movimentos convulsivos e lançando um arco de chá de gengibre quente contra a parede. Ele murmura um som estranho e estrangulado entre dentes. Sua caneca se estilhaça no chão ao seu lado.

Emma fica de pé, girando a arma de choque em sua mão.

— Estou começando a amar este treco.

Obrigada, Jules.

Talvez ela tivesse razão, e os testículos realmente são a pior parte para receber quarenta mil volts. Vendo em primeira mão, não parece agradável. Howard pode ter resistido ao choque paralisante, mas esse velho franzino já estava encolhido no chão. Emma não se importa se suas bolas explodirem feito pipoca, mas espera que não tenha lhe causado nenhum dano cardíaco. Precisa de Deacon Cowl vivo.

Laika assiste a tudo de olhos arregalados. *Caramba, mãe.*

Não esperava isso.

Emma dá a volta na mesa e pega a arma de Deek. Ele se contorce dolorosamente, agarrando o tornozelo dela...

— Não. — Ela pisa em sua mão.

Ele grita.

— Pensou que eu havia caído na sua armadilha? Filho da puta, *você caiu na minha.* — Sua boca está seca, suas palavras saem quase tão rápido quanto pode pensá-las. — Sua carreira já era. Você ajudou os policiais a pegarem um homem mau no Texas, mas isso foi duas décadas atrás e sua família o abandonou, você é um alcoólatra, e não vende um livro à sua editora desde então. Em suas próprias palavras.

Deek geme no chão.

— Mas e se um assassino atacasse sua vizinha? E se você intervisse heroicamente para atirar nele? Seria seu *best-seller* de redenção, bem aí. E não um assassino qualquer. Todos os anos há milhares de assassinatos, e o seu precisaria se destacar, assim como o Maníaco do Curral. Que bom que conhece Howard Grosvenor Kline, um aspirante a escritor com um histórico de invasões domiciliares, que finalmente enlouqueceu após anos de ridicularização e está confrontando sua mais recente crítica virtual. É uma premissa nova. Caramba, eu leria esse livro. E você conhece Howard há anos, viu-o crescer — sabe o quão volátil ele é, suas inseguranças, seus gatilhos. Tem a história de fundo em primeira mão. Deacon Cowl, você *nasceu* para cobrir essa história de *true crime*. O único problema: o crime ainda não havia acontecido.

Ele choraminga.

Ela aponta o revólver para o rosto dele.

— Você encorajou Howard a me assassinar, não foi? Em nome da pesquisa? Para melhorar essa ficção de terror de merda experimentando algo real, assim como o mandou ir atrás de Laura Birch por acidente. Mas desta vez, você o manipulou de propósito. Porque o mataria depois.

Ela analisa seus olhos, em busca de alguma reação. Medo. Vergonha. Culpa. Qualquer coisa.

— Você me *serviu* para Howard de bandeja. Uma mulher de luto, suicida, morando sozinha no lar de infância dele sem testemunhas, sinal de celular ou armas. A vítima perfeita.

Em vez disso, acabei com a raça dele.

— Enquanto você secretamente assumiria o papel de vizinho heroico, aparecendo para trair Howard com uma bala na cara.

Em vez disso, eu o furei com uma chave de fenda.

Há algo visceralmente gratificante em ser subestimada, em estilhaçar os planos diabólicos ao seu redor. Sobreviver à sua morte planejada, matar o futuro vilão, ferir o futuro herói. Emma não pode ser controlada. É uma maldita bola de demolição.

Toda a sua paranoia. Vingada.

— E depois que Howard se rendeu, você não podia atirar nele na frente de testemunhas, por mais que quisesse. Precisava ser legítima defesa. Foi por isso que insistiu que Jules e eu fôssemos buscar ajuda juntas.

Ele não responde.

É como se finalmente tivesse ganhado uma partida de forca com o engenhoso velho canalha. Ela adivinhou melhor que ele. Derrotou seu olhar telescópico, suas observações penetrantes. Ainda assim, deve reconhecer e dar o devido crédito.

— Foi esperto em vir atrás de mim. — Ela segura o revólver em uma mão, a arma de choque de Jules na outra. — Só não esperto o suficiente.

Franzindo a expressão, ele consegue se sentar no chão.

— Talvez tenha sido assim que se sentiu dez anos atrás, quando Laura Birch desapareceu? — Ela tenta ver as coisas assim. — A polícia não acreditou no que eu disse, sobre as palavras de Howard, não importando o quanto eu implorasse para que o investigassem mais de perto. Me chamaram de paranoica. Disseram que eu estava *deixando Howard vencer*. Mas acho que acreditarão em mim agora. — Ela aponta para o outro lado da sala, para o gravador escondido na estante. Escutando em silêncio, registrando cada palavra condenatória.

— Quer dizer "oi"?

Ele olha para o chão, melancólico.

— Confie em mim, Deek. Eu também queria que cada um seguisse seu caminho. Mas não me sentiria segura pelo resto de minha vida, assim como você, e estaria colocando a vida de Shawn em perigo. Não podia arriscar você vir atrás de nós dois. — Ela o empurra com o pé. — Agora deite-se no chão.

Ela enfia a pistola no cós da calça e pressiona as garras da arma de choque contra o pescoço de Deek. Com sua mão livre, vasculha os bolsos de sua capa de chuva, encontrando sua carteira de couro. Suas chaves.

— Não precisará mais disso.

Em seguida, lacres de plástico. Fita adesiva.

— Para mim? Não precisava.

Luvas cirúrgicas azuis.

Ela assobia.

— Que medo.

No bolso mais fundo do velho, encontra um frasco de vidro. Tintura? As letras miúdas na etiqueta eram difíceis de ler. Leva um instante; seus olhos não conseguem se focar. Entre muitos nomes químicos, ela reconhece um.

Propofol.

A primeira palavra de Deek no jogo da forca, meses atrás. O ciclo se completa.

— Então é assim, hein? — Emma chacoalha o frasco. — Você veio até aqui para me *envenenar*. Com a fórmula do Maníaco do Curral.

Finalmente, Deek fala. Sua voz é um resmungo seco.

— Já envenenei.

37

O MUNDO PARECE VACILAR SOB SEUS PÉS. SUA BOCA ESTÁ SECA FEITO PAPEL.
Ela coloca o frasco sobre a borda da mesa, mas erra.

Deek observa.

Ela tenta pensar em algo mais a dizer, para repreendê-lo, pois sabe que é impossível. Teria sentido a picada de uma seringa. Não deixou que ele *se aproximasse* o suficiente para tocá-la. Por vinte minutos, havia forçado aquele homem perigoso a entrar em sua armadilha enquanto o gravador escutava. Observara suas mãos, examinando sua respiração. Segurando a arma de choque escondida sob a mesa a apenas centímetros de suas partes íntimas, as presas gêmeas prateadas prontas para dar o bote.

Mas não pode negar o terror mole e atordoado que cai sobre ela agora. É como ficar embriagada de uma forma repentina e desconfortável.

Eu o observei o tempo todo, ela quer rosnar.

Como você fez isso?

Sua voz sai fraca. Infantil, quase petulante:

— Eu não acredito em você.

Deek não diz nada.

— Eu disse: eu não acredito em você.

Ele sorri.

— Diga alguma coisa.

Não precisa.

Só agora ele se coloca de pé, como uma pilha de ossos velhos se unindo em um esqueleto, cotovelos e joelhos e juntas estralando. Perto de sua garganta, ela vê as suturas de Franskenstein e tecido cicatricial cor-de-rosa onde sua chave de fenda errou sua artéria carótida por menos de um centímetro. Ele a observa enquanto se levanta, apenas *observando* sem qualquer interesse, uma inteligência fria e insensível. Já sentiu esse olhar sobre ela pelas janelas. Na praia. Ele conhece cada detalhe de sua vida. Sabe de Shawn. De Shelby. Seu isolamento. Sua autodestruição. Sua fuga aos livros, seus cigarros secretos diários, sua dieta de novecentas calorias, seu chá de gengibre...

Meu chá, conclui com um jorro de medo serpenteante.

Ele envenenou meu chá.

Ela passou quase duas semanas no Hospital Sagrada Família. Deek pode ter entrado na casa dos Kline alguma noite e adulterado seus saquinhos de chá, ou a água engarrafada, ou até seu creme e açúcar. Como havia feito, exatamente, não importa.

Ela baixa o olhar para sua caneca.

Vazia. Terminou há alguns minutos.

— Me desculpe — diz o velho. — Não vai doer.

Ele tem pouco mais de um metro e meio de altura, mas se sente menor. Ele parece crescer e ela parece encolher, conforme sente seus pensamentos escorregando para trás. Seu coração está desacelerando. Seus músculos se tornam mais pesados, densos, começando a formigar.

Aqueles olhos frios a observam enquanto ela apaga.

Não me agrada nem um pouco escrever este capítulo final. A história devia ter acabado. O monstro está morto. Mas no final, e de forma muito trágica, Emma Carpenter ainda perdeu a vida. Não para o ataque sanguinário de Howard Grosvenor Kline naquela infame noite.

Duas semanas mais tarde.

Pouco depois de receber alta do Hospital Sagrada Família. É desolador que essa jovem memorável pudesse lutar contra Howard com tamanha tenacidade, e até sobreviver a um tiro a curta distância, apenas para sucumbir aos seus próprios demônios semanas mais tarde. Mesmo durante sua batalhada fuga em um veículo roubado, com as luzes seguras da cidade de Strand Beach a apenas alguns quilômetros de distância, Emma escolheu encostar o carro, abrir o pacote da arma de choque, e retornar ao perigo para salvar sua amada golden retriever.

E talvez seja isso.

Ela lutou pela vida de sua cadela. Lutou pela vida de um entregador do correio cujo nome sequer sabia, e pelos dois policiais de Strand Beach à sua porta. Não menos importante, também lutou para salvar a minha vida, enquanto eu sangrava, inconsciente, sobre o chão da sala de estar. Não se sabe que tipo de imitação horrível de um *seppuku* samurai Howard planejava aplicar em mim. E eu sinceramente acredito, de coração, que estou vivo hoje para escrever este livro graças às ações de Emma Carpenter naquela noite. Eu queria poder agradecê-la.

Mas quando não havia ninguém mais a ser salvo, e ela foi deixada só na solidão enevoada do Strand, finalmente aconteceu, no dia doze de janeiro.

Emma Carpenter tirou a própria vida.

ELA ENFIA OS DEDOS NA GOELA. SEU REFLEXO DE VÔMITO É ESPANTOSAMENTE lento — mas finalmente vomita, os olhos lacrimejando, e cospe um fluido marrom leitoso. Chá, creme, ácido estomacal.

— Não importa — diz Deek. — Já está em seu sistema nervoso.

Ela tosse e cospe.

— Emma, pare de lutar...

Ela balança a cabeça, sua garganta ardendo. Seu estômago está vazio. Havia expurgado o que podia. Mas ao contrário das bolinhas de veneno de Laika, ela já havia absorvido uma dose fatal, pois líquidos entram na corrente sanguínea muito mais facilmente do que sólidos.

— É tarde demais.

Ela o ignora. A casa está entortando. Quase cai para a frente.

— Sente-se. Está quase acabando. — Ela sente uma mão ossuda em seu ombro. Aquele anestesiologista desequilibrado no Texas pode ter feito coisas inimagináveis com suas vítimas paralisadas, mas Deacon Cowl é uma alma mais gentil. — Você precisa saber, estava errada a respeito de Howard...

Ela se afasta. Recusando-se a olhar para ele.

— Ele não suportava a ideia de tirar uma vida inocente. Mas encontrei a saída perfeita para ele: uma mulher prestes a tirar a *própria* vida. Você já estava morta, de qualquer jeito, e sua vida ou seria desperdiçada, ou não seria.

Isso lhe dá um arrepio nauseante. A frieza com que ele diz isso, a forma como diz isso.

— Ele vinha observando-a há semanas. Muito antes de você ler aquele livrinho de merda. Morando em seu SUV estacionado perto do quebra-mar, indo e vindo livremente dentro da enorme casa. Acho que ele até dormiu algumas noites em seu antigo quarto. Você se sentia assombrada? Laika se comportava de uma maneira estranha? Provavelmente fedia a Howard, como um colega de quarto fantasma.

O quarto. Os odores fétidos de suor e essência de *vape* sabor manteiga. A privada que parecia dar descarga sozinha. Tudo.

— E estava desenvolvendo uma quedinha por você. Como Laura Birch, tudo de novo.

Tsc-tchic.

Mesmo apagando, isso lhe dá um calafrio repulsivo.

— Ele só gostava de viver perto de você, eu acho. Pertinho de uma fêmea. Acho que foi por isso que se ressentia tanto de sua cadela: tinha ciúmes da atenção que você dava a ela. E muito embora você chegasse perto de se afogar, cada dia mais, Howard não conseguia matá-la. Não era realmente um monstro, por mais que gostasse de escrever sobre eles. Era apenas um rapaz solitário, invejoso, sem habilidades sociais, desejando fama, desejando validação, talvez acima de tudo desejando uma namorada.

Ela sente algo novo. Uma pontada de empatia, cristalina em sua intensidade.

— E, finalmente, ele me disse que havia mudado de ideia, que não a mataria, afinal. Isso se tornou um problema para mim. Eu precisava que ele a *odiasse*. De alguma forma.

Ela pode sentir os músculos daquele rosto se movendo perto de sua orelha.

Um sorriso enrugado.

— Então, eu dei uma mexida no caldo. Recomendei que você lesse seu mais novo desastre, *Montanha da Morte*. Só para fazer você falar dele.

Sua conversa virtual com Howard ainda pulsa em sua memória. A traição em suas palavras. O que havia feito sua crítica doer de forma tão aguda, vindo de uma perfeita estranha em milhões? Agora sabe que era porque ela não era uma estranha. Howard a observava, talvez até do quarto ao lado. Perto o suficiente para identificar a espécie de pássaro que bateu na janela e injetar o nome em sua conversa como uma dica sutil e assustadora.

Eu não vou pedir de novo.

Ótimo.

— Você não fazia ideia de que seu assassino estava prestes a juntar as coisas e deixar a cidade — sussurra Deek. — Até que escreveu sua própria sentença de morte na Amazon.

De certa forma, o destino de Emma era inevitável.

Ela havia se isolado no Strand. Havia largado o emprego, o marido e a vida. A praia pode ser um lugar de renovação espiritual — foi por isso que eu mesmo me mudei para Strand Beach, depois que o sucesso de *Gritos Silenciosos* me abençoou com os meios para fugir da vida corrida em Dallas. A oportunidade para que minhas filhas gêmeas crescessem em uma cidade litorânea idílica, para que minha esposa encontrasse uma vida nova, e para que eu pudesse focar melhorar. Mas a triste verdade é que Emma não estava aqui para se recuperar.

Ela estava aqui para desaparecer.

E a cada dia ela se aproximava mais do momento em que sumiria sob aquelas ondas cinzentas. Começara essa trajetória sombria meses antes do ataque de Howard. Sua morte não ocorreu por causa dele, e tampouco apesar dele. Eu queria apenas ter conversado com ela primeiro.

Queria tanto isso, tanto.

Apenas uma simples conversa. Ou mais uma partida de jogo da forca no quadro branco. Ou aquele encontro cara a cara para tomar chá de gengibre (ela amava chá de gengibre) que sempre prometemos um ao outro. É difícil não me emocionar ao escrever isso. Sou um homem solitário com falhas profundas. Nunca formei amizades com facilidade, e Emma também não, mas eu daria qualquer coisa para conversar com essa mulher extraordinária uma última vez.

Minha querida amiga, a quem devo minha vida.

Emma, se pudesse falar comigo, o que diria?

— VÁ À MERDA.

Ela pressiona a arma de choque sobre o peito de Deek para lhe dar outro choque de fritar os nervos — mas ele afasta a arma. Com a outra mão, ele agarra seu bíceps com uma força surpreendente, prendendo-a. Ela sente o próprio desespero crescer, um pânico animalesco. Precisa fugir.

— Pare — sussurra ele. — Isso também é difícil para mim.

Ela fecha a outra mão em um punho e desfere um golpe — um gancho embriagado que passa por seu ombro. Ele mal reage.

Afaste-se.

Ela luta para se soltar, deixando-se cair, batendo as patelas sobre o piso de madeira. Tenta acertar Deek de novo, mas erra totalmente. Seu braço parece ser feito de pão molhado.

— Emma. Por favor, pare.

Afaste-se.

Ela se contorce, desvencilhando-se.

— Emma...

Está no chão, machucando os cotovelos, engatinhando para longe de suas mãos como uma criatura marinha desajeitada em terra firme. Ela rola de barriga para cima. Em suas mãos segura um objeto que puxou do cós de sua calça. Algo que tem certeza de que o velho se esqueceu.

Sua arma.

Agora apontada para a testa de Deek.

Ela vê surpresa lampejar em sua expressão. Uma piscada. E então, o olhar frio volta. Mesmo olhando para o cano de uma arma, a voz do homem mal hesita.

— Você está morta, mesmo assim.

— Pois é. — Emma consegue forçar um sorriso, suas bochechas virando borracha, sua língua grossa e alienígena dentro da própria boca, enquanto ela puxa o gatilho.

— Mas você vai primeiro.

O CÃO DA ARMA DISPARA.

Um *clique* oco.

— Isso não é um assassinato — diz Deek. — É um suicídio.

Um horror descrente cai sobre ela. Continua puxando o gatilho mesmo assim, disparando em falso em seu rosto conforme o tambor gira — *clique, clique, clique* — e ele toma a arma. Ela mal consegue segurá-la. Seus dedos estão espantosamente fracos.

— Sinto muito, Emma.

Ele examina seu revólver à luz do abajur, como se procurasse riscos. Em seguida, o enfia de volta na capa de chuva, satisfeito com o fato de a arma descarregada ter cumprido seu propósito. *Uma distração,* ela percebe, tonta. *Caso eu lutasse enquanto as substâncias fizessem efeito...*

— Apenas deixe acontecer. Vou esperar aqui com você.

Cala a boca, ela quer dizer. Mas não consegue falar.

— E não vou machucar Laika. — Ele coça as orelhas da golden. — Ela é uma cadela adorável. Nomeada em homenagem ao primeiro cão cosmonauta em 1957, certo? É um bom nome.

É claro que ele sabe o ano exato.

— Vou cuidar de tudo. — O velho se inclina, aproximando-se. — Está bem? Em alguns dias, depois que concluírem que sua morte foi suicídio, levarei Laika para Salt Lake City. Encontrarei Shawn. E direi ao seu marido, pessoalmente, que você era uma heroína. Que salvou a minha vida. E *prometo* que não vou machucar nenhum dos dois. Entendo o porquê de não conseguir confiar em mim, mas lhe dou a minha palavra. Como amigo.

A ideia deste pequeno duende maligno sentado em sua sala de estar, consolando seu marido, faz seu estômago se revirar.

— Você queria morrer, Emma. É por isso que está aqui.

Não.

— Sinceramente, se eu tivesse matado meu bebê, eu também ia querer.

Não, não, não...

A casa tomba como um navio afundando e Emma agarra o chão para se segurar. Lá fora, as ondas são ensurdecedoras através da lona, um coral de rugidos preenchendo sua mente. O poder selvagem do mar. O tempo parece engrossar. Tenta gritar, mas seus pulmões estão gelatinosos.

— O título oficial é *Praia da Morte*. — Deek tira seu gravador da estante e o inspeciona. — É um título óbvio, mas os romances estúpidos de Howard viralizaram agora, e a editora quer alinhar minha obra diretamente com as dele. Honestamente, já estou feliz só de trabalhar de novo.

Colocando o gravador no bolso, mostra um sorriso triste.

— Mais do que você imagina.

Ele parece se teletransportar pelo aposento.

Piscando, zonza, Emma tem dificuldade para acompanhar a sombra humana. Primeiro... está de pé olhando para ela enquanto veste suas luvas cirúrgicas azuis:

— No meu livro, estou tentando escrever Howard de um jeito mais assustador. Mais cruel, frio, calculista, mais ou menos como Michael Myers com uma Katana. Quaisquer floreios a mais que possa incluir que não vão... sabe, contradizer seus depoimentos à polícia.

Em seguida... está rearranjando os copos na mesa.

— Eu preciso fazer isso.

Agora... está enxugando o chá derramado com toalhas de papel.

— Você sabe tão bem quanto eu que o Howard de verdade é um *palerma do caramba*. Não conseguiria mijar sem prender o pinto no zíper.

Ele está montando o cenário, ela sabe.

Suicídio por overdose.

— Esse é o grande segredo — ele grunhe enquanto limpa. — Na vida real, a maioria dos assassinos é chata para burro. Entreviste um deles através do vidro da prisão, e em cinco minutos, eu a desafio a dar a mínima para qualquer coisa que ele tenha a dizer. Eles também nunca são inteligentes. São os mais baixos e piores de nós, pervertidos ou sociopatas ou criancinhas mimadas que não conseguem controlar seus sentimentos. Monstros de verdade, como o Maníaco do Curral? Um em cem milhões.

Facas, ela se lembra vagamente.

O faqueiro.

Atrás dela.

Ela lança seu corpo e estende a mão para cima em direção ao balcão da cozinha. Tateia em busca do faqueiro até que ele cai no chão. As lâminas se espalham ruidosamente sobre o piso.

Do outro lado da sala, Deek levanta o olhar. Ele havia se teletransportado ao seu notebook agora.

— Vamos, Emma. Você sabe que só vou limpar.

Com dedos dormentes, ela agarra a faca mais próxima. Ergue-a na direção do velho, empunhando-a de forma trêmula, com a lâmina para fora. Se ele tocar nela, vai rasgá-lo todo. Mas ele não precisa tocá-la, e sabe disso. Precisa apenas esperar que ela morra.

Ele volta a olhar para o notebook. Digitando com luvas cirúrgicas azuis.

Um bilhete suicida.

— Não se preocupe — diz ele. — Vai ser respeitável.

Deacon Cowl pensou em tudo. Ela pode ter tirado a história dos trilhos quando matou o vilão e sobreviveu àquela noite, mas o autor tem uma mente cruel e engenhosa. Howard sempre gostava de dizer algo assim.

Um ditado idiota.

Não consegue se lembrar.

E não quer desperdiçar sua valiosa energia cerebral pensando nisso. Pois há uma última coisa que pode fazer. Ela leva o gume serrilhado da faca ao antebraço e corta. Sua pele rasga e seu sangue escorre para fora, escuro e vagaroso. Para seu horror, ela sequer consegue sentir.

Talha uma letra de cada vez. Enquanto Deek digita uma mensagem falsa do outro lado da sala, ela escreve sua própria mensagem genuína. Mais rápida que sua própria consciência em declínio, as letras são desajeitadas e infantis — mas ela sabe que o perito médico a encontrará.

Sua amizade a distância sempre girou em torno de mensagens escritas, não é mesmo? Aqui vai mais uma.

DEEK ME MATOU

Ela solta a faca e despenca de costas.

Divirta-se, ela pensa para Deek, que agora está limpando meticulosamente as impressões digitais da mesa. *Você vai ter todo esse trabalho, e mesmo assim será pego.*

Ela afunda em seu próprio crânio agora. É uma sensação perturbadora, completamente diferente de adormecer. Consegue sentir seus neurônios apagando, resistindo, tornando-se pequenas uvas-passas azuis. Antes que a escuridão vença, uma última percepção. Uma pontada de angústia, bem em sua alma.

A mensagem de Shawn na caixa postal.

Ela jamais a ouvirá.

Oi, Em. Sou eu. Eu... (INAUDÍVEL) então peguei seu número com a polícia. Eles disseram que você está em Washington, e que aconteceram umas coisas ruins na semana passada. Eles não querem me contar por telefone. Eu só... rezo a Deus que esteja bem. Estou com saudades. Onde quer que esteja. Por favor, me ligue ou mande uma mensagem ou algo assim. Eu te amo demais. Tchau.

Espera.

Tem, hã... mais uma coisa que eu quero dizer. Eu sei que já disse isso antes, mas vou dizer de novo. Estou sentado no telhado agora, onde a gente costumava olhar as estrelas, e eu só... tenho um mau pressentimento esta noite. Estou preocupado que você esteja em uma situação difícil agora e talvez precise ouvir isso antes que faça algo drástico.

Me ouça. O que aconteceu com a nossa filha *não foi culpa sua*.

Eu te amo muito, Em.

Por favor, venha para casa.

38

ELA ESTÁ EM UM CARRO.

O murmúrio de um motor. O rangido da suspensão.

Está seguindo pelo litoral escuro, em algum lugar frio e úmido e longe de casa. Sem faróis. O motorista deve estar enxergando com a luz da lua. Estrelas passam como alfinetes lá fora, bem como areia e cristas brancas. Ela está no banco de trás. O cinto de segurança a segura sentada.

Um homem está sentado ao seu lado.

É Howard.

Seu peito se contrai em terror, mas ele é apenas um passageiro, assim como ela. Também está com o cinto afivelado. Seu pescoço se vira para olhar para ela — um som ósseo de juntas estralando — e em seu hálito ela sente o cheiro de essência de vape, refrigerante, e um novo odor terroso. Decomposição.

Ela se prepara para mais ódio, mais críticas cruéis. *Você não cria nada, Emma. A única coisa que já criou em toda a sua vida, você matou.*

Não acontece.

Em seu colo, Howard segura punhados lustrosos de aço. Os cacos de sua Katana. Ele olha para baixo, para seu brinquedo quebrado, e então a olha com olhos leitosos.

— Me desculpe — diz ele.

Ela não consegue falar. Sua boca está seca demais.

Não estão sozinhos. No banco atrás deles, Emma reconhece Jules Phelps sentada em silêncio com o rosto enterrado nas mãos. E um homem cujo nome ela não lembra. Seus olhos e nariz estão cortados. Seus pulsos são cotos brilhosos.

Emma fecha os olhos.

O Jeep continua seguindo pela costa escura.

O rosto de Howard se aproxima do dela, seus ossos rangendo, agora desconfortavelmente próximo com sua barba roçando em sua bochecha.

— Você não tomou a dose toda. Vomitou um pouco dela.

Ele olha para a frente, para o motorista. Em seguida, sussurra em seu ouvido:

— Ainda pode fugir, Emma. Se *quiser* o suficiente.

Ela o ignora. Já está farta de Howard. Está em um carro cheio de cadáveres mutilados rumo à eternidade, e é claro que a única pessoa que gostaria de ver não está aqui. Shawn está a dois mil quilômetros daqui.

Ela chama o motorista com uma voz áspera.

— Ei.

Deek olha para o retrovisor.

— Pode, por favor, adicionar uma coisa naquele bilhete suicida? — pergunta ela, resistindo à pronúncia enrolada e tonta de suas palavras. — Uma mensagem para Shawn. Eu... eu desapareci quando ele mais precisava de mim. Depois que Shelby morreu, eu não sabia como viver o luto. Apenas o evitei. Tinha medo de senti--lo, com ele, e isso não é desculpa. Preciso que Shawn saiba...

Sua garganta se comprime. Muito embora seu rosto esteja dormente, ela sente as lágrimas vindo.

— Preciso que ele saiba que eu *sinto muito*.

Silêncio. A suspensão balança sobre um banco de areia.

Deek olha adiante no horizonte escuro, e de volta para ela no retrovisor.

— Não — diz ele, por fim. — Gosto mais do que eu escrevi.

LÁ ESTÁ.

Sua mochila verde repousa no centro de uma trilha rochosa. Ela consegue ver que está cheia de novo, esturricada com vinte e cinco ou trinta quilos de pedras. Deacon Cowl, em sua meticulosidade, a deixou mais pesada do que ela deixava antes.

Talvez a sua versão realmente *seja* melhor.

Está vagamente ciente das mãos enrugadas em seu corpo, tirando-a do Jeep, largando-a sobre a brita compacta. Estão a quase cem metros da estrada, sobre o quebra-mar rochoso na ponta norte da ilha — o mais longe que podia levar seu carro com segurança — e o céu está limpo, um vazio vasto e estrelado. Ela consegue ver as galáxias. Recorda-se de apontar as constelações para Shawn, embriagados e risonhos em seu telhado. *Aquela, bem ali, aquele aglomerado grande, é Cygnus. O Cisne.*

Aquela é Serpens.

E Sagitário.

Agora Deek está guiando a mochila pesada sobre seus ombros — primeiro a alça direita, depois a esquerda — e apertando as fivelas. Ela está fraca demais para resistir. Seus músculos parecem feitos de lama. Sequer consegue manter a cabeça levantada. Deek tira seus tênis, um de cada vez, e os deixa sobre uma pedra ao lado de seu celular e aliança de casamento, de forma organizada. Um belo toque.

— Eu menti sobre ligar para as minhas filhas amanhã — Deek suspira. — Me desculpe, mas é inútil. Quebrei o osso malar da mãe delas quando elas tinham quatorze anos. Nem me lembro de ter batido nela. Ou o porquê bati. Lembro-me apenas de pedir perdão freneticamente, tentando levá-la ao pronto-socorro, mas estava bêbado demais para perceber que Alexis havia escondido minhas chaves. E então Annie me trancou para fora de casa. Como um animal. Fiquei sentado na frente da garagem e chorei enquanto a ambulância vinha. Foi o auge do fundo do poço em minha vida, o maior erro que já cometi, e uma única ligação após uma década não mudará nada. Elas nunca me perdoarão, jamais, e eu aceitei esse fato. — Ele olha para ela no chão. — Sei que você vai enten...

Ele para.

Em seguida, ergue o antebraço de Emma de forma brusca e limpa o sangue seco com o polegar, revelando suas letras entalhadas. A mensagem gravada em sua carne.

Ela resmunga:

— Surpresa, cretino.

Ele analisa seu braço.

E então deixa seu pulso cair.

— Não importa. Você vai virar comida de peixe.

Ela sente outra pontada de ódio por este homem, abafada pelo anestésico. Entende agora que o coquetel cuidadosamente preparado não tinha o objetivo de matá-la por overdose. Era apenas para paralisá-la, deixá-la indefesa e incapaz de se desvencilhar da mochila pesada quando estiver debaixo d'água. Uma nova versão do Maníaco do Curral. Deacon Cowl ganha a vida estudando assassinos em série, afinal.

Quando seus restos forem trazidos à praia pelo mar — daqui a semanas, ou meses, ou talvez nunca —, estarão irreconhecíveis. Ela se tornará o espectro com cara de argila que costumava imaginar nos espelhos; seus olhos e boca terão desaparecido, sua pele será cinza e encharcada. Sua mensagem entalhada terá desaparecido. Todos os traços de substâncias químicas em seu sistema também terão desaparecido. Ele planejou tudo.

A mente cautelosa e precisa que a destruía no jogo da forca, que sabia o nome de Emma muito antes de ter lhe contado.

Ele a senta ereta agora. Olho a olho à luz das estrelas.

— Vou terminar meu primeiro esboço esta noite. — Ele beija sua testa. Ela mal sente seus lábios papiráceos e se concentra no céu acima deles.

Órion.

Touro.

Mensa.

— Queria que você tivesse um fim diferente.

Está dopada demais para sentir pânico ou medo. Passou desse ponto, de qualquer forma. Tudo o que resta é uma tristeza densa que preenche seu peito como cimento úmido, a angústia pelo que está deixando para trás.

E aquela. Vê aquele grupo de estrelas? É a minha favorita, a Galáxia de Andrôm...

Não sabe exatamente como o velho a joga da beira do molhe. Talvez a tenha empurrado. Talvez a tenha despejado como lixo. Só sabe que, de repente, está leve, o ar frio assobia em seus ouvidos. E então, ela bate em uma rocha encrustada com cracas. E em outra, e rola de lado como uma boneca de pano, uma cambalhota esparramada, e então uma escuridão gelada invade por todos os lados e ela percebe que está debaixo d'água agora.

Já.

Foi tão rápido.

Nem teve tempo de inspirar fundo. E está afundando. A mochila pesada a faz virar de barriga para cima e ela assiste as estrelas aguadas desaparecerem enquanto é arrastada para as profundezas, afundando na escuridão. Seus dedos estão dormentes, moles na água frígida. Ela puxa as alças da mochila, mas estão absurdamente apertadas. Suas unhas se dobram. E está ficando sem oxigênio.

Agora ela entende: seu pesadelo recorrente em que se afoga no oceano era real. Sempre fora real. Todo o *resto* fora um sonho. De uma forma doentia, ela finalmente acabou de acordar, no lugar frio e escuro para o qual sempre fora destinada.

Mesmo sem ar em seus pulmões, quer gritar pela injustiça disso tudo. Ela lutou tanto. Pra caramba.

Ela se debate, balança os braços, chuta.

Não faz diferença. Ainda está afundando.

Mas ainda assim... puxando, *puxando*, ela desprende uma alça da mochila. A fivela arrebenta — *isso!* — e ela contorce e liberta seu ombro esquerdo.

Quase livre — mas na verdade, não. Seu ombro direito é o problema. A fivela de plástico está enterrada sob sua axila. Inalcançável. Escuro demais para enxergar. Está muito abaixo da superfície agora, em algum lugar no cemitério do Pacífico, a luz das estrelas minguando, a mochila arrastando-a para ainda mais fundo.

Ela tenta. Não consegue.

Está desmaiando.

Lá em cima, as estrelas agora desapareceram. Até elas morrerão algum dia. Sua boca e suas narinas estão cheias de água salgada, mas de alguma forma ela sente o odor pungente de borracha queimada. Discos de freio queimados. A água preta se abre e uma luz do sol branca e quente faz seus olhos arderem. Ela se lembra de ter se jogado para a direita, estendendo um braço protetivo à borda da cadeirinha de Shelby no banco de trás enquanto eles derrapavam, um instinto de uma fração de segundo, e tem plena consciência de que esse pequenino reflexo adicionou mais um elemento à terrível equação.

Seu celular aterrissa com a tela virada para cima. O aplicativo de e-mail aberto.

Seu cinto de segurança comprime sua garganta.

No silêncio surreal após o impacto, Shawn agarra seu ombro.

— Puta merda. Foi por pouco.

E ele tem razão. Parecia uma colisão fatal, mas se tornou uma batida leve. Uma batidinha, se muito. E agora Emma espera ouvir Shelby em meio à desorientação, acordada bruscamente de sua soneca, começando a chorar — mas não escuta nada vindo do banco de trás. Nem um pio.

O ar parece ficar rarefeito.

— Shelby?

Suas palavras estão densas com sangue metálico. Não importa quão leve tenha sido a colisão — não existe *leve* quando se tem um bebê a bordo.

Por favor, Deus.

Tudo o que importa é Shelby.

Por favor...

Ela se desvencilha do cinto de segurança, um microssegundo mais rápido que o marido, abre a porta e sai ao calor escaldante de julho, e o motorista do caminhão já está descendo da cabine e perguntando se estão bem, e ela o ignora, derrapando sobre pés trêmulos e agarrando a maçaneta da porta de trás, abrindo-a com um puxão...

Por favor-por favor-por favor...

Desafivela a cadeirinha, agarra o corpo delicado de Shelby, tão leve e tão terrivelmente mole, e a levanta e a tira do carro, caindo sobre a brita do acostamento e segurando sua filha, sabendo o que sempre soube, que a inércia e a gravidade e energia cinética e seu próprio desejo egoísta de evitar a família de Shawn se alinharam *exatamente de tal forma...*

Os olhos de Shelby estão abertos.

Ela está viva.

Emma percebe isso enquanto se senta com força sobre o cóccix. Não consegue acreditar. Os olhos de Shelby são do azul mais claro, pupilas procurando e se fixando nela, cheia de vida e curiosidade. É impossível. Não foi assim que aconteceu. Mas é real.

Ela pressiona a filha contra o peito.

— Estou aqui.

Respira em meio a um redemoinho de cabelo fino. Loiro, assim como o de Shawn. Não sentia aquele cheiro doce, de sabonete, há meses. Tinha tanta certeza de que jamais o sentiria de novo. Sente o corpinho se mexer de novo em seu abraço com dedinhos fechados, daquele jeito especial que é comoventemente fraco e espantosamente forte ao mesmo tempo, e Emma olha para o céu azul por completo e solta um arquejo estranho, estrangulado. Explode de dentro dela cinco meses de agonia comprimida, desaparecendo em um instante enquanto Shelby toca seu rosto com dedos macios, ainda em desenvolvimento.

— Estou aqui. — Emma sabe que é impossível. Ela não se importa. Em algum lugar distante, em um cofre escuro e frio, suas unhas permanecem agarradas na alça final da mochila, que mantém outra pessoa embaixo d'água.

Shelby está viva.

Shelby está bem.

Está tudo bem.

— Estou aqui, meu amor.

Em seus momentos finais, espero que tenha encontrado paz.

Podemos levar um consolo em memória de Emma Carpenter: o fato de que onde quer que esteja agora, não está mais sofrendo. Fico de coração absolutamente partido por ela, pois na imensidão de sua dor silenciosa e incessante, o suicídio realmente pareceu ser a única saída. Como pai, não posso imaginar como deve ter sido perder uma filha pequena de tal forma. Tal culpa deve ser sísmica, de despedaçar a Terra. Emma lidou com o impensável da única forma que conhecia: abandonando o marido, isolando-se em um ambiente controlado, e tentando processar tudo, um pedacinho de cada vez. Como comer uma montanha. Às vezes simplesmente não é possível fazer sozinho.

Este relato sobre Howard Grosvenor Kline seria incompleto se não incluísse a valente mulher que o impediu — e seu próprio destino trágico nas semanas que seguiram. Dessa forma, a história é tanto de Emma quanto de Howard. Para mim, ela não era apenas uma jovem extraordinária que lutou para salvar a vida de estranhos e de sua cadela.

Ela também era minha amiga.

Espero que ela soubesse o quanto a admirava. Sempre me lembrarei de nossas partidas de forca a distância, jogadas via telescópio ao longo de muitas tardes preguiçosas no Strand. Ela sempre ganhava! Adivinhava minhas palavras com uma intuição sobrenatural, toda vez. Até hoje, não sei como ela conseguia. E nossas inúmeras conversas pelo quadro branco, discutindo livros que líamos, filmes que amávamos. Ela era tão astuta. Incisiva. Argumentativa. Pode ter sido uma mulher quieta, relutante a falar, mas quando colocava os pensamentos por escrito? Cuidado. Às vezes, até hoje, enquanto coo meu café matinal, ainda olho pela janela para a casa dos Kline e parte de mim espera ver uma mensagem no quadro com a caligrafia de Emma. Quem me dera.

Céus, eu daria tudo por uma chance de falar com ela de novo.

Só mais uma vez.

Eu diria isto a ela: o que aconteceu com a sua filha não foi culpa sua.

Mas — e isso é importante — talvez eu compreenda seu sofrimento. Porque a verdade é que parte de mim sempre culpará a mim mesmo pelo que aconteceu com Emma. Sim, sempre me sentirei pessoalmente responsável pela sua morte. Tenho certeza de que fiz tudo o que razoavelmente poderia ter feito como seu vizinho e amigo — e salvamos a vida um do outro diversas vezes naquela noite — mas ainda queria poder tê-la ajudado mais.

Quem dera.

Dizem que as maiores batalhas que travamos são internas. E é verdade. Durante o massacre de Strand Beach, ela ganhou todas as batalhas externas contra Howard Grosvenor Kline — venceu tanto sua espada quanto suas balas —, mas duas semanas depois, naquela noite de janeiro quase congelante, sob um céu limpo e estrelado, Emma Carpenter perdeu sua maior batalha dentro de si.

Agradecimentos

TODO LIVRO PRECISA DE UMA CIDADE, E *PRAIA DA MORTE* NÃO É EXCEÇÃO.
Em primeiro lugar, minha eterna gratidão aos bons homens e boas mulheres do Departamento de Polícia de Strand Beach por sua cooperação, assistência e amizade por tantos anos. À equipe administrativa: não consigo agradecer o suficiente por sua ajuda. Ao meu velho amigo e conhecedor de uísques, promotor de justiça Ted Wilcox: obrigado pelo acesso privilegiado a essa investigação de muitas camadas e em constante desenvolvimento. Ao veterano cabo Eric Grayson: você é um bom homem da lei, um verdadeiro amigo, e eu sempre guardarei com carinho as memórias dos churrascos à noite com você e sua esposa, a indômita Star Grayson (que descanse em paz). Meu trabalho enquanto jornalista não raro me colocou em uma posição adjacente à polícia, em que testemunhei e apreciei o perigo que ela enfrenta todos os dias. Eles são verdadeiramente os melhores de nós. Obrigado, mais uma vez, a todos os policiais de todas as jurisdições por seu trabalho incansável para nos manter em segurança contra criaturas como Howard.

Devo ressaltar aqui que não me sinto reconhecido ou satisfeito em ter razão comprovada em relação às circunstâncias da morte de Laura Birch, em 2011 — sinto apenas um luto renovado e profundo por ela e por sua família. Eu nunca a conheci pessoalmente, mas lembro-me de ver Howard e Laura juntos para sessões de estudos após a escola, e mesmo a distância sei que presenciei uma jovem dinâmica, brilhante e promissora. Como resultado do massacre de dezembro, o coração da comunidade se partiu mais uma vez por Laura Birch.

Um grande "obrigado" às minhas editoras, Sara Paulson e Haley Bradford, e às minhas equipes jurídica e de publicidade, por terem embarcado comigo na aventura de moldar este esboço. E à minha nova agente, Lauren Michaelson, por assinar um contrato comigo em tempo recorde enquanto fechávamos esta negociação enorme.

Dizem que um escritor nunca escolhe o livro: o livro o escolhe. Como um ermitão divorciado de sessenta e seis anos de idade que (até recentemente) se considerava aposentado, não posso deixar de concordar. Em meus anos dourados, nunca esperava escrever uma sequência para *Gritos Silenciosos*, e tampouco podia imaginar que, dessa vez, eu seria testemunha das atrocidades em primeira mão. Sempre soube que meu vizinho era um sujeito problemático, mas ninguém poderia ter previsto tamanha profundidade. Às vezes, o mal mais sombrio não ronda pelos bosques dos mitos ao redor de uma fogueira. Às vezes, ele mora na casa ao lado. Às vezes, tem vivido lá por anos.

Tomem cuidado com seus vizinhos, caros leitores.

Nunca se sabe.

Quinze por cento dos lucros deste título serão doados às famílias das vítimas de Howard Kline. Mais 10% à instituição de proteção às vítimas, O Caminho Adiante, localizada em Dallas. Mais 15% — assim como a primeira parcela de meu próprio adiantamento — serão doados a diversas instituições de prevenção e conscientização contra suicídio em todo o território nacional, em nome de Emma. Acredito que ela teria aprovado a iniciativa.

E, finalmente, com um coração misericordioso, este livro é dedicado à memória de todas as pessoas que perderam a vida pelas mãos de Howard Grosvenor Kline. Para Jules Phelps, Jake Stanford e Laura Birch. E, por fim, minha querida amiga Emma Carpenter.

Seu sofrimento acabou.

Pode descansar agora.

Recepcionista: Polícia de Strand Beach.

Chamador: Oi. Bom dia. Esta é a linha não emergencial, certo?

Recepcionista: Sim, senhor.

Chamador: Meu nome é Deacon Cowl e eu... bem, estou preocupado com a minha vizinha.

Recepcionista: O que aconteceu?

Chamador: Eu caminhei até lá para vê-la ontem à noite, mas ela não atendeu à porta. E já é manhã, passa das nove, e eu ainda não vi suas luzes se acenderem. Posso pedir uma inspeção de segurança, por favor?

Recepcionista: Talvez ela tenha viajado?

Chamador: É só que eu tenho um... pressentimento. Algo está errado.

Recepcionista: Podemos realizar uma inspeção de segurança para o senhor. Qual é o endereço?

Chamador: Wave Drive, 937.

Recepcionista: Está bem. E a que horas o senhor bateu à porta dela ontem?

Chamador: Lá pelas oito ou nove horas. Queria colocar a conversa em dia, agora que saímos do hospital. Além disso, tenho uns papéis para ela assinar.

Recepcionista: Papéis?

Chamador: Sim. Sou Deacon Cowl. Autor local. Estive aposentado há algum tempo, mas estou cobrindo os assassinatos cometidos por Howard Kline para meu próximo livro. E essa mulher é uma heroína. Se tudo der certo, vou entrevistá-la extensivamente...

Recepcionista: Quando a viu pela última vez?

Chamador: É por isso que estou preocupado. Eu... Eu sei que ela tem sofrido de depressão. Mesmo antes do ataque. Ela estava de luto pela morte de sua filha bebê. Costumava vê-la fazer suas caminhadas diárias na praia. E percebi que ela entrava no mar até os tornozelos ou até cintura, às vezes mais fundo, como se pensasse em avançar mais, e quando perguntava a respeito disso, ela sempre ficava tão evasiva, envergonhada. Tenho medo de que ela tenha... (INAUDÍVEL)

Recepcionista: Tenha o quê?

Chamador: Você sabe... Pensamentos suicidas. E outro dia, a vi em seu quintal dos fundos com uma mochila verde. Ela coletava pedras grandes em seu jardim, ou assim parecia. E colocava as pedras na mochila.

Recepcionista: Está dizendo que acha que ela pode ter afogado a si mesma?

Chamador: Receio que sim. Sim. Só estou preocupado que Emma tenha saído e feito algo terrível. Ela é tão inteligente. Tão durona. Tão corajosa. Mas sei que sempre batalhou com seus próprios...

Recepcionista: Espere. O nome dela é Emma?

Chamador: Isso.

Recepcionista: Emma Carpenter?

Chamador: Sim. Por quê?

Recepcionista: Ela está aqui.

Chamador: O quê?

Recepcionista: Ela está na delegacia. Agora. Acabou de entrar alguns minutos atrás...

Chamador: Ela está viva?

Recepcionista: Sim.

Chamador: Você... você tem certeza?

Recepcionista: Acabei de abrir a porta para ela, logo antes de você ligar. Ela entrou pela porta da entrada — descalça, sem carteira, sem celular — e pediu para falar com um policial.

Chamador: Não.

Recepcionista: Ainda estamos tentando entender o que aconteceu ontem à noite, mas sim, senhor, posso confirmar que a sua vizinha Emma Carpenter está viva e a salvo conosco aqui na delegacia, agora mesmo. Deve estar tão aliviado.

... Senhor, ainda está aí?

... Senhor?

LIGAÇÃO ENCERRADA

39

AO PRESTAR SEU DEPOIMENTO À POLÍCIA, DE OLHOS VERMELHOS E DE RESSACA, com os pés descalços em carne viva cortados pela caminhada de dezessete quilômetros até o centro de Strand Beach, ela é deliberadamente vaga a respeito do que se lembra nos momentos depois que Deacon Cowl a empurrou do quebra-mar rochoso. Havia sido drogada, havia batido a cabeça e estava quase inconsciente, com uma mochila pesada prendendo-a muito abaixo das ondas. A perda de memória é de se esperar.

Mas a verdade é que Emma se lembra de segurar sua filha bem apertado à clara luz do sol de julho.

— Eu te amo demais.

Recorda-se de cada detalhe. As lágrimas embaçando seus olhos, a forma como os dedinhos de Shelby agarravam cachos do cabelo de Emma, tão fortes e fracos e confiantes e curiosos.

— Eu e o papai te amamos — disse ela. — Você é a nossa menininha milagrosa. Você nos ajudou a superar as probabilidades. Precisa saber o quanto sentimos a sua falta. Mal consigo expressar em palavras, meu amor. Você é o meu coração. Meu coração todo. E algum dia vou te ver de novo, Shelby. Eu prometo. Algum dia, vou ficar com você para sempre. Mas...

Beijando a cabeça da filha, abaixou a voz.

Um mero sussurro.

— Mas *ainda não*.

Foi quando a segunda e última alça da mochila se desafivelou entre seus dedos. Um estalo plástico sob sua axila. Como algemas se soltando, libertando uma força poderosa.

Sentiu seu corpo acelerando para cima.

Ainda não.

E então, explodindo à superfície sob galáxias de estrelas imaculadas, o céu noturno mais claro e belo que já havia visto, Caelum e Touro e Andrômeda e até a poeira cósmica vermelho-rubi da nebulosa de Órion antes que a correnteza tomasse o controle e a carregasse até a praia.

Adeus, meu coração.

Epílogo

UM ARCO PASSA SOBRE SUA CABEÇA COMO O PESCOÇO DE UM DINOSSAURO de concreto.

B_M-VINDO À STRAND BEACH

Emma sempre sentia uma mistura de emoções esquisita ao retornar de viagens longas, uma espécie de melancolia feliz. O lar chama, caloroso, mas os dias passados aqui se foram. Ao retornar, estará mais velha. Talvez nem retorne.

Ao cruzar a ponte estreita de concreto, Strand encolhe em seu espelho retrovisor, e o que era um lugar, transforma-se em uma ideia. Emma não olha para trás. Abre a janela para que Laika possa colocar o rosto para fora e aproveitar a rajada de ar molhado, com a língua voando descontrolada, a alegria leve de *ir rápido*. Não é bem como estar em órbita, mas dá para o gasto.

Estamos indo rápido, mãe.

— É. Estamos.

A estrada é longa. Sinuosa entre as colinas cobertas por florestas perenes gotejantes, ao redor de estuários meio salgados e manguezais arenosos. A terra se ergue. As árvores ficam mais grossas. A maresia fica para trás e o mundo parece ficar mais nítido.

Estamos indo muito rápido.

Na estrada, quilômetros passam e Laika repousa sobre as patas cruzadas no banco de trás. Com uma boa soneca planejada para a meia-noite, Emma estima que chegará em Salt Lake City até o amanhecer. Em algum lugar perto de Port Swanson ou Por Hanson ou talvez Tortland (as cidadezinhas chuvosas se confundem), vê um veado à beira da estrada. Um cariacu e seu filhotinho com pintas brancas, subindo juntos o talude gramado do acostamento.

O filhote segue a mãe, tímido, sobre as patas ainda jovens — mas olha para Emma.

Em seguida, ambas as formas marrons passam em um piscar de olhos, e quando Emma olha para o retrovisor, já desapareceram.

A NOVECENTOS METROS ACIMA DO NÍVEL DO MAR, EM UM PASSO NA cordilheira das Cascatas, ela finalmente reúne a coragem para ligar para o marido. Está do lado de fora do centro de visitantes, na extremidade do estacionamento, observando o pôr do sol pintar os picos nevados de laranja.

Na quarta chamada, ele atende.

— Emma?

Ela ainda não está preparada. O som de sua voz aperta seu coração.

— Está aí?

Tenta falar, mas seus pulmões estão vazios.

— Emma? Está tudo bem?

— Sim. Estou bem. — Ela engole a saliva, segurando o celular, firmando a voz. — Aconteceram algumas coisas. Depois eu explico. Só saiba que eu estou bem, e a Cadela Espacial também está bem.

Silêncio.

— Você não parece bem — diz ele.

— Pela primeira vez em meses, acho que estou. — Ela olha para o seu Corolla, para o rosto branco de Laika na janela. — E estou voltando para casa.

Seu marido suspira.

Uma expiração oscilante, entrecortada. Uma emoção que ela não consegue decifrar.

— Estou voltando para casa.

Seu mantra, sussurrado mil vezes pela estrada que passava voando. *Estou voltando para casa.* Está pedindo? Está avisando? Teria sequer uma casa para onde voltar? Talvez suas coisas estejam encaixotadas em um armazém. Talvez tenham sido doadas. Talvez Shawn e sua família já a tenham considerado morta, também, e se despedido tanto de Shelby quanto de Emma e seguido em frente. Talvez ela seja apenas seu próprio fantasma e já seja tarde demais para ela. Não sabe. Não tem como saber. E há mais a dizer, tanto, mas tudo está dolorosamente entalado dentro de seu peito. Está tentando formar as palavras.

Diga.

Não consegue.

— Emma? Ainda está aí?

Diga.

Sem se corrigir.

— Emma, não entendo o que você...

— Me perdoe. — As palavras jorram como uma veia aberta. — Eu sinto tanto, tanto, Shawn, pelo que fiz você passar. E entendo por que está bravo. Deve ficar mesmo. Era para a gente ser uma equipe. Eu jurei isso. Devíamos ter sofrido juntos e apoiado um ao outro, e em vez de fazer isso, eu entrei em meu carro e fugi e o forcei a sofrer pela morte de nossa filha sozinho. Dificultei muito as coisas para você. Para nós dois. E você não precisa me perdoar. É seu direito. Eu o magoei.

Ela pausa para tomar fôlego.

Ele funga. Um estalo de estática.

— Shawn, eu o *abandonei* quando você precisava de mim.

Ele permanece em silêncio.

A luz do crepúsculo cai sobre o centro de visitantes. Está sozinha aqui. Confere a tela do celular — sim, a ligação ainda está conectada. O temporizador da ligação ainda marca os segundos.

Emma sente de novo, aquele puxão inexorável para baixo. A enormidade de tudo o que não é dito, que não pode ser dito. Talvez isso tenha sido um erro. O sol está se apagando atrás do pico mais próximo, o passo da montanha sombreado em um lago frio de escuridão. Ainda assim, seu marido não diz nada.

Ela apalpa a bolsa por instinto, desejando um cigarro. Antes de deixar Strand Beach, havia fumado o último de seu maço esmagado, tendo também jurado ser o último *de todos*, ao lado do policial velho no banco de um píer acima das ondas.

Malditos escritores, cara. Ela tragou longamente. *Talvez sejam todos malucos.*

O policial velho — não, seu nome é Eric — riu até tossir. O que mais se pode fazer? E então ele relaxou e tocou seu ombro.

Lembre-se, Emma. Tempo. Lágrimas. Comunicação.

Naquele dia, também visitou os pais de Jake Stanford. Na varanda da entrada, contou-lhes que a última entrega de seu filho naquela noite, o pacote que lhe custara a vida, foi um item que salvou a vida dela. Sentia que eles mereciam saber isso.

Por fim, ao sair, parou no sebo de Strand Beach e comprou uma edição de bolso amarelada de *Gritos Silenciosos*. Na contracapa, um Deek em preto e branco, duas décadas mais novo e claramente no ápice de sua vida, posa sábio com uma mão erguida à aba de seu fedora. Um gesto que ela já viu antes.

Milady.

Howard estudava seu ídolo, de fato.

Aquele rosto ainda lhe dava arrepios. O cabelo grisalho. A mandíbula quadrada. Os olhos penetrantes. Seu rosto existirá para sempre na História — mesmo que a polícia tenha encontrado o homem morto em sua poltrona todo defecado e com seu revólver honorário ainda na boca. Em seu quadro branco, um homem palito completo pendurado em uma forca.

O antebraço de Emma ainda coça pela cicatrização. A cicatriz, por mais sutil que fosse, permanecerá em sua pele para sempre: DEEK ME MATOU. Como uma tatuagem, um lembrete de que ela quase perdeu o jogo.

Quase.

Sente calafrios no ar da montanha, e verifica a tela do celular de novo: já faz mais de um minuto agora. Seu marido ainda não disse nada. Ela consegue ouvir claramente suas respirações distantes, um ritmo débil contra a estática.

— Shawn?

Silêncio angustiante.

Ela teme a resposta.

Quando a resposta vem, por fim, sua voz mal é audível sobre os ruídos da estrada:

— Emma... onde você está?

Ela lê uma placa.

— Glacier Ridge.

— O *resort* de esqui?

— Não. Um centro de visitantes.

Silêncio de novo.

Seu peito se contrai.

— Está bem — diz ele. — Parece que a metade do caminho entre esse centro de visitantes e nossa casa é... hum, uma cidadezinha chamada Brighton. Fica em Idaho. A cinco horas e quatorze minutos daqui. A cinco horas e onze minutos daí. Estou pegando minha caminhonete, agora... — Ao fundo, ela escuta uma porta se fechar. — E te encontro no meio do caminho. Tudo bem? Me desculpe, mas não consigo esperar até amanhã. Simplesmente não consigo, Emma. Sua ligação é a melhor coisa que me aconteceu em sei lá quanto tempo, e preciso ver você e a Cadela Espacial o mais rápido possível. Hoje. Esta noite. Daqui a cinco horas e quatorze minutos.

Lágrimas embaçam a vista de Emma, e ela ri com um calafrio. Ela desliza as costas contra a parede de tijolos do prédio, agachando-se.

Ele faz uma pausa.

— Tudo... tudo bem por você?

— Sim — ela diz enxugando as lágrimas. — Sim, sim, sim...

— Eu te amo demais.

— Eu também te amo.

— Brighton — promete Shawn. — Te encontro lá.

Agradecimentos

OBRIGADO A TODOS QUE TORNARAM ESTE LIVRO POSSÍVEL.

À Jaclyn e aos meus pais, obrigado pelas leituras tão cruciais e pelo apoio e paciência contínuos enquanto eu me sentava em um silêncio zumbi, em transe, tentando resolver problemas em minha cabeça. Foi um romance divertido de escrever — não é todo dia que se pode escrever uma página de agradecimentos falsa para o *vilão* da sua história —, mas também foi um quebra-cabeça desafiador que eu jamais teria realizado sozinho.

Um enorme agradecimento ao meu agente, David Hale Smith, e à Naomi Eisenbeiss, da Inkwell Management, por me orientar neste projeto desde a ideia à execução, e ao meu empresário, Chad Snopek, por uma leitura do manuscrito imensamente valorosa.

Minha gratidão infinita à editora Jennifer Brehl da William Morrow, por me ajudar a esculpir esta história (em especial o terceiro ato) e me fornecer os comentários certos em cada etapa. E muitos agradecimentos a toda a equipe da William Morrow e da HarperCollins, incluindo Nate Lanman e Danielle Bartlett, e à editora Nancy Inglis, por levar este livro aos leitores em sua melhor forma possível.

E um abraço para a Laika real, a golden retriever que se sentou fielmente ao meu lado enquanto a maior parte deste romance era escrito, assim como a nossa chihuahua, Clementine.

Por fim, obrigado aos meus leitores por seu apoio e entusiasmo. Percebo que, considerando que este agradecimento se encontra em um livro sobre um autor maligno que aterroriza um leitor, talvez soe como uma ameaça, mas eu *prometo* que não é! Obrigado a todos por lerem. Tenho muita sorte de poder fazer isso.

CINCO ESTRANHOS ISOLADOS NA NEVE. UM DELES É UM PSICOPATA...

A universitária Darby Thorne já tinha problemas demais. Sem sinal de celular e com pouca bateria, ela precisava dirigir em meio a uma nevasca para visitar sua mãe que fora internada às pressas e poderia morrer, mas o mau tempo a obriga a fazer uma parada.

Num estacionamento no meio do nada, Derby se depara com uma criança presa e amordaçada dentro de uma van. Aterrorizada, ela precisa manter a calma. Mais que descobrir quem é o proprietário do veículo, é fundamental escolher quem, dos quatro desconhecidos no local, pode ser um aliado para ajudar no resgate.

O desafio são as consequências: isolados pela neve, qualquer deslize pode ser fatal. É preciso resistir até o amanhecer, mas o perigo aumenta e cada minuto pode ser o último.

Filme já disponível no Star+!

Três meses atrás, Cambry, a irmã gêmea de Lena, dirigiu até uma ponte remota e saltou 60 metros para a morte. Pelo menos, essa é a versão oficial da polícia.

Então, Lena pega a estrada, dirigindo o carro da irmã, munida de um gravador, determinada a descobrir o que realmente aconteceu, para entrevistar o policial no local onde ele encontrou o corpo de Cambry.

O cabo Raymond aceita encontrar Lena. Ele é simpático, franco e profissional. Mas sua história não parece se encaixar. Registros de ligações da irmã para a polícia e mensagens cortados com partes reveladoras desenham algo mais complexo.

Lena fará de tudo para revelar a verdade. Mas, conforme vai descobrindo mais detalhes, a busca se transforma em uma luta pela própria sobrevivência – pois colocará à prova tudo o que ela achava que sabia sobre a irmã e sobre si mesma.